元カレごはん埋葬委員会

川代紗生

サンマーク出版

もくじ

ブックデザイン・装画
鈴木千佳子

校閲
鷗来堂

編集
池田るり子
（サンマーク出版）

第1話

「元カレが好きだったバターチキンカレー」

女をふる場所に、よりにもよってラブホを選ばなくたっていいでしょうが、ばかー！

渋谷《しぶや》のラブホテルのベッドの中で、私は嗚咽《おえつ》をこらえるのに必死だった。

本音を言えば、もっとちゃんと大声で泣きたかった。おーいおいおいという文字が口から飛び出てくるくらいわかりやすく泣きたかったけれど、唇を噛《か》みしめて我慢した。これは最後の意地なのだ。

なぜなら、人ひとりぶん空けたすぐ隣に、ついさっき私をふったばかりの憎たらしい男――高梨恭平《たかなしきようへい》が、寝ていたからだ。

背を向けているから顔は見えないけれど、もしかしたらまだ起きているかもしれない。

こんなに泣くほど俺のこと好きだったんだ……ゴメンな、なんて、死んでも思わせたくな

第1話
「元カレが好きだったバターチキンカレー」

かった。

枕元の充電ケーブルを頼りにスマホをたぐり寄せ、ベッドの中で時間を確認する。泣きすぎた目に、ブルーライトの光が痛い。もう深夜二時だ。ベッドに入って三十分は経ったはずなのに眠気はまったくやってこず、その代わり、涙と鼻水ばかりがこんこんと湧き出てくる。

恭平に気づかれないようスマホをそっとベッドサイドに戻そうとしたとき、ふと、小さなビニールの袋に指先が触れた。

未使用のコンドーム。ああ、彼は、「そのつもり」だったのかな。ちゃんと準備を、してくれてたのかな。きっと、まだ可能性はあった。あったのに。

そう思うと余計に、悔しさなのか、情けなさなのかよくわからない感情が湧き上がってきて、また涙が出た。別に、したくてたまらなかったわけじゃない。ただ……。ただ。

この人と結婚するつもりだった。この人しかいないと思っていた。そんな四年間の恋はひどくあっけなく、みっともなく、だだっ広いホテルのベッドの上に散らばって消えた。

あれ、失恋って、こんなにつらいんでしたっけ?

スパイスの、においがする――。

そういえば恭平、私の作ったバターチキンカレー、三杯も食べてたこと、あったな。あのカレー、「恭平カレー」とか名付けてたのにさ。もう作れなくなったじゃん……。

「カレー⁉」

はっと目が覚めると、お尻の下には、ふかふかしたソファ。どうやら、突っ伏して寝てしまっていたらしい。木目のテーブルが目に入った。

「うっ、いった……」

頭が重い。がんがんする。石臼の中に頭を入れてすり潰されているみたいだ。目もかすむ。まぶたに触ると、マスカラのカスがぼろぼろとこぼれ落ちた。

っていうか……ここ、どこ？

見覚えのない場所だ。喫茶店だろうか。アンティークの鳩時計《はとどけい》に、小さなテレビ。飾り棚には、コーヒーカップや本、スノードーム、骨董品《こっとうひん》などがずらりと並んでいる。それから、古い建物独特の埃っぽい匂いにほんのりと混ざる、スパイスの香り。

店内を見回す。お客さんは……私のほかに一人だけ。カウンターに四席、ソファつきの

第１話
「元カレが好きだったバターチキンカレー」

テーブル席が八席。小さなお店だ。

「あ、起きてる」

背後から、男の人の澄んだ声がした。ズキズキと痛む頭を支えながら上半身を起こす。

「すいません私、ちょっと記憶が飛……うっわめっちゃイケメン！　あ、声出ちゃった」

直角三角形の定規みたいにきりっととがった鼻に、ぱっちりとした二重の目。遠心顔でも求心顔でもない、完璧なバランス。世の中のありとあらゆるイケメンを集めて、それを抽象化したらきっと彼になるような、見事な美形男子だった。ネイビーのセーターが、白い肌によく似合っている。

「あっはは。それ、さっきもまったく同じこと言ってたよ。イケメン！　って」

「え⁉　私がですか？」

「うん。そっか、本当に覚えてないんだね」

まったく思い出せなかった。たしか、朝の八時にホテルを出て、恭平と別れて……。そうだ、そのあと電車に乗ろうとしたら、幸せそうなカップルが多すぎて逃げたのだ。恭平と出かけるつもりで今日は休みを取っていたし、家に帰ってもすることがない。だったらいっそ記憶が飛ぶまで飲んでしまおうと、二十四時間営業の居酒屋に入って焼酎のロックを一気飲みした……ところまでは、覚えている。

はっとして、ポケットからスマホを出す。

「えっ、なんで!?　割れてる！」

「それも、まったく同じ反応してたよ」

まっ、まぶしい。お兄さんの爽やかすぎる笑顔が、アルコールでやられた頭に沁《し》みる。生まれる時代が違えば、言い伝えになりそうなほどかっこいい笑い方だった。「東洋の秘宝」とか呼ばれて、壁画にされるのだ。

バキバキにひび割れたスマホをタップする。よかった、壊れてはいないみたいだ。時刻は十二時。十二時!?　やばい。空白の時間が長すぎる。

「すいません、ここって……どこ、ですかね？」

「三軒茶屋《さんげんぢゃや》だけど？」

「さ……三軒茶屋!?」

思わず立ち上がって、店の外に出る。いや、さすがにそれはない、それはないでしょ！

「ちょっとお客さん、どこ行くの？」

まったく見覚えのない住宅街だった。近くの電信柱の広告を見ると、たしかに「世田谷《せたがや》区太子堂《くたいしどう》」と書いてある。

うそ、ってことは私、渋谷から三軒茶屋まで歩いてきたってこと!?　どうりで、足の裏がやたら痛いはずだ。今さら、自分が全身ズタボロなことに気づく。ワンピースにはしょうゆのしみが小さじ一杯分くらいつき、タイツは太ももからつま先まで伝線している。擦

第1話
「元カレが好きだったバターチキンカレー」

りむいた膝小僧にはハローキティの絆創膏が貼られていた（もちろん記憶にない）。デートのために奮発して買った三万九千八百円のパンプスも、ヒールが極端にすり減っていた。

それにしても、どうしてここに入ろうとしたんだろう。あらためて、店を振り返る。

喫茶「雨宿り」。

それが、この店の名前だった。が、外観は、豪雨でも来ようものならいかにも雨漏りしそうな、くたびれた雰囲気だ。日除《ひよ》けテントに印刷された「雨宿り」の文字はかすれて読みづらく、ドアもステップも、すべてが色あせている。その疲弊しきった壁を見ていると、薄ぼんやりと、鹿児島《かごしま》の田舎のひいじいちゃんの、しみだらけの皮膚が脳裏に浮かぶ。店の前のスタンド看板には、チョークの文字で「一番人気！　カレーランチ千円」と書かれている。ああ、だからスパイスの匂いがしてたのか。

「『今の私が入っても許されるのは、こういう店だけなんだよ！』って叫びながら入ってきたんだよ」

さっきのイケメンが、ドアから出てきて説明してくれる。

「『イケメン大将、ビールお願いします！』ってすっごい楽しそうにしてたけど、一口飲んだだけで突っ伏して寝ちゃったの。まあ、どうせお客さんも来ないし、別にいっかなー、と思って寝かしといたけど」

「も、も、申し訳……！」

やっちまったー!!　酔っ払って押しかけた挙句、居酒屋と勘違いするなんて。

「ごめんなさい本当にごめんなさい！　うっ、きもちわる……」

「あーあー、まだだめだよ、そんな頭揺らしちゃ。もうちょっと休みな？」

国宝級のイケメンに優しくしてもらえるなんて、本当なら最高にテンションが上がるところだけれど、今のこんな状況じゃむしろ、自分のみじめさが余計に際立つ。穴があったら入りたいとは、こういうことか……。

「何か胃に入れたほうがいいよ。ちょっと待ってて、今準備するから」

「すいません……なにからなにまで」

イケメンは雨宮《あまみや》伊織《いおり》さんといって、ここの店長をしているらしい。はあ、最悪だ。酔いが醒《さ》めて冷静になればなるほど、こんなに静かで落ち着いた雰囲気をぶち壊した事実が恐ろしくなってきた。

カウンター席の一番端に座っているお客さんにも、ごめんなさいと心の中で土下座する。坊主頭で眼鏡をかけた、体格のいい男の人だ。作務衣《さむえ》を着ているところからして、お坊さんだろうか？　クリームソーダとカレーを食べながら（どんな組み合わせ？）、文庫本を読んでいた。

どんよりとした気持ち悪さを、水で一気に押し流す。おはじきみたいに溶けて平たくなった氷が、喉の奥をつう、となでていく。

「……はあ」

そういえば恭平、帰ったあとちゃんと水を飲んだかな。とにかく水分を取るのが苦手な人で、私が言わないと丸一日水を飲まないなんてこともざらにあった。いや、でも大丈夫か。健康診断の結果がよくなかったと聞いて登録した、コントレックスの定期便。そのストックがまだあったはずだから、とりあえずは大丈夫だろう。あ、でも一応、「ちゃんと水飲んでね」って連絡しておいたほうがいいか。

そう思ってスマホを取り出すと、まるで見計らっていたかのように通知が来る。恭平だ。手のひらに伝わるバイブレーションに合わせて、勢いで立ってしまう。

「あっ、すっ、すいません」

カウンターの方から坊主頭の男の人の視線を感じ、あわてて座り直す。

深呼吸してから、メッセージを開いた。

〈荷物はまとめたのであとで送ります　もも名義で定期で頼んでるやつもなるはやで解約しといてもらえると助かります〉

そんな簡素なメッセージのあとに、ＬＩＮＥにデフォルトで入っているクマが汗を流してうつむいているスタンプが添えられていた。

「何、そのスタンプ……」

一回も使ったことないじゃん。スタンプ、絶対使わない人だったじゃん。四年間さんざんメッセージを送り合い、LINEの傾向も全部知り尽くしていた。基本的に「！」しか使わなかったのだ。おそろいのスタンプ買おうと誘っても、恥ずかしいから嫌だと頑なで。

そうだ。もう私に、彼の健康を心配する資格なんてない。そんなのわかってるよ。でも別れ話したの、昨日どころか、日付は今日なんだよ。で、終電を逃したから、朝まで同じベッドで寝てさ、解散したの、今朝じゃん。ついさっきじゃん。

そんなに、別れたかった？

別れた直後、荷物をすぐにまとめないと気がすまないほど、私のこと嫌だったわけ？段ボールに入れていく最中、よりを戻そうか迷わなかった？　ちっとも、一瞬も？

その申し訳なさそうなクマのイラストが、彼の気持ちが変わらないことの何よりの証明みたいに見えて、酔いつぶれて一度は引いたはずの涙の波が、また押し寄せてくる。

「うっ……」

泣いてもしょうがないと頭ではわかっているのに、コントロールが利かない。感情を制御するブレーキが完全に破壊されてしまったみたいだ。やばい。コーヒーカップ、トイレのマーク、窓の外の植木。視界に入るものすべてが恭平フィルターに引っかかってしまう。

第１話
「元カレが好きだったバターチキンカレー」

今ならどんなに突拍子もないものでも恭平との思い出に結びつけられそうだ。

いや、でもだめだ。酔っ払ってぶっ倒れた上に号泣しはじめたら、完全に不審者じゃないか。店長さんにこれ以上迷惑をかけるわけにはいかない。

涙を我慢しようと、目をかっ開く。まばたきをすると車のワイパーのように、涙の雫《しずく》をふり落としてしまう。だったら目を全開にして、涙が乾くまで待てばいい！

「……あ」

坊主頭の人と、目が合ってしまった。私の目が怖いのかはわからないけれど、怯《おび》えている。たぶん。手に持っていた文庫本がばさっと床にすべり落ちた。

「……すいません。私、気持ち悪いですよね……」

「は？」

「はじめてのお店で酔っ払って迷惑かけたかと思えば今度はいきなり泣き出すとか、完全にヤバい人ですよね……」

「い、いや。そんなことは言ってませんが」

「私、昔からこうなんです。すぐ感情的になって突っ走って……彼氏にもよく怒られました。こういうとこがあるから『重い』とか言われちゃうんですかね。どう思います？」

「僕に聞かれても……なんで座ってるんですか」

私は、落ちた文庫本を拾うついでに、坊主さんの隣のハイチェアによじのぼった。

「昔はね、おしゃれなお店にも毎週のように連れてってくれたし、ＬＩＮＥも毎日くれてたし、かわいいとか好きってちゃんと言ってくれてたんですよ。でも最近は、全然言ってくれなくなって……。はじめは、仕事が大変なのかなって思いました。営業マンでノルマもあるし。でもだからこそ私が支えてあげたいって思って、作り置きを冷蔵庫に入れておいたり、なんでもない日にサプライズでコース料理を作ったり、彼のいいところを一日三つ伝えたり、努力してたんです。でもこれって、男の人にとっては迷惑なんですかね？」

「あの、もしかしてまだ酔ってます？」

どうしよう、話しているうちにまた泣けてきた。ティッシュで目頭をおさえながら話す。

「ふっく……私がしたことは全部、ありがた迷惑で、ただキモいだけだったんですか？」

「知りませんよ。あの、雨宮さん？　この方ちょっと……。雨宮さん？」

もしかして、と私はさらに、ハンドバッグと一緒に置いていたアニエスベーの紙袋を持ってきた。この人、お坊さんっぽい見た目ということもあって、不思議と安心感がある。この胸にわだかまっている怨念を、すべて吐き出したい気持ちになってきた。

「見てください、これ」と、私は紙袋からラッピングされた箱を取り出して見せた。

「は、はあ」

「恭平への誕生日プレゼントに用意したペアウォッチです。え、これ重いですか？　ペアセットで六万七千円、重い？　奮発してカルティエとかも考えたけどあんまり高すぎると

第１話
「元カレが好きだったバターチキンカレー」

引かれちゃうかなと思って、これでも遠慮したんですよ？　四年も付き合ってたらこれくらい出しますよね？　私の感覚っておかしいのかな？　仏様はなんて言ってます？」

「お釈迦《しゃか》様はペアウォッチとか贈らないと思いますが」

「そっか……仏様でもわからないなら、しょうがないですね……」

「……まあ、でも」

坊主さんは、凛々《りり》しい眉毛を気まずそうに掻《か》いてぼそりと言った。

「一般論で言えば、そこそこの金額で、しかもペア……というのは、重い、範囲に入るんじゃないですか」

「やっぱり!?」私は頭を掻きむしった。何が正解で、何が間違っていたのか、どんどんわからなくなってきた。いや、でも僕の意見は参考にしない方が、と坊主さんがぼそぼそと弁明しているけれど、もはやずっと遠くに聞こえる。

私の四年間って……。

っていうか、四年どころじゃないよ。二十九年もその感覚で生きてきたのやばくない!?

「ぬわあああ……！」

「ちょっと黒田《くろだ》さん、お手柔らかにしてあげてよ」

顔を上げると、店長だった。どうやらこの坊主頭の人は黒田さんというらしい。

「空《す》きっ腹にアルコールって一番よくないからね。余り物で申し訳ないけど」

店長はそう言って、美しい動作でお皿をテーブルに置いた。オーソドックスなチキンカレーだった。

目に入った瞬間、どくんと心臓が揺れる。また走馬灯のように映像が押し寄せてくる。しまった。カレーに関連する恭平の顔は、データが多すぎるのだ。おいしそうに頬《ほお》ばって膨らんだ輪郭、「今日は辛いな」と額に汗をかいていたこと、朝、二日目のカレーを食べているときの寝ぐせ……数百通りの顔を同時再生できてしまう。

「えっ、もしかして、カレー苦手だった？」

「いっ、いいえ！　そんなことは……。いただきます」

そうだ、いったん落ち着け。私は自分に言い聞かせながらスプーンを握りしめる。

ラブホでフラれた。酔っ払ってる。まだ頭もガンガンする。今の私は、冷静じゃない。冷静じゃないんだ。こういうときは、たいていろくなことにならない。就活中、百社目の面接に落ちたとき、気がついたら携帯を捨ててインドにいて、弟が捜索願を出して大騒ぎになったこともある。

そうだ。結局何をしたってつらいだけなら、とりあえずマシな方を選ぼう。失恋して空腹なのと、失恋して満腹なのだったら、失恋して満腹の方がまだマシだ。おいしいものを食べて、まずは元気を出そう。

私はカレーとごはんをたっぷりとすくって一口で飲み込んだ。

第１話
「元カレが好きだったバターチキンカレー」

「ムッ!?」

「どうかした？」

「いっ、いいえ。なんかちょっと、胃がびっくりしちゃってるみたいで」

優しい店長さんの視線を誤魔化しつつ、ピッチャーから水を注《つ》いで二杯飲んだ。

こ、これは……。鼻に抜けるようなスパイスの香りもなく、全体的に水っぽく薄味で、カレーというよりもお湯にちょっと味をつけただけ、みたいな……。

……と、いうか。

端的に言うと、ま、ず、い……？

ああ、そういえば私も一回、大失敗したことあったなあ。恭平が来る前日から仕込んで張り切ってたのに調味料の配分を間違えて、あわてて作り直したっけ……ってだから、もう恭平のことは考えたくないって言ってんのよ！　もう、私の脳止まれ！　勝手に恭平の思い出を自動再生するのやめてくれ！

「あれ、お客さん？　好みじゃなかったかな？」

「いやいやいや！　おっ、おいしいです！」

「そう？　ならよかった」

ああ～とっさにおいしいって言っちゃった！　でも無理だよ。初対面の女にあんなによくしてくれた店長さんのこの笑顔を見て、正直な意見を言えるわけが……。

ふと左隣を見ると、さっきの、黒田さんと呼ばれていた人の手元が目に入った。クリームソーダとカレーの皿が、きれいに空になっている。

いや、待てよ。この人だって、さっきからずっと普通の顔でカレー食べてたじゃないか。それにさっき見た看板にも、「一番人気！」ってでかでかと書かれていた。ってことは、メニューとしてお客さんに出してるってことだよね？

私は深呼吸をした。ぐるぐると回る視界と、動悸《どうき》をおさえようとつとめる。

頭に、不吉な考えがふっと浮かんだ。

もしかしておかしいのはカレーじゃなくて、私の味覚のほうだったり、しない、よね？

私は、ティッシュで鼻をよくかんでから、カレーを口に入れた。やっぱり変な味がする。うそでしょ、私どこかで味覚がおかしくなった？　私の父は、地元の鹿児島で居酒屋を経営していた。私も幼い頃から店を手伝い、当たり前のように家の台所に立っていた。だから当然、料理には自信がある。キャベツ半分の千切りなら三十秒でできる。

でも、そうだ。よく考えたら。

父の店は売上が伸びなくなり、私が小学三年生の頃に潰れたのだ。

私は料理の基礎のほとんどを、父に教わった。それが正しいと信じてこれまでやってきたけれど、そもそも、父の味付けがまずかったんだとしたら？

「まさか……そんな……」

父も、その娘の私も味覚オンチで、店が潰れたのも、料理がまずかったからで。

つまり、私は、自己流で作ったカレーを自信満々で恭平に食べさせていて、恭平はその圧に耐えられなくて、気をつかって「おいしい」と言ってくれてたんだと――したら？

そう思うと、すべての辻褄《つじつま》が合うような気がする。

――本当は、もう、ずっと前から、俺が切り出さなきゃって思ってたんだ。でも、俺のためにがんばってる桃子《ももこ》の顔見たら、どうしても言い出せなくて。ごめん。

昨夜、彼の言った言葉が、カレーの香りに混じって、じっとりとまとわりつく。

あの「おいしい」は、本音の「おいしい」だったのかなあ。

あの「楽しい」は、本音の「楽しい」だったのかなあ。

あの「好き」は、本音の「好き」だったのかなあ。

そう思うと、それが呼び水となって、だったらあれも、もしかしたらこれもと、大量の記憶がべたべたと張り付いてくる。ああ、まずい、インドに行きたい。また気を失ってしまいたい気分になってきた。

「さっきの話聞こえちゃったけど……。お客さん、失恋？」

はっと顔を上げると、ちょうど店長が私の隣に腰掛けるところだった。長い脚を組み、優雅にコーヒーを飲む。

「雨宮さん……そんなダイレクトに」と黒田さんはたしなめるように言う。

「いや、こういうときは、他人に思いっきり吐き出したほうがいいかなーと思ってさ」

「吐き出す？」

「失恋の傷を癒してくれるのは、共感、時間、復讐《ふくしゅう》、この三つしかないんだよ、結局」

店長は、指を三本立てて言う。

「共感、時間、復讐……」

「そう。よく『時間が解決してくれる』なんていうし、ま、それもそうなんだけど。俺の経験上、自分をふった相手のこと忘れられるまで、最低でも半年くらいはかかるからね」

「は、はんとし!?」

こんなにつらい気持ちを抱えながら、半年も生きなきゃいけないの？　ますます頭が痛くなってきた。

「じゃあ、そのあいだの半年どう耐えるの？　っていう話になるだろ。結局、共感してもらうしかないんだよ。しんどい気持ちと戦ってる自分を応援してくれる誰かがいるって思えてようやく、ちょっとは前を向いてもいいかなって気になるもんさ」

店長は、頬杖《ほおづえ》をついてゆるりと笑った。

「イケメンは、言うこともイケメンなんですね……」

優しさに、ささくれた心が少しだけ癒えていく。ここに辿《たど》り着いていなかったら、今頃私はどうしていたんだろう。家に閉じこもって一人で泣いていたのだろうか。

第１話
「元カレが好きだったバターチキンカレー」

「あの……一度話し出したら止まらなくなりそうだし、たぶん信じられないくらい泣くと思うんですけど、いいですか」

店長は、くすっと優しく笑う。

「どうぞ？　好きなだけ」

ふいに、インクがにじんだような匂いがした。控えめな雨が、しとしとと降り出す。私の鼻を啜《すす》る音も、少しは誤魔化せそうだった。

いつもは雨なんて嫌いだけれど、今日ばかりは少しだけ、ありがたいと思った。

「へえ、四年も付き合って、二十九歳でふられたの？　そりゃあんだけ飲みたくもなるわ」

店長があまりに聞き上手なので、気がつけばあれこれと身の上話をしてしまっていた。

結城《ゆうき》桃子、鹿児島県出身。

飲食チェーンの会社に就職したもののブラック企業で人がどんどん辞めるため、いろんな店舗の店長をかけもちしていること。土日の休みがなかなかとれず、昨日は恭平の誕生日だからと無理やりシフトを二日こじ開けたのに、暇になってしまったこと——。

「『忘れてた』の回数って、興味ない度に比例すると思うんです」

カレーを無理やり流し込みながら、私は続ける。うん。味に慣れたら、意外といけるような気がしてきた。

「連絡、忘れてた。記念日、忘れてた。クリスマス、忘れてた。誕生日、忘れてた……」

「誕生日はきついな」

「ですよね!? ちょっとずつちょっとずつ、『忘れてた』の回数も増えて、言い訳も雑になって。いつしか、言い訳すらしなくなって」

私の「そっか、それなら仕方ないね」の言い方も無駄にうまくなって。

「でも、いいですよ。誕生日はね、仕事が忙しかったらそりゃ忘れちゃうこともある。百歩譲って許しましょう。でもいくらなんでも『正月忘れてた』はさすがにないでしょ!?」

私は思わず、こぶしでテーブルを叩《たた》いた。そうだ。このあいだの年末年始のことだ。何度連絡してもしばらく返信が来ず、何かあったのかと心配していたら、年が明けてから「ゴメン。正月だったことに気がつかなかった」と言い訳してきやがったのだ。

「この日本に生きてて、いったいどうやったら正月を忘れられるのよ?」

「あー、たしかに、どんなに忙しくても正月を忘れることはないね……」と、店長は乾いた笑みを浮かべる。

「年末年始も夜通しずっと仕事してた、とかじゃないんですか?」

第1話
「元カレが好きだったバターチキンカレー」

「でも彼、ツイッターで、ピザ屋のお正月キャンペーンの告知に『いいね』してたんですよ。正月そのものを忘れてたわけない」

ガタッ、と急に黒田さんが、椅子から崩れ落ちる。

「黒田さん？　どしたの？」

「いいねって……他の人でも見れるんですか？」

「普通に見れますよ」

そう私が言うと、ずり落ちた眼鏡をかけ直し、すごい剣幕で詰め寄ってくる。

「それは……あなたが粘着質だから特別に見方を知っているとか、そういう話ですよね？」

「なにを失礼な！　誰でも普通に見れますって！」

そう言って私は、いいね欄の見方を教える。真っ青になって震え出した黒田さんは、ぶつぶつと聞き取れない声でひとりごとを言いながら、スマホをいじり出した。

「黒田さんって……」

「ま、まあ。黒田さんのことはほっといて。それで？」

なんだか引き攣《つ》った空気を感じるけれど、まあいい。

「とにかくそういうことが続いてたんですけど、言えなくて。昨日の恭平の誕生日に、やっとひさしぶりに外でデートできることになったんです」

彼と会うのは、一か月ぶりだった。いいお店でディナーを食べて、彼も私もほどよく酔っ払った。「なんだ、いつもの私たちじゃん」とほっとした。もちろん終電は意図的に逃した。そのままの流れで、近くのホテルに泊まった。

「でも……そのあと、彼が」

思い出すと、今でも胸の奥がキリキリと痛む。

ホテルには、広々としたベッドが一台。私が先にお風呂に入った。念のため持ってきていたスキンケアセットで肌を整え、念のため持ってきていた下着に穿き替えた。アトマイザーに入れておいたクロエの香水をつけるか迷ったけれど、さすがに気合いが入りすぎているように思われるかと思って、やめた。

期待しているのがバレないように、スマホをいじりながら恭平を待った。

お風呂からあがった彼は、髪をバサバサと拭きながら、ベッドの上であぐらをかく。私からぎゅっと抱きついて、軽くキスをした。今日こそは、と思った。

ドキドキが徐々に速くなっていく私を前に、恭平は小さくため息をついて、こう言った。

「明日でもいい？　って言われたんです」

それだけで勘のいい私は、一瞬で察してしまった。

「あー……」

店長は骨張った手のひらで顔を覆う。

「それは……ショックかもね。いや、かなりショックだと思う。うん」

「正直、昨日にかけてたところはありました。彼もそのつもりでいてくれるだろうって」

「すいません、さっきから何の話ですか？」

「だから、ほら……」

おそらく伝わっていない黒田さんに、店長が耳打ちした。黒田さんは眉間に皺《しわ》を寄せながら真剣に話を聞いていたけれど、そのうち少しだけ顔が赤くなる。「な、なるほど」と気恥ずかしさを誤魔化すように、眼鏡のブリッジを中指でくいっとあげた。

「欲求不満だった、とかじゃないんです。そういう問題じゃないんです」

そうだ。性欲とかの話じゃない。そうじゃなくて。

「私のこと、好きじゃなくなったんだなって、思っちゃったんです。一か月も会ってなかったのに、触ろうとすらしなかった。健全な二十代の男性が、一か月ぶりに女を抱けるチャンスなのに、それでも『明日にしてほしい』と頼んでくる。そのときの絶望感、と、いうか……。もう、女としての価値がないってはっきり烙印《らくいん》を押された気分でした」

初対面の人にここまでぶちまけていいんだろうかと思いつつも、二人が真剣に聞いてくれているおかげか、不思議とすらすら話せてしまう。

「恭平が何を考えてるのかわからない。別れようと言うわけでも、かといって私に直してほしいところを教えてくれるわけでもない。解決策がわからないまま放置されるの、本当しんどくて。こんなことならどうしたいのかはっきり言ってくれた方が楽だ、と思っちゃって……」

スプーンの上に涙がぽたりと落ちて、小さな水たまりができる。

「我慢できなくなって、私のこともう好きじゃないなら、別れた方がいいんじゃない？私だって、自分に興味ない人に時間使いたくないしって、言っちゃったんです」

それだけは絶対言わないようにしようと決めていた。この四年間、いっつも、喉元でギリギリ我慢していたのに。

「否定して、ほしかった？」店長が、そっとたずねる。

そんなわけないじゃん、って言ってほしかった。違うよ、好きだよ、今日は疲れてるだけ。そう言って頭をなでてくれたら、手を握ってくれたら。

それだけで……。

本当に、それだけ、か？

「でも……恭平にもちょっとは傷ついてほしいって気持ちも、あったと、思います」

スプーンを置いて、ティッシュでまぶたをおさえる。最後に恭平の目にうつる姿は最高に美しくありたいと思って、朝気合いを入れたメイクも、全部がはがれ落ちていく。

「私が傷ついてるのもわかりきってるくせに、見ないふりをする。まともな話し合いもできないで適当にはぐらかされて終わる。そんな態度にずっともやもやしてました。でも私も私で、自立した女でいたいとか、恭平が忙しいときは一人の時間を楽しめる女でありたいとか、いろんなプライドが邪魔しちゃって」

だからいつも、何をされても「大人の対応」を心がけた。冷たくされても断られても冷静に話すようにした。

でもそれをくり返すうち、ふつふつと、また別の怒りが湧いてきた。

私は二人の問題で怒ってるのに、なんで、「感情的になると大人気ない」みたいな感じになるの。当たり前じゃん。私たちのことなんだよ。なんであなたは、自分には関係ないみたいな顔してるの。

あなただってちょっとは、私のために傷ついてよ。

「『別れよう』って言われて傷ついてる顔を見たかった。私がこれだけ傷ついてるんだから恭平だって、私のために傷つけられてほしかった。その顔を見れたら、少しは……」

既読がついてから三日経たないと返ってこないLINE。ようやく返信が来たと思ったら、スタンプ一個だけ。そこからまた三日待って、「今日めっちゃ寒い！　風邪ひかないようにね」と当たりさわりのない連絡を送る。そんな日々のくり返しも、恭平の傷ついた顔を一瞬でも見られれば、我慢できると思った。

「最低、ですよね……」

どう返せばいいかわからないのか、しんとした沈黙が続く。

「……いや、そんなもんだよ」

店長はコーヒーを飲みながら、静かに言った。

「結局、そしたら彼は、なんて？」

「お前に、別れようって言わせようとしてた、って。自分からはどうしても言いづらくて、お前から別れたいって言い出すように、わざと、連絡を返さなかったり、イベントごとを忘れたりしてたって、そう言うんです」

そして、小さな声で謝ったのだ。本当にごめん、と。うつむきながら、目も合わせずに。ちょっとくらい泣いてみせてよと思ったけれど、結局恭平は最後まで涙を流さなかった。

「傷ついた顔、別にしてなかったです。無表情で、冷静でした。それがまた、つらくて」

「なんというか、ずいぶんと不器用な人だね」

「そういうところが、好きだったんですけどね……」

子供っぽくて、鈍感で、その場のノリと勢いだけで生きているような人。ロマンチックなことが苦手な彼が、不器用なりにがんばって私を喜ばせようとしてくれた瞬間のくすぐったさをもう一度味わいたくて、あのころの彼にもう一度会いたいとあがきつづけて。

「それが、夜中の二時です。いっそ朝まで喧嘩《けんか》が続いてくれればよかったんですけど、話すことがなくなっちゃって。結局、同じベッドの端と端で寝て朝の八時に解散しました」

寝返りを打つと、五十センチくらい先に恭平の背中があった。ついさっきまで「触ってもいい背中」だったはずなのに、一瞬で「触ってはいけない背中」に変わってしまった。

第１話
「元カレが好きだったバターチキンカレー」

私のこと好きじゃなくなったの？　という一言さえ言わなかったら。

疲れてるなら無理しないでと言えていれば。

私はまだ、この背中を触っても許されたかもしれないのに。そんなどうしようもないたられればが、二時から夜が明けるまでずっと、ベッドの上をぐるぐると走りつづけていた。

「何がダメだったんだろう。考えたくなくても、そればっかり考えちゃうんです。重かったのかな。でも、重いって思われないように、返信も、本当はすぐに返したかったけど、一時間は置いてから返すようにしてたし。私、がんばったんですよ。本当はもっともっと、彼に好きって言いたかったけど」

そうだ。何度、ＬＩＮＥの「好き」を親指で消しただろう。

最後に別れた今朝だって、まっすぐに彼の顔を見て「好き」とは言えなかった。「もう一度やり直そう」という彼の言葉を待ちつづけて結局、何も伝えられずに終わった。

でも、こんなことなら。

「好き。大好き」

頬の上にまた、冷たさを感じた。顎先から涙の雫が垂れて、カレーの一部になっていく。

「大好きだった。ぜんぶぜんぶ、大好き。こんなことなら、もっと言えばよかった」

もっと言えていたなら、後悔しなかっただろうか。

バカな戦略なんてあれこれ考えないで、ただ「好き」と素直に言っていたら。

怖かったのだ。とても。生身の自分で勝負するのが。彼が求める「いい女」像とは何か、つねに考えていた。彼の「いいね」欄に沿う女でいようと思った。でも結局、そうやってあれこれ動き回った結果がこれだ。考えすぎて、バカみたい。

結局自分が取り繕いすぎていたから、恭平の本音も何も、わからないままで。

指先が震えて、でも止められなくて、今さら泣き顔が恥ずかしくなってきて、目元をワンピースの袖口でこすりながら、薄味カレーの残りを食べる。

ああ、そうだ。カレーだって、おいしいって言ってくれてたけど、きっとあれも私に合わせていただけで。もしかしたらあのときからずっと恭平は、私と別れるタイミングを見計らってたんじゃ……。

ぴたりと、スプーンを持つ手が止まる。

あの言葉は、本音だったのかな。恭平が私に、本音で向き合ってくれてたこと、あったのかな。頭上に、恭平の顔が浮かぶ。「これ、人生で食べたカレーで一番うまいよ！」と言いながら、数日分作りおきしておいた大鍋のカレーを何度もおかわりして、一晩で食べ尽くしてしまったときの、屈託のない笑顔。

あれは、本当の笑顔だった？

「ねえ、元気出して。よかったらアイスでも……」

だめだ、やっぱり……。

やっぱりどうしても、諦めきれない。

「あの、すいません、私のカレー……」

「ん？」

一緒に過ごした四年間のうち、どこまでが本当で、どこまでが嘘《うそ》だったんだろう。

私のどこまでがダメで、私のどこまでが、ダメじゃなかったんだろう。

もう、何も信じられない。

「……恭平の好きだったカレー、食べてみて、もらえませんか？」

気づけば、そう頼み込んでいた。はっきりと確かめるまでは安心できない。

「食べる？　誰が？」

「あなたが」

「俺が!?」

「あと、そこのお寺のかたも……黒田さん、でしたっけ」

急に矛先が自分に向いて驚いたのか、黒田さんは飲んでいた水を吹き出して咽《む》せた。

「ぼ、僕もですか？」

「だって、一人だけだと本当かどうかわからないし……」

「いや、あの、僕このあと修行が」

濡《ぬ》れた顎をハンカチで拭きながら、黒田さんはそろりと席から立ち上がる。

そこで、店長が黒田さんの肩をがしっと掴《つか》んだ。

「黒田さん」と、鼻先に顔を近づけ、店長はほほえむ。薄めの唇が、化粧品の広告のように完璧なカーブを描いていた。

「ここで俺一人だけ置いて出ていく……なんて殺生なこと、しないよね？」

黒田さんは、広い肩から店長の腕を無理やり剥がし、作務衣の襟元を整える。

「いや、僕はただの客であって……」

「お願いします」

私は二人に向かって頭を下げた。

休ませてもらった挙句、失恋の愚痴まで聞いてもらってしまった。その上自分のレシピで作ったカレーを食べてくれなんて、虫がいいのはわかってる。

「お願い、します……。このお礼は必ず……あっ、菓子折り持ってあらためて謝罪にきます！　お金も……あっ、そうだ、貯金ならけっこう……私、定期預金もしてるし！」

でも、ごめんなさい。このままじゃどうしても私――。

「……わかったよ。わかった。必要なものは？」

店長は諦めたようにため息をついてキッチンへ入る。冷蔵庫を開けて、中身を確認した。

「玉ねぎと鶏肉《とりにく》ならあるよ。あと、足りないものあったら書いて。買ってくるから」

はいこれと、エプロンとメモ帳を手渡してくる。

「……いいんですか？」

「乗りかかった船だ。最後まで付き合うよ。それに」

店長は、少しだけ寂しそうに笑って言う。

「失恋ってのはさ、タイミングを逃すと、永遠にできなくなるもんだからね」


テーブルには、皿に盛られたカレーが三人分、行儀よく並んでいる。バターとスパイスの色で染まった、クリーミーなカレー。最後の仕上げで、ドライパセリを振りかける。

「ど、どうぞ……」

ごくりと、唾を飲み込む。私は、店長と黒田さんをじっと見つめた。

「いただきまーす」

「いただきます」

ついに、店長と黒田さんは、スプーンでごはんとカレーをすくい、思いきり頬張った。

手のひらに滲《にじ》んだ汗を、ワンピースに擦《こす》り付ける。味見はした。おいしかった。私はおいしいと思った。でも、それを受け入れてもらえるか——。

店長はカレーをごくんと飲み込み、そして、目を大きく見開いた。

「うまっ！」

「え、本当ですか？」

「すげえうまい！　けっこう辛いけど、まろやかで。俺、好きだよこの味」

目尻に、くしゃっとした笑い皺ができていた。

「さっすが、彼のために研究を重ねただけあるね。……って、そういや黒田さん、さっきも俺の作ったカレー食べてたよね？　お腹空いてたの？」

カレーをかき込んでいた黒田さんの手が一瞬止まり、目が泳ぐ。

「いや、正直な話……口直ししたかったというか」

「えっ、ひどい」

「雨宮さん、今日のカレー、味見しましたか？」

「……あ」

「たぶん、水入れすぎてシャバシャバになってましたよ」

店長は慌ててキッチンに入り、さっき出していたカレーを味見した。うわっ、と顔をしかめながら、鍋の蓋をとじる。

「あー、レシピどおりに作ったと思ったんだけどな。昨日はうまくいったのに……」

「どうせ僕しか食べないからって油断してたんじゃないですか」

言ってくれればいいのに！　クレームは入れない主義なのでと、二人はのんきに言い合っている。ってことは、店長がたまたま間違えたからあの味になってただけで、やっぱり私の味覚はおかしくなかった？

私はもう一度、ずいと二人に詰め寄る。

「おいしいんですね？」

「おいしいよ」

「おいしいですよ」

「私がかわいそうだからとか、気を遣っておいしいって言ってくれてるわけじゃ、ないんですよね？」

「これが、気を遣ってるように見える？」

店長は、あっという間にほとんど空になった皿を見せつけながら言った。

「なんだ……。よかった……」

私の料理は、ダメじゃなかった。視界がみるみるマーブル模様になって、目の前のカレーも、店長の綺麗《きれい》な顔も、黒田さんの坊主頭も、すべてがうずになってとけていく。

私は天井を見上げ、大きく息を吐き出した。足の先端から、力が抜けていくのがわかる。

カレーが間違ってなかったからって、別に、すべてが「間違いじゃなかった」ことにはならないけれど。

「よかっ……たあ……」

ほっとして、カウンターに突っ伏す。

「そんなに心配だったんですか」

「……私、この四年間のことが、全部うそだったんじゃないかって思っちゃって」

恭平の笑顔も「好き」も「楽しい」も、私が「言わせてた」だけみたいに思えて。

「実際にどうだったのかは、わからない。私一人でバカみたいに空回ってたのは間違いないけど、でも……。本音を言ってくれてた部分も、あったんですね、きっと」

ああ、もう、今日は涙腺がゆるゆるだ。

また泣いてんのかと思われるのが嫌で、ワンピースの袖で涙を拭う。

「……結城さん、でしたっけ」

小さな声がして顔を上げると、バターチキンカレーを食べ終わった黒田さんだった。ナプキンで口元を拭きながら言う。

「四苦八苦という言葉を、ご存知ですか？」

「しくはっく……あ、はい、四字熟語の？」

唐突な話に、頭がフリーズする。えっと、何の話？

「これは本来、仏教用語なんですが」

「うわ、いきなりお坊さんアピールしはじめた。この人ね、お坊さんみたいな見た目だけど、本当にお坊さんなんだよ。しかもこう見えて、東大卒の元商社マン」

「ちょっと、うるさいですよ」

店長がにやにやしながらからかう。近所の星山寺《せいざんじ》というお寺で修行をしていて、ほぼ毎日、「雨宿り」にクリームソーダを飲みにくるのだと、店長が説明してくれた。

「まあ、話を戻すと」

黒田さんは照れ臭そうに、こほんと咳払《せきばら》いをした。

「病気とか、老いとか、嫌いな人と付き合わなきゃいけないとか、生きてると、いろんな苦しみがあるでしょう。仏教では、そういう人間の避けられない苦しみ、悩みを『四苦八苦』としてカテゴライズしているんです」

四苦八苦って、そういう意味だったんだ。全然知らなかった。

「僕が出家しようと思ったのは、この四苦八苦のうちに、『生きること』そのものが含まれていたからなんです。つまり、生きることも、苦しみだということです」

「えっ、それだけで？」

「そう。生きるってただでさえ、しんどいことなんだと僕は思います。嫌われたくない。傷つきたくない。そんな中でもがきながら、体当たりで恋愛をして……好きな人に好きになってもらおうと努力して、オリジナルのカレーのレシピまで作って」

黒田さんは、空になったカレー皿の縁をそっとなでる。

「すごいことやってるんじゃないですか、あなたは。四苦八苦と闘ってるんだから。バカみたいとか空回ってるとか……そこまで卑下しなくてもいいと思いますけど」

「黒田さん……」

「なに、黒田さん。いいこと言うじゃん」

苦しかった。恭平のことばかり考えていた。

忘れたい忘れたいと思っても、頭の中から追い出すことはできなかった。

でもそれは、私がそれだけ彼を好きである証《あかし》だった。誰かのことを猛烈に愛した時間はたしかにあった。

下手くそでも、思ったとおりにならなくても、私は闘ったんだ。「生きる」をちゃんと、がんばったんだ。

「なんか……」

急に、身体中にエネルギーが満ちていくのを感じた。動き出したくてたまらない。血液が猛スピードで脳と心臓を行き来している気がする！

「成仏しそう」

「え？」

「ずっともやもやしてた私の怨念が成仏しそう！」

私は思わず椅子から立ち上がった。

店長と黒田さんが、ぽかんと口を開けてこちらを見上げている。

第１話
「元カレが好きだったバターチキンカレー」

「黒田さん、そのままの勢いで、南無阿弥陀仏《なむあみだぶつ》的なこと言ってもらっていいですか!?」

私は中腰になり、黒田さんに向かって両手を突き出した。こい！

「あ、宗派が違うので無理です。あとこういうときに使う言葉じゃないです」

「じゃ……じゃあ、元カレよここに眠れみたいな感じでも可！」

「元カレ死んだみたいになっちゃうでしょうが」

「あー、せっかく黒田さんのありがたい言葉で怨念が消えていきそうだったのに……」

「仏教をなんだと思ってるんですか……」

くっそー、このままの勢いで、なんか全部スッキリして、明日になったら苦しいことなんもない！　恭平のこと完全に吹っ切れた！　って感じになったらいいなーと思ったのだけれど、そう簡単にはいかないようだ。

「だから言ったでしょ。失恋の傷は簡単には癒えないって。それよりさ、ももちゃん。俺、もっといい方法、思いついたんだけど」

私と黒田さんのやりとりをしばらく傍観していた店長が、急にそう言った。

「え!?　なんですか教えてください！」

「元カレを、見返してやることだよ」

「見返す……」

そういえば、失恋の傷を癒す三原則は、共感、時間、復讐だと言っていたような。

「復讐ってこと!?」

「そ。だってこんな本格派のカレー作っちゃうほどの情熱を持ってるのに、元カレはそれを受け止めてくれなかったんだよ？　それってなんか、悔しくない？」

「悔しい、です」

「だ、か、ら。このカレー、うちで出さない？」

まるでアイドルのような満面の笑みで、店長は言った。

「え!?　だ……出す!?」

「だからね、このカレーをうちの店の新メニューにするでしょ？」

店長は、人差し指を立てて言う。

「それで、このカレーが人気になるでしょ？」

「はあ」

「で、行列ができるくらい有名になったら……？」

あとは、わかるよね？　というように、店長はぱちっと片目をつぶってみせた。

私のカレーが人気になって……。有名になって……。そんで……。

「そしたら、恭平の耳にも入るかも！」

うんうん、と店長が満足げにうなずく。

「それでそれで、このカレーが超有名になっちゃって、『三軒茶屋で一番人気！』ってテ

第１話
「元カレが好きだったバターチキンカレー」

レビとかでも取り上げられて、うっかり全国展開!?　レトルトカレー発売!?　セブン‐イレブンでコラボメニュースタート!?」

「いや、そこまでは言ってない」

「そして六年後、そのレトルトカレーを、恭平がうっかり買ってしまうの！」

興奮がとめられない。やばい！　めっちゃテンション上がってきた！

「なんか演説はじまった」

「六年後っていうのがリアルですね……」

「そのレトルトカレーを一口ふくんだ恭平はハッと気がつく、『この味って……』。そして、パッケージに印刷されている監修者の名前を見て驚愕《きょうがく》する！　なぜなら、そこにあったのは六年前に別れた元カノの名前だから！」

「あれ、俺ひょっとしてやばい人に声かけちゃった？」

「店長！　私をここで働かせてください！」

私は立ち上がり、店長に向かって腕を大きく差し出した。

「うん、だからそう言ってるじゃん」

店長は、私の手を握る。少しひんやりとした手のひらだ。交渉成立だ。

しかし、一方の黒田さんは少し冷めた目をしていた。

「雨宮さんそんなこと言って、キッチン担当の子がいなくなって困ってるから誘ってるだけじゃないんですか」

「ぎくっ……いやいや、そんなことないよ！」

「この間も、電話で売上がやばいとかなんとか言ってませんでした？」

「黒田さん、盗み聞きなんて悪趣味だよ！　あのカレーを食べて、ももちゃんの腕は本物だってわかったし、それに……」

「それに？」

「ちょっと、おもしろいアイデアがあるんだ」


一か月後。

「……店長、なんですかこれ」

「いいだろ？　俺が作ったんだよ。なかなかうまいもんでしょ？」

「じゃなくて！『元カレごはん埋葬委員会』って何!?　しかも私、会長になってるし！」

会社を無事に退職し、いよいよ今日から新生活だと出勤した矢先、店の壁には大きなポスターが貼ってあった。

〈元カレごはん埋葬委員会！　失恋エピソード&元カレ（元カノでも可）との思い出のレシピ募集中！〉

と、でかでかと書いてある。

「ももちゃんも無事にスタッフになったことだし正直に話すけど、俺、控えめに言ってかなり顔がいいじゃない？」と、店長は真顔で言った。

「……はあ」

あれ？　こういう感じの人だったっけ？

「普通、こんな美男子が店長ならもっと繁盛してもいいはずだよね？」

「否定できなくて悔しい……。でも、たしかに。女の子いっぱい来そうですけど」

今日も喫茶「雨宿り」は閑古鳥が鳴いている。裏通りで往来が少ない場所だが、中に入れば雰囲気だって悪くない。このレトロ感がいいと言ってくれるお客さんもいそうなものなのに。

「そこなんだよ、問題は！」

店長は、こぶしをぎゅっと握りしめて力説した。

「女の人たちは、毎回常連になってくれるの。人によってはほとんど毎日ランチを食べに来てくれたり、カウンター席でクリームソーダを飲みながら俺に恋愛相談してきたり……」

「いいじゃないですか」

「そこなんだよ。その人の恋愛相談に真剣にのっているとね、あら不思議、いつのまにか目線は俺の方へ……。『店長さんみたいな人が彼氏だったら、こんな思いしなくてすむのかな？』と熱っぽく言われちゃうわけ」

なるほど、そういうことか。ようやく合点がいった。どうりで、このあいだも私の失恋話を聞くのがうまかったわけだ。

「ずいぶん羨ましい悩みですね」

薄ぼけたベルの音がなり、黒田さんが店に入ってきた。慣れた動きでカウンターの一番端の席に直行する。

「何を考えているかわからない腹黒男に相談なんて……それなら星山寺に来てくれた方がよっぽどためになる言葉を……」

「あ、だからね、そう言うと思って黒田さんの名前も書いといたから！」

店長は満面の笑みを浮かべてポスターを指さした。

「えっ」

黒田さんは慌てて椅子から下りて駆け寄り、ポスターを間近で見る。

「よかったー、黒田さんも乗り気で。助かるよ、本当に」

第１話
「元カレが好きだったバターチキンカレー」

「えええ本当だ！　よく見たら会長：結城桃子、埋葬係：黒田穂積《ほづみ》って書いてある！」

「僕を巻き込まないでくださいよ……」

「無理だよ。もうチラシも配ったし、金曜日の夜十時からスタートだからね」

店長は、ペラ一枚のチラシをひらひらと揺らす。ポスターと同じデザインのロゴが印刷されていた。

「金曜日の夜十時って……今日じゃん！　そんな、いきなり無理よ！」

「悪いけど、これは店の存続にもかかわる問題なんだよ」

店長は、ため息をついた。

「俺が恋愛相談にのると、九十九％の女の子は俺のこと好きになっちゃうの。お客さんと恋愛なんてできないから、当然、断るでしょ？　そしたら、『思わせぶりな態度取らないでよ！』って泣きながら出ていくでしょ？　で、結果、こうなると」

店長はポケットからスマホを取り出し、私たちに向かって差し出す。

黒田さんと私はそれをのぞき込んだ。喫茶「雨宿り」のグーグルレビューだ。

「店長がクズ」「二度と行きません！」「この男に騙《だま》されないで！」

見たこともないような罵詈雑言《ばりぞうごん》のオンパレードだった。

「平均１・８、星１レビューが一〇五件って……田舎の歯医者でもここまでひどくないよ」

「思わせぶりにしてるつもりはないんだけどね。せっかく来てくれたんだからと思って精一杯のおもてなししてると、こうなっちゃうんだよ」

そうか、イケメンもいろいろ大変なんだな……。

「まあ、その点ももちゃんはまだ元カレに未練タラタラだし、ちょっと変な子だから、俺に惚《ほ》れる心配ないでしょ？」

「変な子って……」

「だから、俺のところにくる失恋の相談は『元カレごはん埋葬委員会』で聞く。ももちゃんが共感して、本職の黒田さんが怨念を成仏させてあげる。それで、失恋にまつわるレシピとか聞いて、メニュー化すれば一石二鳥でしょ？」

無理やり言いくるめられている気もするが、まあ、筋は通っている……のか？

「店が有名になったら、ブルータスとかに取り上げられるかもよ」

店長がこそっと耳打ちしてきた。ブルータス⁉　たしかにそれは悪くない。

黒田さんの耳元にも口を寄せて、何かを囁《ささや》いている。黒田さんはしばらく眉間にくっきりとした皺を浮かべていたが、やがて諦めたように、ため息をついた。

「……一日二杯なら、手を打ちましょう」

「ドリンク二杯、サービスってこと？」

「いや、クリームソーダ二杯」

「そんなに飲むの⁉」

「修行には大量のエネルギーを使いますので、仕方のないことです」

「そんな言い訳して……」

二人のやりとりを見て、私はぷっと吹き出した。


外はまたぽつぽつと雨が降り出した。雨用のマットを入り口の外に敷く。

ふと、看板の文字が変わっていることに気がついた。

表には「新メニュー！　元カレが好きだったバターチキンカレー」、裏には「元カレごはん埋葬委員会OPEN」と書かれている。

元カレごはん埋葬委員会、かあ。

正直なところ、まだ傷はじゅくじゅくと痛むし、恭平を思い出すこともある。でも少しずつ、本当に少しずつだけれど、この傷と付き合っていく準備は整ってきた気がする。

看板を裏返す。十時からは、秘密の夜会のはじまりだ。

元カレが好きだったバターチキンカレー

材料（4人分）

◆仕込み◆
鶏もも肉……500g
バター……50g
にんにく……1かけ
生姜……1かけ
玉ねぎ……1個
ホールトマト……1缶
塩……小さじ1
砂糖……小さじ1
しょうゆ……小さじ1
生クリーム……50ml

◆肉の下味用◆
プレーンヨーグルト（無糖）……130g
ターメリックパウダー……小さじ1
にんにく……1かけ
生姜……1かけ
塩……小さじ1

◆スパイス（★）※すべてパウダー◆
カルダモン……小さじ2分の1
クミン……小さじ1
ターメリック……小さじ1
コリアンダー……小さじ2
ガラムマサラ……小さじ1
パプリカ……小さじ1と2分の1
レッドペッパー……小さじ2分の1

作り方

【1】 鶏もも肉は一口大に切る。玉ねぎは薄切りにしておく。にんにくと生姜はすりおろす。

【2】 (★)のスパイスをよく混ぜ合わせておく。

【3】 切った鶏もも肉、塩、ターメリック、にんにく、生姜、プレーンヨーグルトをジップロックなどに入れて混ぜ、もみ込み、2時間漬け込む。

【4】 鍋にバター、にんにくと生姜を入れて弱火にかけ、香りが立つのを待つ。

【5】 いい匂いが部屋中に広がったら、スライスした玉ねぎを入れて5分ほど炒める。

【6】 玉ねぎが透き通ってきたら、【2】のスパイスを入れ、玉ねぎに絡め、さらに5分ほど炒める。

【7】 ホールトマトを加える。トマトをぐずぐずに潰しながら中火で5分ほど煮る。(ここでしっかりトマトを潰しておかないと、存在感が出すぎてしまうので注意!)

【8】 鶏もも肉を、そのまま鍋に入れる。(ヨーグルトとターメリックなどが混ざっていい香りになるので、漬け込み液も一緒に、ドバッと全部入れちゃいましょう!)

【9】 塩と砂糖としょうゆを入れ、中火で15分ほど煮詰める。(放っておくとすぐに焦げつくので、定期的にかき混ぜましょう!)

【10】 ここで一度味見をしてください。なんだかパッとしないなと思ったら、最後に塩(分量外)で調整を。もっとマイルドにしたい場合は、生クリームを50ml入れ、とろみが出るまでさらに10分ほど煮詰めてください。(生クリームがなければ牛乳でもOK!)
ご飯にドライパセリをふりかけ、カレーを盛り付けたら完成。

第2話

「クズ
デパートの
罪深
ハンバーグ」

底冷えする二月の金曜日、私は喫茶「雨宿り」の抱える深刻な問題に直面していた。

「あの、店長……。今日、お客さん来ましたっけ」

一週間前から私の上司になった、店長・雨宮伊織は、私がどれだけじっと睨《にら》もうともどこ吹く風だ。薄暗がりの中でコーヒーを飲み、優雅にパソコンのキーボードを打っている。

「本屋の木村《きむら》さんと、肉屋の安達《あだち》さんが来てくれたよね」

「木村さんと安達さんしか来てないですよ」

「まあ、たしかに。そうとも言うか」

「あのおじさんたち、コーヒーで三時間も粘ってましたけど」

「年頃の男子には話すことがたくさんあるんだよ」

第２話
「クズデパートの罪深ハンバーグ」

私の追及など気にもとめていないように、店長はせっせと電卓を打つ。

「コーヒーって、一杯五百五十円ですよね。ってことは、一日の売上って」

「ちがうちがう。もー、間違えないでよももちゃん。木村さんと安達さんは、だいぶ前に配ったドリンククーポン券を溜《た》め込んでるから、ゼロ円だよ！」

いやいやいや。

いやいやいやいや。

「いやいやいやいや！　店長！　お願いだからそのかっこいい顔やめて！」私は耐えきれなくなり、思わず立ち上がった。

「顔がかっこよすぎて責められない！」

「はじめて聞きましたよそんな文句……」頭を抱えてうんうん唸《うな》る私を、隣でクリームソーダのアイスをつついていた黒田さんが呆《あき》れ顔で見る。

「だって黒田さん！　私、『雨宿り』に骨を埋める覚悟で会社辞めてきたんですよ？　なのに働き出してからこの一週間、毎日毎日毎日来るのは木村さんと安達さんだけ！」

「フルーツパーラー高村《たかむら》のおじちゃんもいるよ」

「高村さんだってクーポン族でしょうが！」私はたまらず吠《ほ》えた。「黒田さんのクリームソーダだって埋葬委員会のギャラだし……」

「な、なんか食べづらいんですが」と言いつつ、アイスをすくう黒田さんの手が止まることはない。

「こんなんじゃこの店、一瞬で潰れるんじゃ……」

やりたくはないのに前職での店舗運営経験のせいか、頭は勝手にそろばんをはじいてしまう。この一週間というもの、かつて配りまくったというクーポン券のおかげで、売上はほぼゼロだ。新規のお客さんだってふらりとランチを食べにきた女性ひとりだけ。なのにグーグルレビューの店長への悪口だけは増えていく一方という、最悪の状況だ。

このままでは私の給料分を稼ぐことすらできそうにない。会社を辞めた時点で不安定な生活になることはある程度覚悟していたけれど、ここまでやばいとは想定外だった。経費削減のため、ダウンライト一個に絞って節電しているけれど、それもほんの気休めだ。

「なんとかなるって。ももちゃんのカレー、常連さんには評判いいし」

事務仕事が一段落したのか、店長はパソコンからようやく顔を上げ、眼鏡をはずす。

「あとは埋葬委員会が盛り上がれば万事解決……あ、ちょうど相談者さんかな」

ちりん、ちりりん。

私が振り向くのと同時に、ベルがぎこちなく鳴った。あ、そうか。そろそろ埋葬委員会の時間だ。ぎいいい、と軋《きし》む音を立てながらたっぷりと時間をかけて、木製のドアが開く。

入り口に、ほっそりとした女性のシルエットが浮かんでいた。ただでさえ薄暗いのに、長い前髪にマスクをしているせいで、顔がよく見えない。

第2話
「クズデパートの罪深ハンバーグ」

「あの、すみません……。埋葬、してくれますか……?」

彼女は蚊の鳴くような声でそう言いながら、手のひらをこちらに差し出す。なんだか様子が少しおかしい気もするけれど、ひとまずお出迎えしなければ。

「こんばんはー。寒かったでしょ?　さっ、どうぞどうぞ」

「……結城さん、ちょっと待ってください」

彼女を案内しようとソファから立ち上がった途端、ぐんとすごい力で引っ張られる。黒田さんが、私のエプロンの裾を掴んでいた。

「ちょっと、どうしたんですか黒田さん」

「何か……妙です。何か持ってます」

「持ってる?」

「ももちゃん、手、手!　お客さんの手!」

せっかく来てくれたのに、いったい何なの?

「手?　二人ともどうし……」

暗がりの中、目をこらして彼女の手を見て、私は息をのんだ。肉のかたまりのようなものが、握られているのだ。喉の奥が、ひっくと動く。ひやりと体の芯が冷えていくのがわかった。

間違いない。ミンチにされた、何かの肉だ。

「……たしか、も、元カレ埋葬委員会って書いてあったと思うんですけど……あっ」

入り口のステップにつまずいた彼女が膝をつき、腰くらいまである長い髪がずるりと揺れる。古びた木目の床に、生肉がぼとりとこぼれ落ちた。店内で唯一つけていたダウンライトが反射し、不気味にそれを光らせる。

「ああ……なんてこと……」

彼女は身をよじらせてうめく。べちょっと散らばったミンチ肉をかき集めながら、ぎろりとこちらを睨みつけて言った。

何かの、肉。

「元カレ、埋葬、してくれるんですよね……?」

まさか、元カレの、肉!?

「ひっ、ひぃぃ!」

私は全力で後退《あとずさ》りした。背中が壁にぶつかり強烈な痛みが全身を駆け抜ける。でも、今はそれどころじゃない!

「ちっ、違うんです!　埋葬委員会っていっても、そういう意味の埋葬じゃないんです!」

もう、なんでこうなるのよ!　いくらお客さんでも、こういうのは望んでない!

やばい。どうしよう。逃げたいけど、怖すぎて足が動かない。そうだ。店長と黒田さんは——。助けを求めると、二人は固まってガタガタと震えていた。もう、そんな隅っこに

第２話
「クズデパートの罪深ハンバーグ」

いないで、助けてよ！

残った肉片がまとわりついてぬらりと光る手が、一歩、また一歩と近づいてくる。

私は覚悟して、ついに目を閉じた。思えば自分でも、何がしたいのかよくわからない人生だった。ブラック企業で疲れ果てて、おまけに結婚するつもりだった彼氏にもふられて。そんなときに「雨宿り」に出会って、私の人生これから変えるぞと意気込んでいた。

ああ、これからようやく楽しいことがはじまるって、わくわくしてたんだけどな──。

「……ません、すいません」

「……え？」

目を開けると、マスクを顎まで下げた彼女が、申し訳なさそうに私を覗《のぞ》き込んでいる。

「あのう、手を洗わせてもらっていいですか……？　あと、ハンバーグ、ごめんなさい、汚しちゃって……」

「……ハンバーグ？」

「はい、ハンバーグです。作ってる途中で、とっさに家を出てきたから……」

そう言って彼女は、床に落ちた肉を指差す。はっと我に返り、あわてて電気のスイッチを入れた。壁に張り付いていた店長と黒田さんも、ようやく安心したように近寄ってくる。

しゃがみ込んで床の肉をじっと観察し、言った。

「……ハンバーグ、だね」

「玉ねぎ、入ってますね」

それは明らかに、フライパンで焼く前のハンバーグの肉だねだった。

「……トイレ、あっちです」

全身から力が抜ける。

はあ。この三人で本当に大丈夫だろうか。やっぱり転職、早まりすぎたかな？


「あ、お客さん、このあいだの！」

その長い髪をポニーテールにすると、くりっとした大きな目があらわになる。額が丸くて童顔で、ひよこみたいにかわいらしい。さっきとは別人のようになった姿を見てようやく私は、彼女がこのあいだ、ふらりとランチを食べにきた女性だと気がついた。

「あっ、それ、さっき伝えたつもりだったんですけど……」

「えっ」

「すいません……声小さい上に、マスクしてたから……」

「いやいや、ごめん私たち、その、ほら、三人とも耳めっちゃ悪いから！」

よっぽど嫌なことがあったのか、このあいだとずいぶん雰囲気が違う。顔もすっぴんだし、スウェットにジーパンと、部屋着のような出立《いでた》ちだ。何より、まるで彼女のまわりだけ黄泉《よみ》の国にでも飛ばされたみたいに、どろどろとした暗いオーラが漂っている。

「……小島凪《こじまなぎ》、です。二十四歳、です。職業は……。会計事務所で、アシスタントしてます。趣味は……貯金です」

一番奥のソファ席に四人で座り、店長が淹《い》れてくれたコーヒーを飲みながら話を聞く。

貯金が趣味と言うだけあって、凪さんは、喫茶店でゆっくり家計簿をつけるのが週末の楽しみなのだそうだ。作業しやすい喫茶店を探して近所を散策していたところ「雨宿り」を見つけ、そのときにポスターを見て、埋葬委員会のことを知ったらしい。

「あっ、『元カレごはん』埋葬委員会か！　元カレ埋葬委員会なんて、そうですよね……あー、私ったら完全に不審者ですね……はっ恥ずかしい……」

「いや、凪さんは全然悪くないというか、私たちが早とちりしたから……。ねっ、店長」

「そ、そうだよ。でも頼ってくれて嬉《うれ》しいよ。ハンバーグ作ってる最中に飛び出してくるなんて、よっぽど大変なことがあったんでしょ？」

店長がそうほほえみかけると、凪さんは恥ずかしそうに目を逸らし、こくんと頷《うなず》いた。

「ついさっき本当に無理なことがあって飛び出してきちゃったんです。頭では別れなきゃってずっとわかってたんですけど、こんなふうに行動に移したのは初めてでした。その、別れようって決めてても、一緒にいると、この人には私がいないとダメだって思えてきちゃって……。あっ、でも好きなんです。好きなんですよ？　でも……。ああ、やっぱり帰ったほうがいいのかな……」

「ちょっとちょっと、凪さん！　ストップ！」

「理性と感情が乖離《かいり》しすぎてバランスが取れなくなってますね」

「黒田さん、何冷静に分析してるの！」

おろおろと立ったり座ったりする凪さんを、私はあわてて押し止《とど》める。たぶんまだ気が動転しているのだろう。いきなり「雨宿り」を飛び出したりしないように席を交代し、凪さんを窓際に押し込んだ。これでとりあえずは安心だ。

「ふう……。いったん、コーヒー飲んで？　冷静になって整理してみようよ」

「は、はい。すいません……」

なんてこった。埋葬委員会って大変だなあ。一気に暑くなってきてしまった。セーターの袖をまくり、私もカップに口をつけて一息つく。

「ねえ、気を悪くしたら謝るけど、凪さんの彼ってもしかして、とんでもないダメ男だったりする？」

店長がいきなり突っ込んだことを聞く。危うくコーヒーをこぼすところだった。

凪さんは、ただでさえまん丸な目をさらに丸くする。

「……なんでわかるんですか？」

第２話
「クズデパートの罪深ハンバーグ」

「いや、なんとなく。凪さん、ダメ男にひっかかりそうだなって思ったんだよね。たとえばほら、売れないバンドマンとかに好かれそうな雰囲気っていうかさ」

「もう、店長、いくらなんでも」そんなテンプレ展開、さすがにないでしょ。

「……私の裏アカ、見てます？」

信じられないことに凪さんは、真っ青な顔をしてそう言った。

「え!? 本当にバンドマンと付き合ってるの？」

「これ……」

おずおずと差し出された凪さんのスマホ画面を見る。何やら不穏なつぶやきが延々と書き込まれていた。

「はあ〜もう無理なのかなやっぱり」「金返せー」「私がここまでやってるのマジで意味不明」「バンドマンと付き合い出した時点で人生終わってました」「誰か正解おしえて」

めっ、めっちゃ病んでるー！

「私、友達にもよくダメ男製造機って言われるんです」

凪さんは、スマホをポケットにしまいながら言った。

「相手のために何かをしてあげないと、落ち着かないんです。付き合ってもらう価値がないような、バランスがとれていないような気がしちゃって」

「ちょっとわかるかも。私もどちらかといえばそういうタイプだ」恭平と付き合っていた頃のことが頭によぎる。恭平の家に泊まった翌日、早めに起きて朝ごはんを準備したり、シャツにアイロンをかけて、クローゼットにしまっておいてあげたり……。「好きだから何かしてあげたいっていうのとも、また違うんだよね。なんだろ、『やらないとイーブンじゃない』みたいな感覚っていうか」

「あっ、そう、そうかもしれません。大好きな彼と付き合うことができている。それに対して、同等の価値を返しきれてないような気がして……」

凪さんはその小鳥みたいな唇で、ふうふうと吹いてコーヒーを冷ました。

「六年前からずーっと追っかけしてたバンドだったし。相手のために何かをしてあげるのが、当たり前だったんですよね。ライブ後にプレゼント渡したり、チケットノルマ足りない分がんばって買ったり、スタジオ代立て替えたり……そういうファンとしての活動の延長線でここまで来ちゃった、っていうか」

ん？　スタジオ代立て替えたり？　そもそもファンってそこまでやるもんなのか？　いろいろひっかかることはあるものの、とりあえず私たちは、そのバンドの演奏動画を見せてもらうことにした。話はそれからだ。

四人組のロックバンドだった。インディーズだが、けっこう人気があるらしい。赤と紫

第2話
「クズデパートの罪深ハンバーグ」

の照明が交互に照らすステージ。ハイテンポの曲に合わせ、観客たちは人差し指を天井に向かって上げている。サビを終えると、ステージの右端でギターを弾いていた男が、一歩前に出て強烈なギターソロを弾きはじめた。

「この人です」と、凪さんは少し恥ずかしそうに男を指した。

いやあ、そうだろうな、と私は思った。だって、この人のカリスマ感といったらない。

長い前髪の隙間からたまに覗く、ミステリアスな瞳。ゆるっとしたTシャツとジーンズ。そのシンプルな格好が、すらりとした彼の体躯《たいく》を際立たせていた。まるで自分と音楽しかこの世界に存在しないみたいに恍惚とした表情でギターをかき鳴らす。

演奏のときの癖なのか、エレキギターのヘッドをときどきゆるりと下げ、その骨張った指先でネック部分をなでる仕草が、なんとも、なんとも。

「この人、絶対エロいでしょ」

突然、かつてなく真剣な目で店長が言った。

「ちょっ、ちょっと店長、いきなり何言うのよ！」

「いーや、俺にはわかる。このバンドメンバーの中だとギタリストが一番モテるね。ベースの人もそこそこ。ドラムとギターボーカルはそれぞれ三年くらい付き合ってる彼女がいるか、もう結婚してるってとこかな。あーあ、凪ちゃん、ずいぶん難儀な恋に手出しちゃったんだねえ」

「またこの人は適当なことを……」と、黒田さんが店長に軽蔑の眼差《まなざ》しを向ける。

「占い師ですか……？」

「だからなんで当たるのよ！」

凪さんはいよいよ恐ろしいものでも見てしまったかのように、両腕をさすった。もう、店長のこの無駄な洞察力は何なのよ。このスキルを売上アップにもっと活《い》かしてくれたらいいのに。

「全部、おっしゃる通りです。ショウくんは……あっ、彼の名前、将吾《しょうご》っていうんですけど、本当にモテるんです。『町田《まちだ》の女を全員抱いた男』って言われてましたから」

「やっぱり俺の読みが当たったか。まあ、ちなみに？　俺が世界を放浪してた頃には、『地球の女は、雨宮に二度惚れる』なんて少数民族のことわざができたこともあるけどね」

「こんなことで張り合うな！　ってか、二度ってどういうことよ？」

私たちがあれこれ言い合っていると、今度は突然、ぐるるるとお腹が鳴る音が聞こえた。

私はなんとなく、向かいにいる黒田さんを見てしまう。

「……僕じゃないですよ？」

「え？　じゃあ店長？」

「いや、イケメンはお腹鳴らないから」

「別にお腹鳴るイケメンもいるでしょ……」

第２話
「クズデパートの罪深ハンバーグ」

そんなとき、おずおずと右手を挙げる人物が一人。

「……ごめんなさい、私です」

凪さんだった。

「お腹空いてるの？　あ、そっか。夕飯食べてないんだ」

何か食べさせてあげられないかと、キッチンに行き、冷蔵庫の中身を確認する。

「ひき肉も玉ねぎもパン粉もあるからハンバーグ作れそうだけど、いる？　いや、でもさすがにハンバーグって気分じゃないか、スープとかのほうが……」

「いる、いる、いります！　実はもうハンバーグの口になってたんです！　なのに食べられなくて悔しくて」

凪さんは勢いよく立ち上がった。

「あっ、いやっ、その……すいません、図々《ずうずう》しいですよね……」

そう言いながらも、ぎゅるぎゅるというお腹の音は止《や》む気配がない。

顔を真っ赤にし、恥ずかしそうに潤んだ目が、「お腹が空いた」と私にうったえている。

「待ってて、すぐに準備するから」

私が笑って言うと、凪さんは心底嬉しそうに、うんうんとうなずいた。

さくっ、さくっ、さくっ。

新鮮な玉ねぎに包丁を入れる瞬間が、たまらなく好きだ。縦と横に切れ込みを入れ、上からとんとんと刃を落とす。まな板の上に、みじん切りにされた玉ねぎの山ができていく。

「すごい、機械みたい……」キッチンを覗き込みながら、凪さんが言う。料理をしながらでも話しやすいように、三人にはカウンター席に移動してもらった。たわいもない会話をしながら、ハンバーグの準備をする。

なんか、いいなあ、この感じ。

小学五年生のときに母が他界して以来、家事を任されたのは私だった。毎日せっせと料理を作り、三つ下の弟と一緒に食べる。父が帰宅するのはだいたい明け方で、私の料理がおいしいのかどうか、感想を聞く機会もなかった。私の家の台所は、いつも静かだった。味見をしてくれる人も、「おなかすいたー」と騒ぐ人もいなかったのだ。

「そういえば今日、なんで急に飛び出してきたわけ？　本当に無理なことって何？」

ハンバーグに合わせて選んだらしい赤ワインを飲みながら、店長がたずねる。

「あ、そのことなんですけど……」

第2話
「クズデパートの罪深ハンバーグ」

私は凪さんの話に耳を傾けながら、フライパンに油をひく。みじん切りにした玉ねぎを投入し、木べらで炒《いた》めはじめた。

「実は私、今日、ショウくんにお金を貸してきたところだったんです」

「お金を貸した⁉　あっち！」

フライパンを揺すったちょうどそのタイミングで衝撃的な言葉が飛び込んできて、玉ねぎがシンクのまわりに飛び散ってしまった。ダメだ、話に集中できない。いったん火を止めて作業台を拭く。

「貸したっていくらよ？」

いたずらがばれた子犬のように縮こまりながら、凪さんはゆっくり指を三本立てる。

「さん……三万？　三十万？」

「……三百万です」

「三百万⁉」

開いた口がふさがらない。っていうか、この子二十四だよね？　そんなに若いのによく三百万も……。いや、そんなことより。

「楽器代とかですか？　ギターって、結構高いですよね」

「それも何回かあるんですけど、今回はそれじゃなくて」

何回かある、という言葉に引っかかったが、とりあえず突っ込まないことに決めた。お、落ち着こう。落ち着いて聞こう！　平常心、平常心……。

「ショウくんの二番目の彼女が人妻だったんですけど、旦那さんに不倫がバレて訴えられて、どうしても三百万今日までに必要って言われて、ショウくんは消費者金融で借りまくってるからこれ以上無理だし、とりあえず私が立て替えることにしたんです」

「いやいやいや待って！　情報量多すぎ！」

二番目の彼女？　人妻？　訴えられて？　消費者金融？

「なに、そのクズのデパートみたいな……」

「オーケー、みんな深呼吸して。いったん話を整理しようか」

パニック状態の私たちを差し置き、店長は気品あふれる姿でワイングラスをゆらした。

「まず、ショウくんには何人彼女がいるの？」

「えっと、そのときによって違うんですけど、五人か六人くらいかなあ……。あ、ちなみに私は三番目です」

「そんな、出席番号答えるみたいなテンションで」黒田さんが、夢か現実かをたしかめるように、まぶたをごしごしとこすった。「どうしてそこまで尽くすんですか？　どうせ尽くすなら、もっといい人にすればいいのに」

「そんなのうちらも重々わかってるわよ、黒田さん！」

「なんで結城さんが答えるんですか」

どうして？　なんて、わかんないよ。私だって、教えてほしいくらいだ。彼女に優しくて、マメに連絡をくれて、誕生日にはサプライズをかかさない。そんなふうに深く愛情を注いでくれる人と一緒にいたほうが幸せになれるとわかっている。「女は愛するより愛されるほうが幸せ」だなんて、女子会でもネットでも、何百回となく言われ尽くした言葉だ。

そうだ。頭ではわかっている。

でも、そうなのだ。なぜか、愛してくれる人ほどうまく好きになれず、愛してくれない人ばかりを好きになってしまう。私の心にだってまだ、下手くそなふり方をした恭平の顔が、焼き付いていて離れないのだ。

「やっぱり、彼の作る曲が好きだから……でしょうか」

凪さんはそう言うとスマホを取り出し、音楽アプリを開いた。

いろんな曲のタイトルが並んでいた。ショウくんのバンドの曲だ。そのうちの一つをタップする。さっき見せてもらった映像のものとは打って変わって、ゆったりとしたリズムの、どこか寂しい雰囲気のする曲だった。

切ないギターのメロディーに耳を澄ませる。孤独を吐露するような暗い歌詞だけれど、ぐっと刺さるものがあった。こんな曲も、作れるんだ。

みんなで最後まで聴いて、はあとため息をつく。

「えっ、めっちゃいい曲……」

「でしょ!?」

凪さんは、今日一番大きな声を出して言った。

ああ、そうか。その表情を見て、なんとなく察してしまった。凪さんにとってショウくんはやっぱり、彼氏である以前に「推し」であり、リスペクトすべき相手なんだ。

「私ね、上京してきたばっかりの頃にこのバンドに出会ったんです。大学の課題もしんどいし、まわりにも馴染《なじ》めない。友達もいない。そんなとき、ふらっと遊びに行ったライブハウスで、この曲を弾いてるショウくんを見かけて。この広い街で、ひとりじゃないって思えたの、はじめてでした。これ、私のための歌だ。私のことを歌ってる。だから、この曲に支えられて学生生活を乗り越えたようなところがあるんです」

三百万円も貸してしまうなんて、完全に「恋は盲目」状態になってしまっているのかと思っていた。でも、違う。そんなに単純じゃない。つらい時期を救ってくれたスーパーヒーローを嫌いになるのは、簡単じゃないのだ。

「外見が好き」とか「大切にしてくれる」とか「店選びのセンスがいい」とか、そういう条件をまるっと超越するくらいの力が「尊敬」にはある。強烈に尊敬できる何かを一つ持っているだけで、一瞬で恋に落ちてしまったりするものだ。

「ショウくんの作る音楽の良さは、欠陥から生まれるものだから、彼女としての私はつらいけど、ファンとしての私は、ショウくんのことを否定できなかったんだと思います。むしろ、欠陥のある人間でいてほしかったのかもしれません。私、彼のもがいているところや、そういう、もがきながら生み出される曲が好きで、尊敬してたから……」

「俺それ、なんとなくわかるなあ」店長が腕を組んで、しみじみと言った。「器用な人より、不器用な人の作る歌のほうがおもしろいんだよね。『この苦しさを抱えてるのは俺だけじゃない』って確認したいじゃん」

「お釈迦様の言葉より弟子の言葉の方が刺さる、みたいなのと同じ理屈ですか？」

「黒田さんごめん、全然わからない」

「……いや、出家する前の、サラリーマン時代の話ですよ。精神的にまいってた時期があって、いろんな本を読んでいたんですが、悟りを完全に開いた人の言葉より、悟ろうともがいている人の言葉の方が刺さったなと、今ふと思い出して」

そうか、黒田さん、社会人経験あるんだった。

「そうそう、それです。私、彼のもがいているところが好きだったんです」

凪さんは、人差し指をぶんぶんと振って熱弁した。

「ライブのあと、夜中の三時にふらっとやってきたと思ったら、ぎゅっと私に抱きついて、何も話さなくて……。『俺のこと、ちゃんと好きだよね？』って何回も何回もたしかめてくる。そういう人だったんです」

「自分は、何股もしてるくせに？」

「そう、何股もしてるくせに。でも、そういうところが好きだったんだと思います。彼の心には、どう足掻《あが》いても埋められないほど大きな空洞があいていて、私自身も、その空洞を埋める手段の一つになりたかった」

空洞を埋める、手段の一つに。

ああ、それは……。わかるなあ。わかっちゃうなあ。

「……みんなはダメ男とかクズとか言うけど、私はあなたの本質的なよさをわかってる」

私がそう言うと、凪さんははっとしたように顔を上げた。

「私は他の女とはちがう、ってどこかで優越感に浸ってたいからこそ、相手のダメさを受け入れようとしちゃうこと、ある、よね……」

「……桃子さん」

「あっ、ごめん。私はそうだったなってだけ」つい、感情移入してしまった。

「……いえ、私も同じです。あなたは完璧じゃなくていい、って言える女でいたかった……のかな。だから、三番目でも大丈夫だった。懐の深い女のふりをしてた。欠点を直さなくてもいい、成長しなくてもいい、あなたはあなたのままで素敵。そう心から思えるのは私だけ。彼はまだ、私が一番の理解者だって気づいてないだけ……」

心臓を鷲掴《わしづか》みにされたように一気に苦しくなる。

いつか彼が成長して、運命の人は私だってわかってくれるはず。それまで待とう。大丈夫、私は待てる。だって懐の深い女なんだから。

恭平から返信が来ないたび、何度、占いに頼ったことだろう。前世が見えると評判の占い師に言われた、「彼の魂はまだ未熟なのね。あなたのほうが先に気がついちゃっただけ。もう少し待ってあげて」という言葉をおまもりのように大事にしてきた。そうだ、優先順位の一位が自分じゃなくても、大丈夫だった。大丈夫な気がしていた。

だって、彼はまだ私が運命の相手だと気づいていないだけであり、先に真実の愛に辿り着いた私は、彼が私と同じステージにのぼってくるのを、おおらかな心で待ってあげなくてはいけないのだから。

結局、下手に出ているようで内心では、恭平を自分より下に見ていたのかもしれない。いや、それとも、自分と同じくらいの愛情が返ってこない現実が怖くて、都合のいい解釈を当てはめていただけだったのだろうか。

「あ、もしかしたら……」

凪さんはふと何かに気がついたように、顎に手を当てた。

「今日、そういう自分にも、冷めちゃったのかもしれません。彼だけに冷めたわけじゃなくて。『懐の深い女』のふり、いつまで続けるんだろうと」

「……懐、じゅうぶん深いと思いますけどね。他人のためにそこまでできるんですから」

黒田さんの言葉には答えず、凪さんは小さな笑みを浮かべて、コーヒーを飲んだ。

タイヤが水飛沫《しぶき》をはね上げる音がする。

「あれ。今日はずっと晴れの予報だったのに」店長がつぶやいて、ドアの外を見る。もともと私は雨女だけれど、なんだか「雨宿り」にきてからというもの、雨に降られる回数がかなり増えている気がする。もしかして店長も雨男？

「そう言えば凪さん、ショウくんから連絡とか来てる？　なんて言ってきたの？」

「ああ、スーパー行ってくるねって言ってきたので、たぶん、買い物遅いなくらいにしか思ってないと思います」

凪さんは、スマホをちらりと確認して言った。電話やメッセージは来ていないようだ。

「ハンバーグ、ショウくんのリクエストだったんです。今朝、お金のこと言われて、とりあえず仕事休んで銀行まわって貯金かき集めて、どうしても足りなかったから私が買った高いギターと機材も売って、最後にちょっと親に嘘ついて借りて……」

「す、すごいな」

「でも、貯金が趣味って言ってませんでした？　足りなかったんですか？」

「その……ショウくんに貸すお金を捻出するために家計簿つけるようになったってところも

第２話

「クズデパートの罪深ハンバーグ」


……ある、ので」

「おお……」

「……すみません、余計なことを。続けてください」

黒田さんのせいでお通夜みたいな雰囲気になってしまったが、気を取り直そう。

「それで？」

「ようやく三百万そろえたあとに、彼が言ったんです。『走り回ったら疲れたな。何かうまいもん食べようぜ。あー、俺ハンバーグ食べたいな』って」

私も、ハンバーグ作りを再開する。ボウルに炒めた玉ねぎとひき肉を入れて混ぜ、粘度が出るように力をこめた。

「それで、家でハンバーグこねてたときにふと、あれ？　走り回ってたのあなたじゃなくて私だよね……？　なんでこの人が、一仕事終えた顔してんだろうって、頭が冷静になってきちゃったんです」

「そりゃそうだよ。いや、お前が作れ！　ってなるよね」

「まあでも、貸すのは、最終的には私が決めたことだしって、自分を納得させながらハンバーグを丸めてました。今日はよくがんばったし、いつもは我慢してるけど、チーズも入れちゃおう。大好きなチーズ食べたら、ちょっとは元気が出るはずって、とろけるチーズを肉だねに入れようとしたとき、ショウくん、なんて言ったと思います？」

凪さんは、その小さな手を丸め、力をこめて言った。

『ちょっとちょっと、チーズとかやめてよ〜。胃にもたれるじゃん。さっぱりにしてよ』って言ったんです！」

「はあ!?」

私は反射的に、今まさに丸めていた肉だねをぐちゃっと握りつぶしてしまった。

「三百万貸してもらって、夕食のリクエストをして、自分は何もせずに彼女に作らせて、しかも、チーズはやめて？　なっ、なっ……」

「うわあ……」

店長と黒田さんも、さすがに顔をひきつらせている。

「『ごめんごめん、ショウくんはおろしハンバーグが好きなんだったね』って言ったら、『さすが。よくわかってんじゃん。最初からそうしてよ』って」

「くっ……。女をバカにすんじゃないよ！」

「ももちゃん、いったんボウルから手はなそうか」

「だって店長！　ハンバーグって作るの大変なのよ！　工程が多いのよ！　三百万もかき集めた日に作る料理じゃないの！　ただでさえめんどくさいのに、おろしって……」

話しているうちにどんどん怒りが湧いてきて、顔がカーッと熱くなるのがわかる。肉体的にも精神的にもくたくたになった凪さんにとって、最後の救いがチーズハンバーグだったはずだ。ハイカロリーなものを食べてようやく癒やされる傷だったのだ。それなのに。

「まさか大根おろしもこっちにやらせる気じゃないだろうな、え!?」

「やらせる気どころか！　私、完全に普通のハンバーグ作る気だったから、大根、買ってなかったんですよ。『ごめん、スーパー行ってくる』って言ったら、『大丈夫、全然待てるし。あ、シソもよろしく〜』って」

「はあああ!?」

「なんか……来世が大変なことになりそうな人ですね」

「たしかに。畜生道に堕《お》とされても文句は言えなそうだ」

私は肉だねを置いて手を洗い、キッチンから出ると、つかつかと凪さんに近づいた。

「凪さん！」

「はっ、はい」

私は凪さんの肩をがっしりと掴む。「チーズハンバーグ食べよう！」

「……えっ？」

「あなたは今日、絶対にチーズハンバーグを食べなきゃダメ。それも大量のチーズで！」

「で、でも……ごはんまで出してもらう上に申し訳な……」

そう言って首を左右に振る凪さんを、私は食い気味に制した。

「申し訳ないことなんてないの。食べるってのは体もだけど、心を回復させる行為でもあるんだよ。凪さんは今日誰よりもがんばって、心のエネルギーもすっからかんなんだから、もう、入れたいもの全部入れよう！　チーズ以外には何か入れる？」

「えっと、けど、チーズ、あるんですか？」

「大丈夫。俺らが深夜スーパーで買ってくるから。ね、黒田さん」

店長はあっという間にコートを羽織り、アイドルさながらにウィンクした。

私は、凪さんにあらためて向き直って言う。

「ほら、ね？　凪さん。たまには、リクエストをする側になろう？」

そうだ。いつも誰かのお願い事を聞いてばかりの人は、誰かを助けてばかりの人は、お願いの仕方を忘れてしまう。そもそも、自分がリクエストを出してもいいということすら、忘れてしまうのだ。誰かに頼ること、お願いを聞いてもらうことそのものに、罪悪感を覚える。迷惑をかけているような気がしてくる。

一度体に染み付いた罪悪感のクセは、なかなか消えない。

そしていつしか、他人に対して何かの価値を提供してあげないとイーブンじゃないという感覚が、体にまとわりつづけるようになる。

もちろんそういうみんなを助ける生き方も素敵だけれど、私は、「雨宿り」にきたときだけは、誰もが、お願いを聞いてもらう側になってほしいと思った。

凪さんはしばらくもじもじとシャツの裾をいじくっていたが、やがて意を決したように、

第２話
「クズデパートの罪深ハンバーグ」

「ハンバーグの中もチーズで、その上にもとろけるチーズがかかってて、それから、それから……半熟卵と、おっきいソーセージも添えてほしいです！」

と、大きな声で言った。ビー玉みたいな二つの目が、私をまっすぐに見つめている。

今日という日をなんとか生き抜いてきた人の、「これ食べたい！」という願いを叶えられるのは、なんて幸せなことだろう。

「よしきた！」


分厚いハンバーグにナイフを入れると、とろりとチーズがこぼれ出て、鉄板の上にあふれた。ハンバーグの表面にのせたチェダーチーズとともに、口に運ぶ。熱々の肉汁が口の中の隙間という隙間を容赦なくうめつくしていった。

「はっ、はふはふ……。こ、これ……ずっと食べたかったやつです！」

凪さんは頬に両手を当てて、目を閉じ、深い深いため息をついた。

「んー、最高……。あー、つかれたあ」

だらりと両腕をソファに投げ、全身の力を抜いて目を閉じた凪さんは、本当にようやく、自分が心底疲れていたことに気がついたようだった。

凪さんのリクエスト通り、チーズを山盛りにし、さらに、パリパリに焼いたチーズのチップも添えた。確実に胃もたれしそうなメニューだ。

「どう？　帰ったらちゃんと、別れ話できそう？」

あつあつのソーセージをごくんと飲み込んでから、凪さんは言う。

「……うん。なんかようやく、決心つきました。これ食べて」

「これ食べて？」

「だって私、自分が食べたいもの食べたの、本当にひさしぶりだって思い出したんです」

ショウくんには彼女が複数いるので、いつ凪さんの家に来るのか予想できないのが常だった、と凪さんはため息をついた。「今日行くわ」といきなり連絡が来るのが当たり前で、だからこそ、来た日には確実に喜んでもらえるように、ショウくんが好きなものをストックしておくのがここ数年続いていたそうだ。なんて健気《けなげ》なの！

「それに……『胃にもたれるから、さっぱりにしてほしい』って言われて、なんか……この人、胃もたれとか気にするんだって、ちょっと冷めちゃいました。人妻と付き合って人様の家庭を壊すことや、彼女にお金払わせることは全然気にしないくせに、胃もたれは気にするのか、って。お金とか不倫とかより、それが一番引きました」

「あはは、たしかに！」

冷める瞬間って、本当に意外なタイミングでやってきたりするものだ。

とろりと溶けたチェダーチーズをハンバーグにたっぷり絡めながら、店長が言う。

「いろいろストレスが積み重なってたところにさ、最後のひと押しで胃もたれ発言があって。母性フィルターが完全にオフになっちゃったのかもね」

「母性フィルター……。そうですね。私も、彼のすべてを受け入れるふりをしながら内心では、『理想のクズ男』像を押し付けていたのかもしれません。何股もするとか、不倫するとか、心に傷を負ってるとか……。そういう、アーティストっぽいとがり方ならよかったけど、『胃もたれを気にする』みたいな、普通の人っぽいところは、見たくなかった」

凪さんは、自虐気味に笑った。

「もう六年も前だから覚えてないけど、たぶん最初は、ちょっと几帳面《きちょうめん》な女と、ちょっとだらしない男くらいのバランスだったと思うんです」

「それが、少しずつ変わっていった？」

「懐の深い女のふりと、心に傷を負ったクズ男のふり。お互いに求めていた役割を、それぞれ、演じつづけて……。お互い、よくがんばったと思います、うん。がんばった」

凪さんはそう宣言すると、ごはんをかきこみ、スープを飲み干し、ハンバーグをたいらげた。付け合わせのコーンとブロッコリーまで、一つ残らず、食べ尽くした。見ていて気持ちいいくらいの食べっぷりだった。

「ごちそうさま。ありがとうございます。すっきりしました。家に戻って、彼とちゃんと別れてきます」

凪さんはそう言うと、よし、と気合いを入れ直すように言い、長い髪の毛をきゅっともう一度結んだ。

「また、恋愛でも仕事でも……懐の深い女のふりに疲れちゃったら、またここに来て。このチーズハンバーグ、いつでも出すから」

「あれ、でも、元カレごはん埋葬委員会って、失恋がきっかけで作れなくなったレシピを提供するんじゃあ……?」

「いいのいいの！　失恋のおかげでできた大好きなレシピもあり！　ね、店長」

「会長のおっしゃる通りに」と、店長は片手をひらひらとゆらした。

それじゃあ、と目配せすると、黒田さんが咳払いをし、背筋を伸ばす。

みんなで手を合わせ、声をそろえて言った。

「このたびは、御愁傷様でした」

私は、凪さんの六年間の恋心が、ややこしく絡まっていびつになった恋心が、どうか成仏できますようにと願った。

押し殺しつづけてきた心の中の、遠慮がちな凪さんが、これから先は少しずつでも、表に出てこられますようにと、願った。

それから。

第2話
「クズデパートの罪深ハンバーグ」

チーズハンバーグを食べたいとき、「食べたい」とためらわず言えますように。


「安達さんと高村さんと木村さん、チーズハンバーグね！」

「はーい！　あっ店長、これソファ席のお客様に！　定食二人前です」

平日も土日もガラガラだった「雨宿り」は、チーズハンバーグ定食が商店街で話題になったおかげでお客さんが少し増えていた。十二席しかないとはいえ、注文が続くとなかなか大変だ。

ランチの波を乗り越え、客足が落ち着いたところで水を飲む。ふうとため息をついたとき、ちりん、とベルが鳴った。

「桃子さん！　雨宮さん！　黒田さん！」

そこにいたのは、凪さんだった。長かった髪をばっさりと短く切りそろえている。

「うわー、誰かわからなかったよ！　おでこ出ててかわいい！」

私がほめると、えへへ、と、凪さんは照れ臭そうに笑った。

「ちゃんと別れられた？」

「ばっちり、借金返済の念書を書かせて、拇印《ぼいん》も押させましたから大丈夫です」

凪さんはぐっと親指を立てた。さすが、会計事務所で働いているだけある。お金まわりの契約はきっちり処理したようだ。

「ところで、今日はどうしてもチーズハンバーグ食べたいんですけど、いいですか？」

「もちろん！　あ、でも、正式名称は……」

私は、このあいだ刷新したばかりのメニュー表を凪さんに手渡しながら言う。「じゃーん！　失恋直後のチーズハンバーグ！」

「まんまですね！」

凪さんは、くすくすとおかしそうに笑う。

「俺は、愛と欲望のハンバーグがいいと思ったんだけどねぇ」

「それなんかエロい感じになるからやめようって言ったでしょ！」

「あ、雨宮さんがそう言うなら……」

店長の提案に、凪さんが頬を赤らめてもじもじしている。

「ちょっと凪さんストップ！　店長を推しにするのはやめよう！　たぶん大変なことになるから！　っていうかまず食べよう！　ね!?」

ぎゃあぎゃあとみんなで騒ぎながら、おいしいごはんを作って、食べて。

結局、私が何をしたいのか、「雨宿り」で何をするべきなのかまだわからないけれど、

第2話

「クズデパートの罪深ハンバーグ」

ひとまず私は、私にできることをやろう。

外からは少しずつ、暖かい空気が流れ込んできていた。

もうすぐ、春だ。

失恋直後の
チーズ
ハンバーグ

材料（2人分）

ひき肉	300g
玉ねぎ	小さめ1個（200gくらい）
パン粉	大さじ4
ナツメグ	小さじ1
牛乳	大さじ4
塩こしょう	お好みで
とろけるチーズ	好きなだけ
チェダーチーズ	好きなだけ
粗挽きソーセージ	好きなだけ

作り方

【1】 みじん切りにした玉ねぎをフライパンで炒め、取り出して冷ます。

【2】 【1】に、ひき肉と、牛乳にひたしたパン粉、ナツメグ、塩こしょうをボウルに入れてこねる。

【3】 【2】のハンバーグだねの中にとろけるチーズをちぎって入れて丸める。上にチェダーチーズをのせて焼く。

【4】 パリパリに焼いたチーズのチップと、焼いた粗挽きソーセージにチーズをたっぷりかけたものも添えて、ごはんとともにもりもり食べる!

第3話

「着払いで送ってポテサラ」

元カレが残していった思い出の品。

たとえば誕生日の手紙、たとえばお揃《そろ》いのマグカップ、たとえば一緒に行ったディズニーランドのチケット。別れたらすぐに捨てる派ですか？　物に罪はないから使えるものは使う派ですか？　それとも。

「さっきからどうでもいいこと言ってないで、手動かしてくださいよ」

苛立ちを隠さない黒田さんの声で、私は現実逃避の世界から呼び戻される。

「はいはーい。俺は、ほとんど人にもらったもので暮らしてるから捨てる選択肢がない派だよ」

「あなたに聞いてないですよ」

第3話
「着払いで送ってポテサラ」

「もうっ。人が感傷に浸ってるのに茶々入れないでよ!」

「結城さんが言ったんでしょうが一人じゃ捨てられないからって!」

うう。それはそうだ。黒田さんが至極真っ当なツッコミを入れてきて、反論の余地がない。私は胸の苦しみをこらえながら段ボールに手を突っ込み、荷物の分別に戻った。


どうしても、恭平が残していったものが捨てられなかった。ゴミとして出してしまったら別れたという事実が揺るぎないものになる気がして、彼のために置いていた歯ブラシやヘアジェルなどの生活用品から、プレゼントされたもの、スマホに残ったデータにいたるまで全部、捨てる決心がつかなかったのだ。まだどこかで、恭平とやり直せるという希望を持っていたかったのかもしれない。


けれど「雨宿り」にも少しずつお客さんが増え、金曜夜の埋葬委員会でもいろんな話を聞いているうちに、もうそろそろ私も未練を断ち切った方がいいような気がしてきたのだ。

とはいえ、私のようにジメジメした性格の人間がそれほど簡単に切り替えられるわけもなく、とりあえず荷物だけでも捨てようと思い、部屋の大掃除を始めた……わけ、だ、が。

まあ、捨てられない。全然進まないのだ。恭平にもらったものどころか、前から使っている香水ですら「この香水、ワンピースの裾につけていったとき『いいにおいするね』ってほめてくれたな……」とフラッシュバックさせてくるし、挙げ句の果てにはポケットティッシュを見ただけでも「新宿《しんじゅく》でデートしたときにもらったやつかも……」と涙が出てくる始末で、結局我慢できなくなった私は、身の回りのものを適当に段ボールへぶち込み、「雨宿り」に持ってきてしまったわけだ。店長はおもしろがり、黒田さんは呆れていた。まあ、いつもの反応だ。

「物への執着は過去への執着。今の結城さんは過去に足を引っ張られてますよ」

と、黒田さんは至極もっともなことを言う。私はギリと唇を噛みながら、恭平が爆睡していた映画の半券をゴミ袋に捨てた。「はい……おっしゃるとおりです」

「さあ、手を動かして」

普段ならつい言い返したくなることも多いけれど、今回ばかりはありがたい。テキパキと荷物の仕分けをする黒田さんは、いつも以上に頼りになる。

一方、店長はあれこれおしゃべりしてばかりで、むしろ……。

「雨宮さん、僕の邪魔してるでしょ」

ついに、黒田さんが反撃した。

「いや、もらえるものはもらっておこうかなって。これ似合う？」

店長は、アイラブＮＹとプリントされたＴシャツを胸に当てている。アメリカ旅行のお土産で、恭平の部屋着にしていたものだ。観光客丸出しのめちゃくちゃダサいＴシャツなのに、どうしてこうも、店長の顔をくっつけるとお洒落に見えてしまうのか。

第3話
「着払いで送ってポテサラ」

「ほしいものあったらもらっていいんだよね？」

「いいですけど、人の元カレが使ってたものなんて、よく持って帰る気になりますね」

「だって俺お金ないし、もらえるものはもらっとかないと」

店長はそう言うとご機嫌でTシャツを畳み、紙袋にしまった。

そうなのだ。ここで働くようになって、もうすぐ二か月。少しずつ店長のこともわかってきたのだけれど、この人は意外にもドのつくほどのケチだった。新しい調理器具がほしいと頼んでも、なかなかOKしてくれない。クーポン券やポイントカードが大好きで、店長の財布はいつもパンパンに膨らんでいる。あんなにばかすかクーポン券を配りたがるのは自分が好きだからだったのかと、最近ようやく合点がいったところだ。

そんなこんなで、三月の金曜日、夜。いつもどおり埋葬委員会の相談者さんを待ちながら、私たちはせっせと荷物を仕分けしていた。

今日は、「雨宿り」の常連でもある、西野牧子《にしのまきこ》さんが来る予定になっていた。

牧子さんは、「雨宿り」から歩いて三分くらいの飲み屋街で小さなバー「如月《きさらぎ》」を経営していて、このあたりではちょっとした有名人だ。店長が「雨宿り」をはじめた当初からちょくちょく遊びに来てくれていて、結構古い付き合いらしい。具体的な話はまだわからないのだけれど、「とにかく聞いてほしい愚痴がある」と店長に連絡があった。バーを閉めたらこっちに来るそうだ。いったいどんな失恋話なんだろう？

　時計を見ると、「如月」が閉まるまであと三十分。そうだ、牧子さんにも、「元カレとの思い出の品、捨てるか残すか問題」について聞いてみようかなと、そう思っていた――ときだった。

「雨宮くん、すぐに来てくれ！」

　急に飛び込んできたのは、「雨宿り」のクーポン三銃士の一人、肉屋の安達さんだった。続いて、本屋の木村さん、フルーツパーラーの高村さんもあとを追ってくる。安達さん、高村さんはまだ六十代で体格もよく、それほど疲れているようには見えないけれど、たしか木村さんは七十四歳だ。ひいひいと死にかけのヤギのような呼吸をしながらドアにもたれている。

「な……どうしたの？　大丈夫？」

　店長がさっと立ち上がり、三人を支えて椅子に座らせようとする。私も慌てて水でも出そうかと思ったが、木村さんがそれを制し、私の腕をぐいと引っ張った。

「も、ももちゃん、いいから、とにかく牧子さんを」

「そうだ、ももちゃんも、牧子さんと仲良かったよな⁉」と安達さんも、顔の汗をシャツでぬぐいながら言う。

　その言葉に、私たちは顔を見合わせた。「牧子さんに、何かあったんですか？」

第3話
「着払いで送ってポテサラ」

安達さんは、でっぷりとした腹をおさえ、大きく深呼吸をする。

『如月』で飲んでたんだが、今日は何か、様子がおかしかったんだ。『飲まないとやってられない気分なんだ』とかなんとか言って、俺たちが止めても飲みつづけて……」

「ただでさえ、あんなに飲むのに？」

「いつもの倍は飲んどったよなあ」と、高村さんが、息を整えながら言った。

いつもの倍!?

大きな声で豪快に笑い、豪快に酒を飲み、機関銃のように延々としゃべりつづける牧子さんは、私が人生で出会った誰よりも酒が強い。いつもとんでもない量の酒を飲まされ(店長は淡々と自分のペースで飲むし、黒田さんは下戸なので私がつねにその役目を担うことになった)、「如月」で爆睡して気がつけば朝、なんてこともしょっちゅうだった。いつもの倍なんて、考えただけでもぞっとする。

「それで、突然『私はヤツに復讐する！』とか言って、出ていっちまったんだよ」

木村さんは、その小さな背中をさらに丸めて言った。

埋葬委員会への申し込みに、「復讐する」というワード。やっぱり恋愛絡みで何かあったんじゃないだろうか。今日の埋葬委員会で吐き出したい思いがあったはずが、夜まで待てずに飲みすぎてしまったのかもしれない。とにかく、牧子さんを捜しに行かないと！

「聞いたことがある……」

ふいに、店長が神妙な面持ちで、顎に手を当てた。

「デストロイヤー牧子の噂《うわさ》を」

「デストロイヤー牧子!?」

全員の声が重なった。

「何よそれ？　プロレスラーの名前？」

ふざけているのかと思ったが、店長はいたって真面目な顔だ。

「牧子さんはプロ意識が高くて、弱みを人に見せたがらないタイプだろ？　いつも笑っていたいし、みんなで楽しく酒を飲みたい。疲れても傷ついても休まないし、普段通りに働きつづける。でもだからこそ、ストレスの捌《は》け口がなくて、ある日突然、限界が来るんだ。そういうストレスＭＡＸのときに酒を飲みまくるとあらわれるのが……」

「デストロイヤー牧子？」

店長は、黙ってうなずいた。

言われてみれば、牧子さんがつらそうにしているところを、私は一度も見たことがない。長い前髪を色っぽくかきあげ、白い歯を見せて大爆笑する姿しか思い浮かばない。牧子さんの笑っていない顔を想像する方が難しいくらいだ。

「それで、デストロイヤー牧子になると、どうなっちゃうの？」

「とにかくいろんなものを破壊して回るらしくて……噂によれば、かつてデストロイヤー牧子によって一つの商店街が消え去ったとか……」

それを聞いて、クーポン三銃士は身を寄せ合ってガタガタと震え出す。

「あな恐ろしや……」木村さんの細い腕が、嵐になぎ倒される小枝のようにたよりなく揺れている。

「いや、それはさすがに嘘でしょう」黒田さんが冷静に言った。

まあ、たぶん、噂に尾ひれがついてどんどん都市伝説のように膨らんでいっただけだと思うが、いずれにせよ、限界まで飲んでひどい酔い方をしていることは間違いないようだ。

店長は、気を取り直して言う。

「ひとまず、牧子さんが行きそうな場所を捜そう。みなさんは、お酒も入ってるみたいだし、いったん帰ってください。俺たちがなんとかしますから」

結局、フラフラのおじちゃんたちを商店街まで見送り、私たちは手分けして牧子さんを捜すことになった。

◆

「いました。バーに戻ってます」

黒田さんからそう連絡があったのは、一時間後だった。

どこを歩き回っていたのかわからないが、私と店長が駆けつけたとき、牧子さんは裸足《はだし》でバーの前にへたり込んでいた。ジーンズのお尻のところに、薄く汚れがついている。

「あー、よかった。黒田さん、よく見つけたね」

靴はないし、化粧もドロドロに落ちているけれど、大きな怪我《けが》はなさそうだ。

「なんだかんだちゃんと自宅に戻ってくるのが真の酔っ払いだ、という話を思い出したので」

「さすがの推理」

「いやでも、デストロイヤーにはなってますよ、ほら」

見ればたしかに牧子さんは、「如月」のスタンド看板の黒い塗料を、端っこから少しずつ削り取っている。たんすに貼ったシールを剥がす子供のように、爪でガリガリとむしりつづけていた。

「思ったより地味な破壊でよかったよ」と店長がホッとした表情で言った。

何度か声をかけ、ペットボトルの水を差し出したり、背中を揺すったりはしてみた。けれど牧子さんは、ほてった腕をふにゃふにゃと振り回すばかりで、そこから動きそうな気配はない。こりゃ困ったな、というように店長が肩をすくめた。

「ねえ私、牧子さんの恋愛話、楽しみにしてたんだよ」

隣にしゃがみ込むと、牧子さんはようやく私を認識したようで、いかにも今気がつきましたというふうに「わっ」と眉毛を上げた。「ね、牧子さん。いったんお店に入ろう?」

「ももきちがいる! ももきち〜」

「はいはい。ももきちじゃなくて桃子ね」

それは、酔っ払ったときに牧子さんがつけた私のあだ名だった。っていうか酒くさっ! 本当にどんだけ飲んだんだ。いつもはくるくると動き回る瞳も、クレヨンで真っ黒に塗りつぶしたみたいにどんよりとしている。私はこんなにじっと見つめているのに、目が合っている感じがまったくしない。

「男なんてね……男なんて、ひどいよ。ねえ? ひどいと思わない?」

牧子さんは、私のトレーナーの襟元をつかんでぐらぐらと揺らした。かと思えば、また看板の破壊作業に戻る。どうやら、てこでも動かない気らしい。どっしりと地面に腰を据えた牧子さん(しかも彼女は長身なのだ)を動かすのはなかなか骨が折れそうだ。

ううむ。どうしよう。こうなったら最終手段、力自慢の黒田さんに持ち上げてもらって、無理やりドアの中に押し込むしかない気がする。私たちがバーの店先であれこれ話し合っていると、牧子さんはしゃがみこんだまま、だしぬけに言った。

「ねー、失恋のプロのみんなにさー、教えてほしいことがあるんだけどー」

「教えてほしいこと?」

「あの子、どういうつもりだったと思う?」

せっかく綺麗にジェルネイルをした爪なのに、遠慮なくガリガリと看板を引っ掻いている。地面にはむしられた塗料がぼろぼろとこぼれ落ちていた。

「どういうつもりって？」

「一年一緒に暮らした男の子が帰って来なくなったと思ったら、いきなり『俺の荷物、送っといて。着払いでいいから』って言われてさ。その宛て先が女の人の名前だったら、それは」

耳元がひやりとした。え？　今、女の人の名前って言った？

「グーグルで名前検索したら、普通に若くてかわいい女の子だったらさ、それは」

牧子さんの、看板を破壊する手が止まる。

「私は、付き合ってすらなかったっていう、そういうこと、なのかな」

牧子さんに、店長が膝を折って横からそっと水を渡す。

「段ボールに貼る伝票に、その名前、どんな気持ちで書いたら、正解？　好きな人の荷物を、別の女の家に送るときって、どんな気持ちでいればいい？」

牧子さんの背中が、ちょっとだけ震えている。

「あー、みんなごめん。すぐ戻るからさ。先に飲んでてよ、ね」

言いながら、背を向けたまま手をぶんぶんと振る。

牧子さん、泣いてるのかな。

第3話
「着払いで送ってポテサラ」

たぶん、そうなんだろう。地面には、牧子さんの涙がぽたぽたと落ちているのだろう。

でも、牧子さんの頭は下を向いていて、本当のところはたしかめようがなかった。

こんなにベロベロに酔っ払っていても、好きだった人に裏切られても、それでもなお他人に泣き顔を見せようとしない牧子さんを見ていると、心臓の奥がぎゅっとすぼまったような心地がした。こんなときくらい、思いきり泣いてほしいのに。いったい何が、この人にここまで「人前で泣かない女」を演じさせてしまっているんだろう。


その場でうとうとしはじめた牧子さんをなんとか「如月」に運び込み、一息つく。

牧子さんはトイレにしばらくこもっていたが、出てきたときには、いつものしゃっきりとした顔に戻っていた。

「ハー、ごめんね、迷惑かけちゃって。私ったら、バーテンダー失格ね」

あ、この人、「元気で明るい牧子さん」に戻っていこうとしてる。ポロポロと剥がれかけていた仮面を、トイレの中で修復してきたのかもしれない。よく見れば、ボサボサになっていた髪はヘアクリップできちんとまとめられ、下まぶたに散らかっていたマスカラの黒い繊維も、きれいに落とされていた。シャツの襟回りと手首も、微妙に濡れている。

顔を洗って気持ちを切り替えてきたのだろう。

「もう大丈夫だから帰っていいよ。あー、みっともないとこ見せちゃったね」

牧子さんは恥ずかしそうに笑いながら、バーのカウンターを片付けはじめた。

「さっき言ってた話は」

「ああ、ごめんごめん、大した話じゃないのよ。うちに居付いてた野良猫、実は飼い猫だったー！　このままうちの猫にしちゃってもいいかもなんて思ってた私、バカ？　みたいな、そういうありふれた話だからさ」

「それ、吐き出したかったんじゃないの？」

グラスを洗う手を止めずに牧子さんは言う。

「いいのいいの、だってもう十二時すぎてるし。ごめんね本当、私のせいで」

きっとこれまでも何度も、今みたいに顔を洗って、なんでもないふりをして、こざっぱりした笑顔を作って、みんなに心配させないことを優先して生きてきたのだろう。

この人を、引きとめなきゃ。

直感的に、そう思った。今日のうちに全部鬱憤を吐き出させておかないと、「みんなが求める牧子さん」の殻がさらに分厚くなってしまうような気がする。それ自体は別に悪いことじゃない。弱味を決して見せないその姿に、私だって途方もなく憧れることもある。でも、お節介かもしれないけれど、今日だけは、「みんなの牧子さん」をやらない日にした方がいい。

「牧子さん」

私は、テーブルを拭こうとする彼女の手首を掴んだ。

「今日だけ……いや、今夜だけでいいから、めんどくさくない女のふり、やめない？」

牧子さんは、ハッとしたようにこちらを見る。

「たまには思いっきり、めんどくさい女、恥ずかしい女、やろうよ」

「……ももちゃん」


牧子さんの話を要約すると、こういうことらしかった。

一年半くらい前から「如月」に、ひとりの青年が来るようになった。全身真っ黒の服に丸いサングラスという特徴的な見た目だったので、牧子さんはすぐに彼の顔を覚えたという。彼は夜十時すぎに店にくると、いつもカウンターの端に座った。そして、ジントニックを飲みながら、スケッチブックに一時間ほど絵を描いていた。

彼の渡してきた名刺には「画家」という肩書きと「ナガヤマアキラ」という名前が、無骨なフォントで刷られていた。まだ二十代とはいえそれなりに実績はあるらしく、新進気鋭のアーティストとして、個展なども話題になっているようだった。

しだいにアキラは「如月」に入り浸るようになり、牧子さんの生活もじわじわと侵食されていった。一年ほど同居していたものの、あるとき急に帰ってこなくなったという。

何か事故にでもあったのではと心配していた牧子さんのもとに連絡が来たのは、彼がいなくなってから二週間後のことだった。

「それで、『俺の荷物を新しい彼女の家に送ってください。着払いでいいです』になるわけ？　なにそれ？」

私は、怒りでわなわなと震える手をおさえるのに必死だった。

「別れ話も何もなしでいきなりそんなこと言われて納得できるわけないじゃん！　ってか『着払いでいい』じゃないよ！　どうでもいい配慮の前にもっと謝ることあるでしょうが！」

「まあ、牧子さん優しいからな……。そういう男につけこまれるの、わかる気がする」

店長が苦笑いして言う。

「やっぱり私ってそうなの？　つけこみやすそう？」

「うん。だって前も、結婚詐欺かなんかにひっかかりかけてなかった？」

「ええ!?　そうなの？」

「雨宮くん言わないでよそんな大昔のことを……」

牧子さんは真っ赤な顔を手で覆った。

「そうよね……。結局アキラくんにとって私は、恋人でもなんでもなかったのよ」

第3話
「着払いで送ってポテサラ」

黒田さんがトマトジュースを飲みながら尋ねる。「そもそも、交際の申し込みはどのような形でされたんですか？」

「それ、聞いちゃう？」

牧子さんは、眉間に皺を寄せてぐぬぬとうなりはじめた。

「……ま、牧子さん？」

牧子さんは、唇を噛んだまま動かない。

「付き合ってください、みたいなこと言われた？」

「……言われて、ない」

「じゃあ、言った？」

「……言って……ません……」

巨人に雑巾絞りでもされたのかと思うほどの掠《かす》れ声で、牧子さんは言った。はじめて聞いたよそんな声！　さらに、今度は急に立ち上がる。忍者かと見紛うほどのスピードでバーカウンターに入り、棚に並んだウイスキーボトルの一本を引っ掴んだ。

「ちょっとちょっと牧子さん！　もう飲んじゃダメだって！」

「いやあああ！　飲ませて！　お願い！　飲まないと無理なの！」

慣れた手つきでボトルの蓋を開け、グラスに氷を入れてウイスキーを注ぎ、レモンのくし切りまで一瞬で添える。さすがはバーテンダーだ。って、感心してる場合じゃない！

「ストップストップストップ！」

店長がギリギリのところで牧子さんの腕を掴み、グラスを取り上げる。代わりに、炭酸水を冷蔵庫から取り出した。

「牧子さんはこっち。これは俺がおいしくいただくよ」

「雨宮くん……君はいつも残酷ね……」

しょんぼりとした牧子さんはまた席に戻り、ちびちびと炭酸水を飲んだ。はああ、と、この世の終わりみたいなため息を吐く。

「実は……みんなにくわしく話したくなかったのは、結局、全部私が悪いって、自分でもわかってたからなの。私の自業自得なの」

「全部牧子さんが悪いって、どういうこと？」

「だから……」

牧子さんは、長い前髪をぐしゃぐしゃとかきむしる。

「……怖くて、たしかめられなかったの。ただのセフレだって面と向かって言われるのが怖くて。『付き合おう』みたいな言葉を言い交わさなくても通じ合っている関係だっていう可能性に、賭けていたかったのよ」

「牧子さん……」

ああ、そうだよね、わかる。相手の気持ちをたしかめるのって怖いもん。

第３話
「着払いで送ってポテサラ」

ん？　だけど、何かがひっかかる。筋が通っているようにも思えるけれど、妙な違和感が拭えない。

「でもアキラくんって、牧子さんの家に転がり込むみたいにして住むことになったんだよね？」

「……そうよ」

「一年も住まわせてくれる女の人が、自分になんの気持ちもないわけないってことくらい、冷静に考えたら気づくはずじゃない？　それとも、壊滅的に鈍感なわけ？」

そうだよ。いくら「付き合ってください」みたいにはっきりとした言葉がなかったからといって、女の人の家に住むんだから、それくらいの覚悟は……。

「いや、違うの、違うのよ」

牧子さんは、炭酸水のペットボトルを握りしめる。ぱきっとプラスチックが歪《ゆが》む音がした。

「そもそも、アキラくんに、うちに住んだら？　って誘ったのは、私なの……」

「ええ!?　牧子さんから!?」

「だから言ったでしょ？　全部私が悪いのよー！」

牧子さんは、顔を覆って呻《うめ》き声をあげた。これは、長い夜になりそうだ。

「じゃあ、つまり……」

空になったウイスキーのグラスを揺らしながら、店長が一つずつ整理する。

「アキラくんはとにかく、生活能力が著しく欠けている人で、知れば知るほど、牧子さんは彼のことが心配になってしまったと」

ごはんも一日一食しか食べない（まったく食べない日も普通にある）、スマホの電源が何日もオフになっていることもざら、家のポストも郵便物が溜《た》まりっぱなしで、たまに開けたかと思えば、請求書や区からの重要書類もろくにたしかめもせずに捨てるのが当たり前と、どうやって生きているのか心配になるくらいだったらしい。

「あの子きっと、アートの才能にエネルギーを全部費やしちゃったのよ」と、牧子さんはため息をついた。

「それで、なんだっけ？　住んでた賃貸マンションの契約更新期限が迫ってたことをすっかり忘れていたアキラくんは、引っ越しの準備もままならず部屋を出ることになった。次の家が見つかるまで、知人の家を転々としている。『如月』に入り浸っていたのも実は、その日泊まる家が見つかるまでの時間稼ぎだった。そういうことだね？」

第３話
「着払いで送ってポテサラ」

「だってじゃあそんなのさあ、うち来る？　って言わずにいられないじゃないの！」

「まだ誰も責めてないよ……」

「ももちゃんも同じ立場だったら絶対ほっとけないはず！　黒田くんも！」

「いや、僕は他人が部屋にいるの無理なので」

牧子さんは苛立《いらだ》ったように、小指の爪で、額をかりかりと掻く。

「住む家も全然決まってないくせに、『これも一つの人生経験でしょ』なんてのんきに言ってて、知らないうちにぽっくりいっちゃうんじゃないかって心配になったのよ」

「そこからずるずる、牧子さんの家に住みつづけることに……ってことですか」

黒田さんがたずねると、牧子さんは眉毛をハの字にしてうなずいた。

「危なっかしくて見てられなかったのよ。だから『次の家が見つかるまでうちにいていいよ』って言っちゃったの。それで、あとは、その……暇なときに事務処理を手伝ってあげたり、ごはん作ってあげたり」

いや、もう本当に、牧子さんらしいというか、なんというか。

私がはじめて牧子さんに会ったときもそうだった。「雨宿り」のキッチン担当として働くことになったと挨拶すると、安く仕入れられる食料品の業者や、三軒茶屋エリアで絶対挨拶しておいたほうがいい人リストまで、聞いてもいないのに事細かに教えてくれて。

牧子さんはとにかく、スルーできない人なのだ。「自分が動けばなんとかなる」物事が目の前にあらわれたら、それを無視できない。「自分が得するかどうか」を判断基準にしない。「助けられるのに助けない自分」を許せない人なのだ。

「なんか、つままない？　お腹すいてきたわね……」

「あ、お酒はもうダメだからね」

「わーかってるわよ」

牧子さんはごきごきと首と腕をまわしながら、冷蔵庫を開ける。「そうだ、元カレごはんのことすっかり忘れてた」

「えっ、あるの？」

「食べる？」

牧子さんが持ってきたタッパーには、ポテトサラダが入っていた。かりかりに焼いたベーコンに、ゆで卵、黒コショウ。あえて粗く潰してあるのか、ごろごろとしたじゃがいものかたまりがいくつか見える。

「彼、本当に小食な人でさ。一度絵を描きはじめたら止まらなくて、げっそりしたまま数日過ごすのも日常茶飯事で。冷蔵庫に作り置きしても全然食べてくれなかった。唯一よく食べてくれたのがこれよ」

取り皿を出して、スプーンですくい分ける。いただきます、とみんなで手を合わせてから、ポテトサラダを口に運んだ。オーソドックスなポテトサラダだけれど、ときどきふわりと、クリーミーな味わいがやってくる。これは……。

「……スモークチーズ？」

「さすがももちゃん。そう。じゃがいもが熱いうちにね、スモークチーズをちぎって入れて、とろけさせるの」

なるほど、そんなアイデアがあったなんて。スモークの香りとベーコンがよく合う。牧子さんは大のじゃがいも好きらしく、研究を重ねてようやくこのレシピに辿り着いたらしい。基本的にお酒に合うものしか食べないアキラくんのために、濃い味付けにしたそうだ。

「たしかに、酒飲みにはたまらない味だ……くうっ」

店長はいつのまにか持ってきていたハイネケンの瓶の蓋を器用に開け、ぐびっといかにもおいしそうに飲んだ。

「それ、私への当てつけじゃないわよね、雨宮くん？」

「ちがうちがう、素直にほめてるだけだよ。ところで、牧子さん」

ふいに、店長が脚を組み直す。牧子さんの目をじっと見て言った。

「アキラくんと、最初にしたのはいつ？」

「……したって、体の関係ってこと？」

「そう。同棲してすぐ？　それとも住む前にした？」

二人の会話に、黒田さんが気まずそうに咳払いをした。

「たぶん……」

牧子さんは、天井を見上げながら記憶を探る。

「……一緒に住みはじめて、二か月、くらい？」

「きっかけは？　誘った？　誘われた？」

またもや、店長が真剣な顔で聞いた。どういうこと？　なんのつもりでこんなことを聞いてるんだろう？

牧子さんは、ペットボトルの蓋をかりかりといじりながら言う。

「もともと、客用の布団がなかったから、私のベッドで一緒に寝てたの」

「同じベッドで!?」

「でも、ずーっと何もなかったから、アキラくんは私のことそういう目で見てないんだろうなって思ってたの。ただの同居人っていうか……寮母さんみたいに思ってるんだろうなって。だから私も、友達と寝るみたいな感覚で一緒に寝てた。だけど、その日は触ってきて……それで、私も別に、抵抗するのもなーと思って、そのまま」

「したら、好きになった？」と、店長は間髪いれずに質問をぶつける。

牧子さんはいよいよ降参したように、首を縦に振った。

「そう、だね……。うん、好きになった。どんどん加速してったところはあると思う」

ため息が出た。そうそう、そうなんだよ。そんなに好きじゃなかったはずなのに、一度してしまうとなぜか好きになる現象が私にも起きた。一度体の関係を持つと男は冷めてどうでもよくなるって言うけど、たぶん、女は逆なのだ。困ったことに。

「もう一個聞いていい？　牧子さん、本当に彼の気持ちをたしかめなかったの？　やんわりと聞いたこともない？」

　その言葉に、牧子さんの指がぴたりと止まる。

　しばらくじっと考えていたがついに、はあ、と諦めたようにため息をついた。

「雨宮くん、怖いよ、君。前から怖いと思ってたけど」

「そりゃどうも」

「……あるよ。うん。本当に一回だけ」

　牧子さんはぽつりと、懺悔《ざんげ》するみたいにため息をついた。

「うちに住みはじめて結構経った頃だったかな。したあと、ベッドでゴロゴロしながら話してた。アキラくんはちょっと眠そうにしながら、私の髪の毛を指にくるくる巻きつけて遊んでた。なんていうか、そのときの雰囲気がすごく、カップルっぽかったのよ。あ、もう今しかないと思って、できるだけわざとらしくならないように、聞いたの」

「なんて？」

「……アキラくんは、どういうつもりですか？　って」

　分厚い手のひらでぐっと押し込まれたみたいに、心臓が痛くなる。

同じ家に住んでいる。居心地はいい。一緒にいて楽しい。セックスもする。でも、この関係を表す名称を、彼からもらったことがない。そのとき牧子さんが抱いていただろう気まずさや居た堪れなさが、まるで自分の感情のように、心に湧き上がってくる。

「そしたら、アキラくんは？　なんて返してきたの？」

牧子さんは、目頭を中指でぐりぐりとこすって、決心したように店長の目を見返した。

「そりゃあ、そういうつもりでしょ」

はっと、みんなが息をのむ。

「……って。それだけ言われて、抱きしめられた。それ以上聞けなくてそのまま寝たよ」

「あー、そりゃ……」店長が、頭を抱えた。

そういうつもり。

そういうつもり⁉

「なっ、それ……はあ⁉」

私はこぶしで、膝を強く叩いた。

「何そいつ！　ずるすぎでしょ！」

あまりにうまい躱《かわ》し方だ。ここまで巧妙に逃げ道を残した言い方があるだろうか。まったく、生活能力が欠けてるとかいうわりに、そういうところではやたら頭が回るのは、一体全体どういう理屈なのよ？

第3話
「着払いで送ってポテサラ」

「……ごめん、吸ってもいい？」

耐えきれなくなったのか、牧子さんは立ち上がってカウンターの内側をごそごそと探り、タバコの箱を取り出した。ビニールの包装についた埃をはたき落としてからテープを引っ張り、タバコを一本取り出す。「雨宮くんも吸う？」とタバコの箱を傾けたけれど、店長は黙って首を横に振った。

プラスチックの使い捨てライターで火をつける。迷いのない正確な手つきだった。ラズベリーのような甘さと、焼けた葉の香りが混ざり合う。

「アキラくんがさ、タバコの匂いがすると作業に集中できないって言うから、ずっと禁煙してたんだけど。はーっ、やっと解禁ね」

どうしてこんなに優しい人が、と私は思った。

世の中にはときどき、途方もなく優しい人がいる。自分のすべてを犠牲にして相手のために尽くすような人がいる。そんな人が報われるべきだと思うのに、報われてほしいと思うのに、どうしてこんなにも、世の中は理不尽なんだろう。

私たち四人のあいだに、唐突に沈黙がやってきた。私たちは各々、親指のささくれや、ステンレスの灰皿に落ちたタバコの灰や、いつついたのかわからない壁のシミをぼんやりと眺めながら、このやりきれなさと戦っていた。私はなんとなく落ち着いていられなくて、少しだけ外に出ることにした。

ちょうどつむじのあたりに冷たさを感じて見上げると、ぽつりぽつりと、雨が降っていた。慌ててバーの雨除けシェードの下に逃げる。

「元カレごはん埋葬委員会の日は、なぜだかいつも、雨が降る……」

そういえばいつだったか、黒田さんがそうつぶやいていた。よくよく考えてみればたしかに、金曜日の夜にはいつも、この湿った雨の匂いに包まれている気がする。まあでも、このくらいじめじめしているほうが、埋葬委員会にはちょうどいいのかもしれない。

スマホを見ると、二時前だった。もうそんな時間か。牧子さんを捜して走り回っていたからだろうか、やけに夜が長く感じられる。

アキラくんは、どういうつもりですか？

牧子さんはどれだけの勇気を出して、その言葉を口にしたんだろう。きっと、もういい加減はっきりさせておかないと耐えられないと思うくらい、苦しかったんだろう。

それに対する答えが、「付き合っているつもりはない」だったとしても、関係性をはっきりさせられるならそれでいいと思ったに違いない。なのに、アキラくんは。

「そんなの、あんまりだよ」

完全な部外者の私が泣く筋合いはどこにもないけれど、考えれば考えるほど、鼻の先がきゅうっと痛くなってきて、私は上を向いて手でパタパタと扇《あお》ぎ、うるんだ瞳を乾かした。

ふと思いたち、スマホを取り出して検索アプリを開く。「ナガヤマアキラ」で検索しようと、文字を打ち込む。すると、「ナガヤマア」まで入れた時点で、予測変換で名前が出てきて、それが、彼がある程度、著名なアーティストであることの証明みたいに思えて、ますます腹がたった。

〈ナガヤマ・アキラ——本名、永山輝《ながやまあきら》。二十五歳。画家。福岡県《ふくおかけん》出身。大学在学中に第五十一回太陽芸術文化賞を受賞し、現代アーティストとしてデビュー。自身の作品展の他、テレビCM、ブランドパッケージのアートディレクションなどにも携わる。〉

情報は、簡単に出てきた。どのインタビュー記事を見ても、黒い服を着て、丸いサングラスをかけていた。全身黒で揃えている理由については「絵の具がついても目立たないから」、サングラスをしているのは「シャイなので（笑）。人と目、合わせられないんです」と掴みどころのない答えばかりで、胃の奥がどんどんムカムカしてくるのを感じた。

「自分で『シャイだ』っていうやつが本当にシャイだったの、見たことないよ」

アスファルトに雨が染み込んだ匂いが、むわっと押し寄せてくる。

どうしよう。どうやって埋葬させよう。これは、元カレごはん埋葬委員会だ。相談者さんの話を聞いて、思い出のごはんを食べて、この燻《くすぶ》った気持ちを埋葬する方法を考えなくちゃいけない。

でも、どうがんばったって、いくら牧子さんに慰めの言葉をかけたって、アキラくんの本心がわからないままじゃ、結局この想《おも》いはすっきりしないんじゃないだろうか。

そう考えていたとき、バーの扉が静かに開いた。「よっ」と、牧子さんが顔を出す。

「私もやっぱり、外で吸おっかなって……あら、雨降ってきたね」

牧子さんは、新しいタバコを咥《くわ》えた。スマホの画面が見えたのか、そっと私の手から取り上げて、アキラくんの記事をスクロールする。

「あー、かっこいいこと言ってるね」

「ねえ、牧子さん」

「んー？」

牧子さんはタバコの煙を深く吸い込み、吐き出した。にごった煙が、くらりと渦を巻くようにして霧雨に溶けていく。

「私、理不尽だと思う」

「……何が？」

「アキラくんは、牧子さんがアキラくんを好きなのも全部わかった上で、利用してたわけだよね。『そういうつもりでしょ』っていうのも、どうとでも取れる言い方をしてる。逃げ道を用意してる。何も言わずに『荷物送っといて』ってだけ言ってきたのもそうだよ。

真正面から牧子さんと向き合ったら、自分が悪者になるってわかってるから、逃げたんだよ」

牧子さんは、何も言わなかった。

「そんな人が……、そんな、牧子さんを傷つけて、ずるいことをして、めんどくさくなったら今度は何事もなかったみたいに次のねぐらを見つけてひょうひょうとしてるようなやつが、表じゃ『とことん孤独と向き合う時間が次のアートを生む』なんてかっこいいこと言って、ご立派な個展なんかやって」

「……ももちゃん」

気がつけば、涙が溢《あふ》れていた。さっきまでちゃんと我慢できていたのに、鼻の奥のストッパーは決壊したようで、次から次へと、涙が出てきて止まらない。

牧子さんは、店からティッシュを持って来て、背中をさすってくれた。もう、これじゃあ、どっちが相談者かわからないじゃないか！

「そんなやつが、みんなに認められて、『ナガヤマさんの作品が、誰にも言えなかった心の傷を代弁してくれた』って絶賛されるなんて、理不尽すぎるよ。逃げないでよ。自分の心の傷を語る前に、他人を傷つけた事実とさっさと向き合え！」

ああ、そうか。

ぐしゃぐしゃになって歪む視界に、あの寒い冬の日のラブホテルで、恭平と別れたときの光景が浮かぶ。

私は別に、恭平に傷つけられたこと自体に怒っていたわけじゃなかったんだ。

お前に、別れようって言わせようとしてた。お前から言いだすように、仕向けてた。

激怒してまくし立てる私に、恭平は気まずそうにそう言った。申し訳なさそうな雰囲気の中に、二割くらい入り混じっためんどくさそうな雰囲気を、私は見逃すことができなかった。

違う。

違うんだよ。

別に傷ついてもよかったんだよ。

恋愛なんだから、それくらい、こっちだって覚悟してた。

私が悲しかったのは、恭平が、傷つく覚悟も、私を傷つける覚悟もないまま四年間も過ごしていたのだと、気がついてしまったからだった。

真剣にぶつかり合ってわかり合えないのなら、納得できる。

でも、私ばかりが真剣で、最後の最後で、こんな熱量で恋愛していたのは私だけだったなんてわかったら、そのあと私は、どうすればいい？

この燻った気持ちは、どうやって埋葬すればいいの？

「……それは、私も一緒だよ」

第3話
「着払いで送ってポテサラ」

囁くような声がして顔を上げる。牧子さんは申し訳程度にほほえむと、私の隣にしゃがみ込み、地面にこすりつけてタバコの火を消した。

「めんどくさい女って思われたくなかった。三十六歳で独身っていうステータスは、それだけで私を『めんどくさい』のカテゴリーに入れてくれちゃう。私は何も変わってなくても、別に結婚したくなくても、普通に恋愛したいだけでも、勝手に『めんどくさい』がどんどん、積み上がってくの。すごく重い。肩が凝る」

「牧子さん……」

「本当は、薄々わかってたの。アキラくんが『めんどくさくない関係』を求めてるんだってこと。わかってて、めんどくさくない女の、本気じゃない女の、いつでも別れられる女のふりをしてたの」

牧子さんは、私の目をじっと見つめた。そして、眉頭から眉尻まできれいに整えられた眉をやんわりと下げ、気持ちを誤魔化すようにまた、笑う。

「アキラくんが逃げたんじゃない。最初から、何もはじまってなかったんだと思う。めんどくさくない、気楽な関係を演出してただけ。……でも、そっかあ」

話しながら少しずつ、牧子さんの顔が崩れていく。まぶたと頬が引き攣ったように歪み、食いしばった口角が下がっていく。

牧子さんは、泣いていた。

「傷つくことを先送りすると、あとあとこんなに、キツくなるもんなんだね」

泣きながら、無理して笑顔を作ろうとするものだから、牧子さんの顔は、ますます歪んでいって、私はとっさに、牧子さんを抱きしめた。

ありがとう、とそれだけ言って、牧子さんは静かに泣いていた。私もまた泣いた。

二人分の鼻を啜る音が、地面に落ちる雨音と、混じり合って消えた。


きっちり会って話してきた、という電話があったのは、それから一週間後のことだった。「実はアキラくんにね」と電話越しに話しはじめた牧子さんをあわてて制し、もう一度、埋葬委員会をやり直さないかと誘った。今回はきちんと、「雨宿り」での開催だ。

ごはんを食べながら話そうと、牧子さんと私はキッチンで準備を、手伝わされている黒田さんはゆで卵の殻むきを、店長は三月末までにやらなければならない棚卸し作業に追われ、茶色いクマを作ってパソコンに向き合っていた。

牧子さんは、慣れた手つきでスモークチーズを細かく千切る。今日はついでにポテトサラダの作り方も教えてもらうことになっていた。

「そういえば、アキラくんが置いてった荷物、どうしたの？　結局送ってあげたの？」

第3話
「着払いで送ってポテサラ」

私の質問に牧子さんはふふふ、それがね、と含み笑いをする。

「渡しにいった」

「渡しに……いった？　まさか手渡し？」

「そう。個展に持っていった」

「ええっ!?」

牧子さんはケロッと言って、じゃがいもを潰しながらビールを飲んだ。

「あ、そうそう、隣に本命の女の子もいたわよ。業界関係者の間じゃ公認の仲みたいで、アキラくんと一緒になってお辞儀してた」

私は、やたらと身内感を出している新彼女の姿を想像して唇を噛んだ。くっそ、新彼女に関してはこの情報しか知らないのにめちゃくちゃ腹立ってきた。

「彼と付き合っていたこと、話したんですか？」と、黒田さんが、身を乗り出す。

「そうしようかとも思ったんだけどね。ちょっといいこと思いついて、作戦変更したの」

牧子さんは、ふふんと得意げに笑ってスマホを見せてくる。

「うわっ、めっちゃ美人！」

そこには、私が知る限り最高に美しい牧子さんの姿があった。白シャツにジャケット、ジーンズというシンプルな服装が、牧子さんの魅力を引き立てている。

その隣には——。

「これ、アキラくん？」

笑顔が引き攣った芸術家が、そこにいた。

「どっ、どういう状況？　この牧子さんはめっちゃ美人だけど」

「でしょー？　アキラくんのスタッフさんにも好評だったわよ」

「えっ、挨拶したの⁉」

「もちろん。バーの名刺も渡して、しっかり営業してきた。有名な人も結構いたから、これから売上伸びるかもね」

「たくましいですね……」

アキラくんが断れない状況を利用して店の宣伝をするとは、さすがは牧子さんだ。その様子を思い浮かべたら、私まで笑えてきてしまった。

「それで、荷物は？」

「最後にね、アキラくんがうちに置いてった荷物を千疋屋《せんびきや》のでっかい紙袋に詰め込んで、『これ、ナガヤマさんに頼まれてたもの、あとでご覧になってください』って、アキラくんに直接渡して帰ってきた」

牧子さんは、いたずらっ子のようにニヤリと笑う。

「えっ、それってまわりの人は……」

「さあ。すぐ帰ったからわかんないけど、お菓子を差し入れした人にしか見えなかったんじゃない？『うわぁー！　千疋屋じゃないですか！　ありがとうございます！』って喜んでる中でアキラくんだけ固まってて、さすがにちょっとやりすぎたかなと思ったけど」

　牧子さんは肩をすくめたが、すぐに首を振って、付け加えた。

「……でも、別に私、嘘ついてないし、おあいこだよね？」


　肉屋の安達さんは、メニューを何度も見返しながら言う。

「なあ、牧子さんのポテサラ、いつになったら食べさしてくれるんだい？」

「雨宿り」の窓辺がぬくぬくとした陽だまりに包まれる午後、いつものようにクーポン三銃士がやってきた。三人揃ってTシャツを着ている。おじさんたちもすっかり春仕様に衣替えしたようだ。

「あれは、期間限定メニューにしたの。デストロイヤーが旬の季節になるまで待って」

「デストロイヤー？　って、牧子さんの二つ名の？」

「違うの。『デストロイヤー牧子』っていうのは、破壊神・牧子って意味じゃなかった。じゃがいもの名前だったのよ」

　あらためてレシピを教わったところ、牧子さんのポテトサラダは「デストロイヤー」という品種のじゃがいもを使うのが一番おいしいのだという。その名の通り禍々しい見た目のじゃがいもで、紫に赤い斑点がついた模様がプロレスラーのマスクのように見えることから、「デストロイヤー」という名前になったそうだ。いろいろなじゃがいもの食べ比べをしていた牧子さんは、味が濃厚でコクのあるデストロイヤーのおいしさに目覚め、一時期は自宅のベランダで栽培しようとしたことすらあったらしい。

男爵やメークインのようにメジャー品種ではないデストロイヤーは、関東では初夏以外はなかなか市場に出回らない。あの都市伝説が広まったのは、「デストロイヤーが食べたい」とバーで延々叫びつづけていた牧子さんを酔っ払った客がふざけて「デストロイヤー牧子」と呼びはじめたのがきっかけで、いつしか「三軒茶屋の破壊神・牧子」の名前だけが一人歩きするようになったらしい。

「なんだ。じゃあ夏までお預けか」と、安達さんは残念そうに言った。

「まあ、楽しみが増えたということだよ」

木村さんは、相変わらず柳のような細い腕でおしぼりを広げ、顔を拭く。

「あっ、でも、もうメニュー名は決めてて……」

私がそう言いながらコーヒーを出したところで、気の抜けたベルが鳴った。

「ただいまー。間に合ったよー！」

店長だ。徹夜で仕上げた決算書類を役所に提出すると言ってバタバタと出ていったけれど、どうやらなんとか終わったようだ。服装にも気を使う余裕がなかったようで、よれよれの「アイラブNY」Tシャツにジャージ、前髪はダッカールで上げたままだ。こ、この格好で役所に行ってきたのか。イケメンパワーで誤魔化すにもさすがに限度ってものがあるのでは……。

ソファに雪崩《なだ》れ込んだ店長に、冷たい水をグラスに入れて出した。

「お疲れ様です、店長」

店長は、水を一口で飲み干した。

「はー、生き返る……。今年はももちゃんが来たから社保とかいろいろ変わってて……ん!?」言うなり、店長は目を丸くして、クーポン三銃士を見つめる。

「何それ。何そのTシャツ。俺とおそろい!?」

「ももちゃんにもらったんだよ。いいだろ?」

安達さんは、自慢げに胸元の「NY」ロゴを見せつける。

「よくないって!　しかもなんか、俺のより新しくない?」

店長は安達さんのTシャツの裾を引っ張り、自分が着ているものと比べて憤る。

そうなのだ。実は、アメリカ旅行でお土産用にまとめ買いして配り忘れたTシャツが、ビニールに包まれたままクローゼットの奥に眠っていたのだ。

あれから、私は結局、恭平の荷物は全部まとめて捨てることにした。手紙もアルバムも捨てた。スマホに入っていた写真も動画も、消した。恭平の気配がすっかり消えると、なんだか、自分の一部がなくなってしまったような気がした。

でも――。

「ってか、こんなにダサいの？　こんなにダサい服着てるの、俺？」

クーポン三銃士を見てはじめて自分がダサいことに気がついたらしい店長は、寝不足もあってか、いつになくぷんすかと暴れ狂っている。

でも、いつまでも恭平が心の中を埋め尽くしていたら、今、大切にしたい人たちが、大切にしたい場所が、ちゃんと入ってきてくれないような気がした。

この間、牧子さんが最後に言っていたことを思い出す。

「ももちゃん、ありがとうね。私、よかったよ。ちゃんと『めんどくさい』をやってよかった。わーって思い切り泣いて、大人気なく復讐しにいって、よかったよ。何歳になっても、『めんどくさい』をやるべきときには、やらなきゃダメなんだって、思ったよ」

きっと私はこれから先も、いろいろな人と出会って、いろいろな傷を負うだろう。

そのたびに、感情を整理するのがうまくなるだろう。何も感じていないふりをするのがうまくなるだろう。

いつしか、一つの恋愛ごときでギャーギャー騒いでいたことを、「若かったねえ」なんて、バカバカしく思う日が来るかもしれない。

でも、そんな、いろいろなことを器用にこなせるようになったって、傷ついたときには、誰かを傷つけたときにはちゃんと、ギャーギャー騒ごう。もがこう。誰かに助けを乞おう。

店長とおじさんたちが言い合っているのを横目に、ペンを取り出し、付箋に書き込む。

「新メニュー！　とことんめんどくさくなりたい日のポテトサラダ」

横のカレンダーに、それを貼る。

あたたかい陽の光に照らされた、クソダサTシャツを着た四人を見ていると、それだけでふっと笑えてきてしまった。

「どうも……クリームソーダひとつ」

「あっ、ちょっと聞いてよ黒田さん、ももちゃんがひど……ええっ⁉　黒田さんも着てんのそれ⁉　ねえ！　ももちゃんわざとでしょ？」

あ、五人に増えた。

とことんめんどくさくなりたい日のポテサラ

材料

じゃがいも……中4個（350gくらい）
薄切りベーコン……40g
卵……2個
スモークチーズ……（キャンディタイプ）4～5個
マヨネーズ……大さじ4
塩こしょう……少々
うま味調味料……3振り
黒こしょう……気のすむまで

作り方

【1】じゃがいもの皮を剥いて芽を取り、適当な大きさに切って水にさらす。電子レンジ900wで6分加熱。フォークで潰せる軟らかさになるまで追加で加熱する。

【2】じゃがいもが熱いうちにスモークチーズをちぎって混ぜる（小指の爪くらいのサイズ）。

【3】ベーコンを5mm幅に切り、カリカリになるまでフライパンで焼く。

【4】【2】にベーコン、マヨネーズ、塩こしょう、うま味調味料を入れ、よく混ぜる。

【5】半熟ゆで卵を作る（沸騰してから7分、すぐに流水で冷やす）。

【6】ゆで卵を粗く潰しながら【4】に加え、ざっくり混ぜる。

【7】皿に盛り付け、黒こしょうを気のすむまでかける。

第４話

「おばあちゃんの秘密のおにぎり」

「本当に再現できるんですか？　三年前に食べたきりの味なんて」

慣れた手つきで素早くおにぎりを握りながら、黒田さんは言った。

「しょうがないじゃん。私が最後の砦《とりで》だって言うんだもん。なんとかしてあげたくないの？」

「そりゃあ、そうですけど……」

綺麗な三角形にそっと海苔《のり》をまとわせ、またすぐに次のおにぎりに取り掛かる。まさか黒田さんが、こんなにうまいとは。

「……なんですか」

「いや、本当に綺麗だなと思って。プロみたい」

第４話
「おばあちゃんの秘密のおにぎり」

「まあ、いつも自分で弁当作ってますからね。で、次はなんでしたっけ？」

「えーと、俵型おにぎり。それから、まん丸のもお願いします」

今日の「雨宿り」のキッチンカウンターには、いろんな形のおにぎりと、いろんな種類の梅干しが並んでいる。この無限の組み合わせから正解を見つけなければならないと思うと、めまいがしそうだ。


発端は、二週間前の夕方だった。

「雨宿り」のクーポン三銃士、肉屋の安達さん、本屋の木村さん、フルーツパーラーの高村さんは、いつものように商店街の噂やら、政治家の汚職の話やらを飽きもせずしつづけていた。最近めっきり暑くなったと、ソフトクリームを三人でおいしそうに食べ、二時間くらい経ってからようやく席を立った――ときだった。

「なあ、ももちゃん」

帰りがけ、会計を待っていた木村さんが突然、キッチンにいた私の方を振り向いた。

「いつもその……妙な料理を、作っとるようだが。人に聞いて、再現して……」

「ああ、元カレごはんのこと？」

私がそう言うと、木村さんはレジで会計している安達さんと高村さんをちらちら見ながら、あわてたように私の耳元へ口を寄せた。どうも、二人には聞かれたくないらしい。

「さすがに、昔食べたっきりの味を再現するってのは……厳しいよな？」

木村さんが、どうしても食べたくてたまらないもの。それは、三年前に亡くなった奥さん、松子《まつこ》さんが作っていたというおにぎりだった。

本屋の木村さん――本名・木村康成《やすなり》さんは、「雨宿り」から歩いて六分くらいの場所にある「木村書店」の店主だ。若い頃からずっと店に出ずっぱりの木村さんを支えてきたのが、松子さんの手作り弁当だったらしい。

「最近、毎晩同じ夢を見るんだよ」

木村さんは、細く深いため息をついて言った。

「松子が、これ忘れないでって、弁当を渡してくるんだ。私はいつも通り、それを受け取って店で食べる。風呂敷をほどいて、おにぎりを口に入れる。だが、味がわからないんだ。思い出せないんだ。どんな味だったのか、ずっと覚えてたはずなんだがなあ……」

もう、そんなことを言われて、断れるわけがなかった。気がつけば私は「私がなんとかするから！」と、そのほっそりとした肩を鷲掴みにしていた。

そんなこんなで、黒田さんにも手伝ってもらいながら、こうしていろいろな種類のおにぎりを作り、そのたびに木村さんに味見してもらい……みたいなことを、ここ二週間くりかえしているわけだけれど。

「ちょっとはその松子さんの味とやらに近づいてるんですかね」

どうやら黒田さんは、半信半疑のようだ。

「うーん。木村さんも、最後に食べたのは相当前だから記憶が曖昧らしくてさ……」

「食べてもわからないのでは？」

「だけどほら、味覚と嗅覚って記憶に直結しやすいみたいなこと、よく言うし。食べたらピンとくるよ、きっと……」

そう強がってはみたものの、内心、かなり不安になってきていた。いつもの埋葬委員会では、みんな、レシピを教えてくれたり、現物を持ってきてくれたりする。でも今回はそうじゃない。わかっている要素は、おにぎりの具が梅干しだったということだけなのだ。

「本当にないんですかね、レシピ」

「木村さんは、探したけど見つからなかったって。まあおにぎりなんて、いちいちレシピをメモったりしないだろうしね……」

今日も閉店後に、木村さんがおにぎりを食べにくる予定だった。ネットで新しい梅干しを何種類か注文し、握り方もいくつか試した。近いものがあるといいのだけれど。

「いろいろ食べすぎてわかんなくなっちゃってんじゃない？　しばらく時間を置いても——

——」パソコンに向かっていた店長が、味見をしようとカウンターを覗き込んできたときだった。

「おっ、思い出した！」

ばんといきなり、ドアが開く。

木村さんだった。ぜえぜえと肩で息をして、テーブルにもたれかかる。ベストを脱いで、首まわりの汗を拭いた。急いでいてどこか痛めたのか、曲がった背中と腰がぶるぶると震えている。

「ちょっとちょっと、大丈夫？」

「わかった、ももちゃん。梅だった」

木村さんは、店長が出した水をすすって、ようやく息を整えてから言った。

「すごくすっぱかったんだよ、松子のおにぎりに入ってるやつは。カウンターの中でいつも顔をしかめながら食べてたのを、今日思い出したんだ」

聞けば、木村さんはいつもそのお弁当を、店番しながら食べていたらしい。すっぱさのあまり、身が捩《よじ》れるほどだったそうだ。

「えっ、じゃあこれは？」

私は、今日用意した中で一番すっぱい梅干しを使ったおにぎりを、木村さんに差し出す。

もぐもぐと何口か食べてから、木村さんは首を横に振った。

「いや、もっとすっぱい」

「えっ、これでも結構すっぱいよ？　どの銘柄を買ってたかわからないの？」

第4話
「おばあちゃんの秘密のおにぎり」

梅干しなんて、日本全国、探し出したらキリがない。松子さんが使っていたものとまったく同じ梅干しを探し当てるとなると、果てしない作業になってしまう。

いや、でも、待てよ。そもそも最近は減塩を好む人が多い。そこまで味の濃い梅干しはあまり市場に出回っていないんじゃないだろうか。

と、なると――。

「もしかして松子さん、梅干し、自分で作ってたんじゃないの？」

木村さんは、目をぱちくりさせて私を見た。血管の浮き出た手で額をこすり、はっとしたように言う。

「……そういえば、黄色い梅が、毎年届いとったような」

「や、やっぱり！」

私はキッチンの中から、カウンターに身を乗り出した。

「いや、でもあれは梅酒用かと思っとったが……」

「梅酒と梅干し、どっちも作る人多いし、きっとそうだよ！　松子さん、七月か八月のめっちゃ暑い日に、お庭かベランダか……とにかく外でずっと作業してる日、なかった!?」

「……あった。あった！　毎年、わざわざなんでこんな暑い日に……と不思議だった」

ああ、もう！　絶対そうだ。

「松子さんは自分で作って、それをおにぎりに入れてたんだよ！」

「そうか……。でも、うちにはもう梅干しは残っとらんし」

すっぱさの正体がわかったのはいいものの、今度は木村さんは、暗い顔をしてため息をついた。眼鏡を外し、まぶたに浮いた汗をこする。

何か、手はあるはずだ。下唇を噛みながら、頭をフル回転させて考える。ふと思いついてスマホを見た。

今日は——六月二十四日。それなら、まだぎりぎり間に合うかもしれない。

「作ろう、梅干し！」

私は両手のこぶしを強く握って言った。

「えっ、ももちゃん、作れるのか？」

「木村さん、大丈夫だよ！　私、田舎のばあちゃんの手伝いしてたことあるの。それに、今まで、いくつもの元カレごはんを再現してきたんだから。梅干しだってできるって」

大丈夫か？　と訝《いぶか》しむ黒田さんの視線をひしひしと感じるけれど、ええい、私がやらないで誰がやるのよ！

木村さんはそっと立ち上がって、両手で私の手をにぎった。

「頼む。このままじゃ私は……」

言いかけて、口をつぐむ。

「……いや、ありがとう。どうか、頼んだよ」

木村さんの家は、こぢんまりとした二階建ての一軒家だった。玄関の手前には、花も咲いていない、乾いた土が詰めこまれただけの鉢植えやプランターがいくつも並んでいる。居間を抜け、木製のたまのれんをくぐると、松子さんが生前、ほとんどの時間を過ごしていたという台所があった。

「わあ……。すごい。すごいすごい！　素敵すぎる！」

ぶわりと二の腕全体に、鳥肌が立つ。

「これはまた、風情があるというか……」

「わー、なんか、ドラマの舞台みたいだね」

使い古された赤いホーローのやかんに、所狭しと並べられている調味料。冷蔵庫には手書きのレシピのメモが、マグネットでいくつも留めてある。ずいぶん達筆だ。日付は四年前のものばかりで、「ＮＨＫにて」という走り書きもあった。テレビのレシピを急いで書き取ったのだろう。狭い空間をうまく活用して整理整頓されているものの、かなりものを溜め込むタイプらしく、輪ゴムやサランラップのストックが五個も六個もあったり、お箸も、ちょっとした一部族のパーティーを開けるくらい大量にあった。

「できるだけ、もとあった場所から動かさないようにしとるんだ」

たしかに近づいて見ると調味料のほとんどが賞味期限切れで、触れると、手のひらに細かいちりがぺっとりとついた。そうか。こんなに松子さんの息遣いがきこえる空間なのに、時間は三年前のままで止まっているのだ。

「家の中ならどこでも好きに探してもらって構わんよ。料理本なら一番奥の、勝手口の前の本棚にしまっておったはずだ。私はそろそろ店に行かなきゃならんのだが……」

木村さんが、腕時計を確認して言う。

私は木村さんを安心させるために、ぽんとこぶしで自分の胸をたたいてみせた。

「大丈夫大丈夫、任せて！　料理人の勘で、ぱぱーっと見つけてみせるって！」

「そ、そうか……？」

「いいからいいから！　ほら、木村さんはお店行っちゃって！」

ちょっと（かなり？）不安そうな顔をしていたけれど、それじゃあ悪いがよろしく頼むよと、木村さんは家を出ていった。


二時間後。

ない。

第4話
「おばあちゃんの秘密のおにぎり」

本当にない。びっくりするぐらい、ない。

「ええ!?　なんで？」

おかしい。そろそろ出てきてくれてもいい頃じゃないの？

「いやー、俺、ちょっと目がしょぼしょぼしてきたよ」

店長は眼鏡をはずして右目をぐりぐりとこする。まだ三十代だというのに細かい文字がぼやけるという店長は、レシピを追いかけつづけるのにかなり苦労しているようだった。

キッチンにある松子さんの本棚には、大量のレシピ本がぎっしりと並んでいた。ざっと見ただけでも、三百冊くらいはあるんじゃないだろうか。書籍だけでなく、新聞や料理雑誌の切り抜きをまとめたファイルまであった。

一応、全部目は通したはずだ。念のため、背の高い黒田さんに本棚の上まで見てもらったけれど、埃まみれの野菜ジュース缶が並んでいるだけだった。

「やっぱりさ、梅干しのレシピは残してなかったんじゃない？」と、店長が肩をすくめて言った。

「そうですね。毎年作ってたから暗記してたとか。あるいは捨てたか……」

「いったん、木村さんのところに行ってみる？　ももちゃん。ももちゃん？」

「たしかに、そうだけど……」

何かが、頭の中で引っかかっていた。とても大事なものを見落としてしまっているような、違和感。

私はあらためて、近くにあったレシピ本をぱらぱらとめくる。

ほとんどの本に貼られている大量の付箋。ピンクの蛍光マーカーで線が引いてある箇所や、分量のところを二重線で消し、その上から「小さじ2にすること」など、自分流に修正した書き込みもある。相当マメ……というか、本当に料理が好きな人だったのだろう。研究者タイプで、手間を惜しまない。一回一回に全力投球する。そんな人物像が浮かぶ。

そういう人が本当に、梅干しのレシピをとっておかないなんてことがあるだろうか？ぬか漬けやジャム、柚子胡椒《ゆずこしょう》、麹味噌《こうじみそ》の作り方は、全部事細かにメモしてあるのに？

雨の日も風の日も、せっせと店頭に出て、重い段ボールを開けて、本を並べる。休みなく重労働をしている夫のために、毎日作っていたおにぎりに入れる梅干し。松子さんだって相当な思い入れがあったはず。

「そんな特別な料理のレシピがどこにもないなんて、かえって不自然じゃない？」

レシピ本を片付けはじめていた店長と黒田さんの背中に向かって、私は言った。

「こんなに細かく記録してるのに、梅干しのレシピだけないなんて、やっぱり変だよ。梅干しってすごく繊細で……あ、私は作ったことないけど、ちょっと塩分の割合が変わっただけ、干す時間が変わっただけで味が全然違うって、ばあちゃんが言ってたもん」

「と、すると……」

店長は、あごに手を当てて考える。「……何か、家族に見つかりたくない理由があった、とか？　そういうことを言いたいの？」

私は、こくりとうなずいた。

もし、私なら、どこにレシピを置く？

――桃子。あんたがどれだけ台所が好きでも、必ず一つ、自分だけの引き出しを持ちなさい。桃子のためだけの場所を誰にも見つからないように、ちゃあんと取っておくんだよ。

「そうだ……」

どうして急に思い出したんだろう。今まですっかり忘れていた。私が料理に夢中になり出した頃ばあちゃんが、いきなりそんなことを言ってきたことがあった。

自分だけの、引き出し？

体が、勝手に動いていた。居間にある書類棚を上から一つずつ開ける。整腸剤、ばんそうこう、ボールペン、爪切り、耳かき。ない。ちがう。ここじゃない。

「またはじまりましたね、結城さんの発作が」

「ももちゃん、俺たちにも説明してから動いてくれない？」

黒田さんと店長が、呆れた声で言う。私は、引き出しを開ける手を止めずに言った。

「聞いたことがあるの。子どもが生まれると、生活空間が全部共有になっちゃう人が多いって。寝室も家族と一緒。子ども部屋や、旦那さんのための仕事部屋はあっても、なぜか、お母さんだけの部屋はない。女の人は家の中にプライベートな場所を作りにくい。そうするとどんどん、自分自身もみんなの共有物になって、『自分だけの自分』が小さくなってっちゃうんだって。だから意識して、ほんのちょっとでも、自分だけのスペースを作っておいた方がいいって……」

「……たしかにね。どうせずっと子どもと一緒にいるんだから私の部屋はいらないって、言われたことあるな」

店長がひとりごとのようにぽつりと言い、私は思わず振り向いた。

「え？」

「さっ。俺たちも探そうか」

けれど店長は何事もなかったかのようにシャツの腕をまくり、私に並んでレシピの捜索を再開した。

木村さんはダイニングスペースで過ごすことが多いのか、たくさんの本や帳簿、それから出版社の番号をまとめた電話帳などもテーブルの上に散らばっていた。ここにはないだろうと思いつつ、そばにあったプラスチックの書類ケースを開けると、中には細長い二つ折りの紙がぎっしりとつまっている。

「なにこれ……」

それぞれの紙に、書籍のタイトルや出版社の名前、金額などが印刷してある。しおりくらいの大きさだ。そういえば本屋さんで本を買うときによく見かけるような……。

「それ、スリップですよ」うしろから、黒田さんがぬっと顔を出して言う。「新刊にはだいたい挟まってる、まあ、本の売上を数えるための伝票みたいなもんです。お客さんが本を持ってきたら、レジの人がその紙を抜いて、とっておくんです。自分の店でどの本が何冊売れたかチェックできるし、便利なんですよ」

「まるで書店員みたいな口ぶりだね」

「言ってませんでしたっけ。僕、大学のときはずっと本屋でバイトしてたんで」

「うわあ……」

「なんですかうわあって」

「いや、めっちゃくちゃぽいわ……って思って」

「それ、ほめてます？」

でも懐かしいなと、黒田さんはスリップを手に取ってぺらぺらめくった。

「よくこれにメモしてましたよ。近くにメモする紙がないと、とっさにこのスリップをメモ代わりにしたりして」

「メモにしていいの？」

「本当は駄目なんですけどね。急に電話がかかってきたときなんかは、レジの近くにあると、つい……」

「ももちゃーん。黒田さーん。ちょっとこっちきてー」

急に、店長の声がした。顔を上げるが、姿が見えない。居間の扉が開いている。

「こっちこっち」

居間から出てすぐにふすまの引き戸があり、店長がそこからひょっこり顔を出していた。

「あった⁉」

「いや、まだ開けてないけど」

言われるがまま中に入ると、そこは四畳半くらいの和室だった。む、鼻がむずむずする。しばらく使われていないのかカビ臭い。年代物のマッサージチェアには、こんもりと白い埃が積もっている。ガラスケースに入った鳥の剥製と目が合い、私はふるりと身震いをした。

「自分以外の誰も開けない秘密の場所っていったら、ここかな、と思って」

店長が指差した先にあったのは、昔ながらの化粧台だった。私の肩幅より少し大きいくらいのわりとコンパクトなものだ。上半身が全部映る大きさの鏡に、引き出しがいくつか。ドレッサーの前には、ベロア地のクッションがついた四角いスツールが置かれている。

「なんていうか、ドレッサーって、女性にとって特別な場所だろ？　それに、木村さんが絶対に近寄らなそうなところっていったらここかなって。どう？」

「さすが、店長……」

第4話
「おばあちゃんの秘密のおにぎり」

そうだ。そうだよ。どうして思いつかなかったんだろう。鏡に向かってお化粧をして、「素敵な私」になるための、気合いを入れる場所。そして、子どもたちが寝たあと「素敵な私」のふりをやめて、ほっと一息つける場所。

引き出しに、手をかける。きっと、ある。ここにある。私の直感がそう告げている。

喉がからからに乾く。つばを飲み込んでみたけれど、喉の奥に膜がかかったみたいになって、実感が湧かなかった。

「開けるよ」

力をこめて、ぐいと手前に引っ張った。

ここもやはり、ものが多い。繰り出し式の口紅が何本かと、おしろい、香水、眉毛用のえんぴつなどが乱雑に詰め込まれている。レシピらしきものは、ない。

「こっちは？」

右サイドの小さな引き出しも全部開けてみたけれど、見つからない。

「おっかしーな、結構いい推理だと思ったんだけどなあ。振り出しに戻っちゃったか」

と、店長はつむじのあたりをぐしゃぐしゃと掻き、スツールに腰掛けた。

「どうする？　ももちゃん」

肩をすくめる店長を見ながら、考える。

絶対にここにある！　って思ったのに。松子さんに呼ばれてるような気がしたのに、所詮、私の勘なんて、当てにならないのだろうか。でもたしかにここだったら、お子さんが開けちゃう可能性もあるし、隠し場所にはならな……。

隠し場所。

隠し、場所？

「それ……」

「ん？」

私は、ひざをついたまま店長のほうにすり寄った。

「どしたのももちゃ」

「それ！」

私は、店長が座っている四角いスツールを指さす。

「ちょっとどいて、店長。こういうスツールって、中が収納スペースになってたり……」

上のクッション部分をつかんで持ち上げると、中は、空洞になっていた。

「ああ、やっぱり。……何か、入ってる！」

「うわ、本当だ」

「ただの椅子かと……」

よく見えるよう照明の真下に持っていき、突如あらわれた四角い空洞を覗き込む。私は気持ちを落ち着かせるために、手の汗をジーパンの太ももの部分にこすりつけた。

そろりと、中に手を差し込む。

一冊のノートが入っていた。

表紙には、これまた達筆な字で、タイトルらしきものが書かれている。

「康、成、さん、ノート。康成さんノート。ですかね?」

「康成といえば……」と、私は二人と顔を見合わせる。「木村さんの、下の名前だ」

「……松子さん、勝手にのぞいて、ごめんなさい。梅干しのレシピがあるかどうかだけ、たしかめさせてください」

手を合わせて頭を下げてから、思い切ってぱっとノートを開いた。

「これ、は……」

〈H15・11・5　からあげのプロの作り方〉

「エイチ十五……って、平成十五年!?」

「だいぶ前からこのノートをつけてたみたいだね」

なるほど、よく見ればノートもかなり年季が入っていて、ページの端っこは茶色く変色していた。小さな紙魚《しみ》が一匹、「からあげ」という文字の上をてくてくと歩いている。

「あれ、裏に何かある」

ふと、気がついた。からあげのレシピのページの裏に、ぼこっとしたふくらみを感じる。めくってみると、ついさっきダイニングで見たばかりの、細長い紙があった。

「黒田さん、なんだっけこれ」

「スリップですよ。売上スリップ」

なぜかそれが、セロハンテープでぴしっと貼られている。本のタイトルは『中学英単語・上級編』。なんでこんなものを、こんなに大事そうに？

「英語の勉強でもしてたのかな？」

「……ちょっと待ってください」

そう言って黒田さんはスリップに手を伸ばし、二つ折りの部分をぺらりとめくった。

どくんと、心臓が揺れた。

紙の裏側に、太いマジックで何か書いてある。

「これって……」

松子　様
御馳走様《ごちそうさま》でした
唐揚げ　元気が出る味でした
今日もありがとう

康成　拝

とっさに、手で口をおさえてしまう。

「うそ、ラブレターじゃん……」

細長いスリップの裏に書かれた松子さん以上に達筆な文字は、間違いなく、木村さんから松子さんに宛てた手紙だった。さらにノートにも、小さく松子さんのメモが書かれている。

店長が眼鏡をかけ直して、その文字を読み上げた。

「どれどれ……。『寒かったので、康成さんの大好物、からあげにする。元気が出る味とのこと、嬉しい。子どもたちも、喜んでいた。今日もお疲れ様でした』だって」

「素敵なご夫婦ですね」

「本当だね。見てよほら、他のページも……。スリップだらけだよ。木村さんも普段はあんな感じなのに、ロマンチックなことするなあ。ね、ももちゃん……ももちゃん？」

「えっ、もう泣いてるんですか？」

「だって……だってっ！」

大切なノートに私の涙と鼻水がかからないように、天井を向く。

もう、不意打ちで泣かせないでよ、木村さん！

あらためてそのノートをよく読んでみると、それは、木村さんが好きな食べものばかりを厳選したレシピ集だった。木村家では、木村さんが書店で商売をし、松子さんが家で家事と子育てをする、と完全分業制になっていたらしく、夫婦二人がちゃんと会話をする機会もほとんどなかったようだった。

だからなのか、お弁当箱を台所に戻すとき、スリップの裏に書いた手紙を添えておくのが木村さんの習慣になっていたようだ。それを松子さんは全部取っておいたらしく、スツールの底には、ノートに貼りきれなかったのだろう、スリップの束が大量に入っていた。

そして、ノートの最後のページをめくると、そこには。

「あった……あった！」

「あー、長い道のりだったね」

「一番ハードな埋葬委員会だったかもしれませんね」

「まだよ、これからよ！　作らないといけないんだから！」

こうしてついに私たちは、松子さんの手作り梅干しのレシピを、発見したのだった。

まさか木村さんに、こんなにきゅんきゅんさせられる日が来るとは！

第４話
「おばあちゃんの秘密のおにぎり」

七月二十九日、金曜日。天国のばあちゃん、お元気ですか。

今日の東京《とうきょう》は、すばらしい晴れの日です。絵画コンクールでこの空を描いて出したら、「空はもっと複雑な色をしています」とかなんとか、指摘されちゃいそう。それくらい現実味のない、元気な青空です。暑くてたまらないけれど、梅を干すにはこれ以上ないってくらい、ぴったりの日よ！

さて、木村さんの家にお邪魔してから、一か月が経ちました。

梅干し作り、こんなに大変だったんだね。梅を塩漬けして、赤じそでまた漬けて。ざるに並べて、「雨宿り」のビルの屋上で干しました。梅をひっくり返すのは、店長や黒田さんと一緒にやったんだけど、すごく楽しかった。黒田さんの坊主頭が日焼けで真っ赤になっちゃって大変でした。

今日はいよいよ、最終日です。今夜、梅を取り込んだら完成のはず。ああ、楽しみ。これでようやく、木村さんの気持ちも埋葬できそうだよ。

ばあちゃんにも食べてもらいたかったな。

っていうか、ばあちゃんにも手伝ってもらいたかったな。

もはやばあちゃんを雇いたい。

ばあちゃん、めちゃくちゃきびきび動くし、きっと「雨宿り」のキッチンにいてくれたら、このオーダーも即座に捌いてくれたんだろうな。

ねえ、ばあちゃん、よかったら天国から「雨宿り」のスタッフに転職でもしてみな――。

「……ちゃん！　ももちゃん！　カレーとチーズハンバーグ追加！　カレーは付け合わせでポテサラも。聞いてる!?　もしもーし。ももちゃん？　桃子さん！　結城桃子！」

ぱん！　と、何かが弾けたような音がした。

はっ。

あれ？

目の前には、心配そうな顔の店長。カウンターもテーブルも満席の店内。窓の外に見える、終わりのない行列。

ぱん、と店長がもう一度、私の顔の前で手を叩く。

「ちょっとももちゃん、大丈夫？　熱中症なった？」

と、店長はナチュラルに、私のおでこに手を当てようとした。

その瞬間、ふっと我に返る。今日まだあぶらとり紙でおでこ拭けてないのに、店長に触られたら私の大事な何かが死ぬ！

「ごっ、ごめんごめん店長、大丈夫！　忙しすぎただけ。なんか私、トリップしちゃってたみたい」

第４話
「おばあちゃんの秘密のおにぎり」

私はあわてて顔をそむけ、カレーの準備をはじめた。いけない、正気に戻らなきゃ。朝から動きすぎて、Ｔシャツの内側が蒸れて気持ち悪い。でも着替える暇もない。まあ、あれだけガラ空きだった半年前に比べたらありがたい悲鳴だと割り切って、このピークタイムを乗り切るしかないけれど。

「いや、わかるよ。まさかこんなに忙しくなるとはね」

店長も冷蔵庫を開け、猛スピードで二人分のグラスに氷を入れる。

「ね。テレビの影響ってすごいんだね」

今日の「雨宿り」は、過去最高に混んでいた。

理由は明白で、昨日、ゴールデンタイムのテレビ番組で取り上げられたからだ。街のディープなスポットを紹介するという趣旨のバラエティで、「雨宿り」にお笑い芸人が取材にやってきた様子が放送された。お客さん、増えるといいな～！　と、のんきに構えていたけれど、まさかこんなに増えるとは。しかも今日、平日だよ？　金曜日の昼だよ？

土日には、黒田さんに手伝いに来てもらうように頼んでいたのだけれど、今日はお勤めがあるとかで、夕方にしか来られないと言っていた。店長と二人で乗り切るしかない！

「でも今、この瞬間はめっちゃ大変だけどさ」

ハンバーグをひっくり返しながら、私は店長の横顔に向かって言った。

「売上も最高になるだろうし、干してる梅干しもできあがるし……あ、そうそう、たぶん夕方には味見できるよ。木村さんにおにぎりも食べてもらえるしさ、今日って、総合的にはめちゃくちゃいい日じゃない？　今日飲むビール、めちゃくちゃおいしいはず！」

「必死こいてる今、それ言えるのすごいなあ」

店長は、ランチセットのサラダとスープを盛り付けながら、苦笑いをする。

「大変だったけどいい日だったーって気持ちを、先取りしてるのよ」

そう言うと店長は、ちょっと驚いたような顔をしてすぐにくすっと笑った。

「ももちゃんのそういう考え方いいなって、いつも思うよ」

私は半分、自分自身を奮い立たせるつもりで口に出してみたのだけれど、思いのほか店長にも刺さったらしい。

「前もこんなこと言ってたっけ？」

「いや、大変なことほど人生のいいスパイス、みたいなさ。いつもそういう感じじゃん」

「そりゃそうよ。料理だって、苦味や渋味がなけりゃ、レパートリーも相当少なくなるんだから」

今までの人生を振り返ると、私はいつもそうやって壁を乗り越えてきたような気がするのだ。うん。今日だって乗り切れるはず。お客さんがおいしい！　って言って帰ってくれるように精一杯やろう。

なんかかっこつけちゃったな、と少し照れながら炊飯器の蓋を開ける。まだまだピークが止む気配はなさそうだけれど、土日のストック分を使えばなんとか持ち堪《こた》えられそうだ。頭の中で食材の計算をしながら、体は勝手に動いていく。

「あれ、でも、ももちゃん」

下げたグラスと食器をキッチンの流しにおきながら、店長は思い出したように言った。

「黒田さんが言ってなかったっけ？　埋葬委員会の日は必ずいつも雨が降るって」

え。

ぴたりと、ハンバーグにチーズをのせていた手が止まる。

「ふ、不吉なこと言わないでよ」

「いや実際、いつも雨降ってるしさ」

やめて。やめてくれ！　たしかに、なぜか埋葬委員会の日、必ず一度は雨が降る。どしゃぶりでもにわか雨でもとにかく降ればなんでもいいといった感じで、神様がノルマ達成のために無理してるんじゃないかと思うほどだ。

「今屋上で干してる梅って、雨に濡れたらアウトなんでしょ？」と、店長がさらに不吉なことを言う。

「た、たまたまよ、たまたま！　外はカンカン照りだし、今日はちゃんと天気予報チェックしたし、いくら私が雨女だからって……」

「まあ、そうか。それもそうだね」

そう言って、店長は納得したように、外で待つ次のお客さんを案内しに行った。

梅干しには「土用干し」という風習があり、「夏の土用」と呼ばれる七月二十日ごろから八月六日ごろまでが、梅を干す最適なタイミングだと言われている。梅雨のじめじめした空気が過ぎ去り、からっと晴れる時期に天日干しすることで、一番おいしく、かつ長期保存の利く梅干しが作れるそうで、松子さんのノートにも、「昨年は出遅れた　大ショック七月中に干すこと!!」とものすごい筆圧で書かれていた。

だから私も土用期間に入ったらすぐに干そうと思っていたのに、なぜか雲が多い日が続き、ぱらぱらと小雨が降る日もあり、結局、自信を持って「これは晴れだ」と言いきれた三日前にようやく干すことができたのだ。

店長が言っていたことが、だんだん心配になってくる。鉄板の上でとろけて、ぐつぐつと気泡が立つチーズが、アスファルトに落ちる雨の模様みたいに見えてきた。

一応、確認しておくか。一応ね、一応！　これは私が安心するためだから！

チーズハンバーグをカウンターに出し、オーダーが止まった隙を見計らって、さっとスマホを取り出し、天気予報アプリを開く。

「世田谷区の、天気は……」

そんなわけないよ、そんなわけないって、そんなわけないよね!?

「晴れ、ときどき、雨……？」

第4話
「おばあちゃんの秘密のおにぎり」

え、うそ。昨日見たときは、晴れだった。絶対晴れになってたのに！

いやいや、でも、はずれることだって全然あるし、こんなのあてにならないって……。

「すいませーん、傘って借りれますー？」

そのときだった。

地獄みたいなセリフが、耳に飛び込んでくる。

「なんか急にぽつぽつきちゃって。私たち誰も傘持ってなくて」

ううううそでしょ!?

振り向くと、ついさっき出ていったばかりのお客さんたちが、扉から顔をのぞかせている。ハンカチでおさえた前髪の先が、ぼそりと濡れていた。

ほんとだ。

雨だ。

それも、わりと粒がデカめの。

窓の外に、雨が見える。水の針が、窓の外を上から下に落ちていくのが見えた。

手から、するりとスマホがすべりおち、かつんとキッチンの床に落ちた。

い、いや、落ち着け。今はとりあえず、梅を室内に取り込まないと――。

「え、雨？」

「あら、ほんと。やだ、洗濯物干してきちゃった」

最初に立ち上がったのは、食後のコーヒーを飲み終わったあとも世間話を続けていた、近所のおばさまたちだった。どよどよと席を立ち、「急にきたわねえ」「ちょっと見て、けっこう大降りじゃないの」と矢継ぎ早にしゃべりまくり、おかげで、食べ終わっていた他のお客さんまでもが我先にと立ち上がりはじめてしまった。

「あ、少々お待ちください、順番にお会計しますので！」

ちょっ、ちょっとおおおお！

お願い今は勘弁して！　私を梅干しのところに行かせて！

けれどそんな願いもむなしく、おばさまたちの声をきっかけに、店内には「雨がやばいから急いで帰らないと」という雰囲気が蔓延《まんえん》しはじめ、レジには列ができてしまう。

おばさまたち、週四ペースで店長に会いにきてくれる大事な常連さんだけど、いまこの瞬間だけは、にくらしくてにくらしくて仕方ない。

だって、私たちの梅干しがかかってるのに！　一瞬だけ取りに……ああ……。

だめだ、突然の雨に打たれながら、それでも外で順番待ちし続けてくれているお客さんたちを放置するなんてできるわけない。せっかく来てくれたのだ。

あー、終わった！　梅干しー！　私たちの梅干し……。

この一か月の出来事が走馬灯のようにフラッシュバックする。

黄色い梅のヘタを、三人でちまちまと取り除いたこと。屋上での作業時間が長いので、

第4話
「おばあちゃんの秘密のおにぎり」

オーナーのキャンプ用品を借りて、簡易の作業スペースを作ったこと。テントを張るのが難しすぎて、徹夜したこと。日焼けした肌がひりひりして痛かったこと。

ああ、めんどくさかったなあ。私が今まで作った料理の中でも、ダントツでめんどくさかった。一生懸命作った彫刻を破壊される芸術家って、こういう気持ちなのかなあ。

ごめんなさい、木村さん、ごめんなさい……。

脳みそは大量の涙を流しながらも、体は店内を縦横無尽に動きまくり、元気な声でお客さんを案内している自分は、結局どこまでいっても飲食店のスタッフが向いているみたいだと、ぼんやり思った。


「いい加減、行ってきなよ」

「見たくない」

「苦味と渋味があるから人生は楽しいんでしょ」

「あんなの、満席ハイで言っちゃっただけだから……調子に乗っただけだから……」

「なんだこの抜け殻……って、結城さんじゃないですか。まさか……」

店長はこそこそと「梅干し、昼間の雨で濡れちゃって……。でもまだ見に行けてないんだよね」と言い、黒田さんは気の毒そうに私を見る。

「私みたいな雨女はもうだめだ……何やってもだめだ……」

本当なら今頃、もうすぐだねー！　なんてさわぎながら、屋上で梅のようすをチェックしているはずだった。一個くらい、つまみ食いをしていたかもしれない。白ごはんを屋上に持っていって、梅と赤じそをつまみながら、その場で試食してたかもしれないのに。

店長は、しびれを切らしたように、ため息をつく。

「黒田さん、俺、店見てるからさ、ももちゃん連れてってあげてよ」

「しょうがないですね。ほら、行きますよ」

「うっ。ううっ……」

黒田さんに引っ張られながら、重たい体をなんとか持ち上げ、ずりずりと外へ出る。扉を出てすぐそばにある外階段をのぼった。

一段一段、自分の足を持ち上げるたびに、思い出がよみがえる。

「また、作ればいいじゃないですか」

私のほうを見ないまま、黒田さんが言った。

「……今年は、もう無理よ。梅も旬を過ぎちゃったし」

「じゃあ、来年作ればいいじゃないですか」

「……木村さんを、一年も待たせるの？」

第4話
「おばあちゃんの秘密のおにぎり」

「いいんじゃないですか。長生きする理由が増えて」

黒田さんの言葉に、ぽろりとまた、涙が出た。

わかってる。ちゃんと受け入れなくちゃ。こういうこともあるよ。むしろ今までがうまくいきすぎてたんだ。自分にはどんな料理も再現する力があるって、自惚《うぬぼ》れてた。料理を甘く見てたんだ。梅干しだって、作れると思ってた。こんなにいろんな手間隙をかけてつくられてたなんて、思わなかった。

ついに屋上につく。錆《さ》びた鉄の柵には、まだ水滴がついていた。

怖くてつい、下を向く。現実を、受け入れたくない。足が止まる。

「……ない」

黒田さんが、そう言った。

「……今、なんて？」

「ないです。あそこに干してましたよね？」

はっとして、黒田さんが指差す方向を見る。

梅干しがない。大きな竹製のざるを、私たちは二枚用意していた。一枚につき四十個くらい、合計八十個くらいの梅を干してあったはずだ。なのにそれがあったはずの場所に、何もない。ただ、雨で濡れたゴムの床があるだけだ。

「え、誰かに盗まれた？」

「いや、梅干し盗む人がいます？　それもざるごと？　どんなメリットがあって？」

「……そうだよね」

落ち着け、私のことだ。暑さにやられてまた何かやらかしている可能性もある。作業中にぼーっとして、いつもと違う場所に移動させたのかもしれないし――と、雑然と置かれたキャンプ用品の陰をのぞいたときだった。

肉厚でいかにもすっぱそうな梅干しと、目があった。

「あっ……た……。あった。あった！」

作業場にしていたテントの中に、八十個の梅たちは、でんと鎮座していた。

震える手で、梅の状態を一つひとつ確認する。無事だ。カビが生えているようすもない。濡れてない！

誘拐された我が子を見つけたかのように、全身から力が抜け、その場にへたりこむ。

「え……な……でも、なんで……」

雨が降る前に誰かがここに入れてくれたってこと？　店長でもなく、黒田さんでもない、誰かが？

黒田さんが、ふと何かに気がついたように手を伸ばす。

「結城さん。見てください、これ」

よく見れば、ざるのふちに、何か紙のようなものが貼られている。

それは、木村さんの家で見た、書店の売上スリップだった。話題のベストセラーのタイトルが印刷されており、ぺらりとめくると、短いメッセージが書かれている。

〈雨のにおいがしたので　入れておきました　木村〉

きっと、急いで来てくれた上に、外で書いたからだろう、マジックで書かれた字はがたがたに歪んでいた。

「き、木村さん……！」

雨のにおいって！　やっぱり商店街で五十年商売やってる大先輩は伊達《だて》じゃない。

「もー！　イケメンすぎるでしょ！　そりゃ松子さんも惚れるわ！」

もう、泣いた。遠慮なく泣いた。

八十人の我が子たちが、おかあさん、何泣いてるの？　とつぶやいてる気がした。あんたたちが無事だったから、ほっとしたのよー！

「はいはい、よかったですね」

甘ずっぱい梅の香りに包まれて、私はもう、この世のすべてに感謝しようと思った。


「どうして、これを……」

藍色《あいいろ》の風呂敷に包んだお弁当箱をテーブルに置くと、木村さんは、この世のものではない何かを見つけたみたいに、目を見開いた。

「松子さんのノートに、全部書いてあったの。木村さんの好きな色、おにぎりの握り方、お弁当箱の種類、それはもう事細かに」

今、木村さんの目の前にあるのは、全部、松子さんの遺したメモどおりに作ったものだ。松子さんがマメな性格だったおかげで、かなり忠実に再現できたと思う。

木村さんは、ゆっくり、ゆっくりと手を伸ばす。骨張った手を、遠慮するようにぎゅっと握る。それから、心配そうに私のほうを見た。私は「大丈夫だよ」という意味をこめて、力強くうなずいた。そして木村さんは、ようやく決意したように、風呂敷の結び目に触れた。

しゅるしゅると、衣《きぬ》ずれの心地いい音がする。風呂敷の角がくったりとテーブルに落ちた瞬間、木村さんが、すうと息を吸い込んだ。

「ま、松子……も……」

曲げわっぱの弁当箱の上には、アルミホイルに包まれたおにぎりが二個、のっている。

「松子も……そうだ、いつも、この、ほら、なんつったっけな、銀色のやつで」

「アルミホイル？」

「ああ……そうだ。アルミホイル」

第４話
「おばあちゃんの秘密のおにぎり」

「そう、それも松子さんのメモ。私はいつもサランラップで包むんだけど、松子さんは、アルミホイルじゃなきゃダメって書いてた。海苔がべちゃっとしにくいからって」

「そう、だったのか……。私は、本当に何も知らずに……」

木村さんはそのまま、アルミホイルを端から、親指でめくった。しびれがあるのか、右の指が動かしづらそうだ。ぎこちなく少しずつ、銀色の紙が剥《む》かれていく。

ついに、アルミホイルから、白いごはんのてっぺんがひょっこりと顔を出した。

おにぎりの形は、三角形。炊いたごはんを冷ましてから、手のひらでそっと握る。握り方についても、松子さんなりのルールがあって、できるだけそのとおりに、私はやった。

「何も知らなかった」と木村さんは言うけれど、それは木村さんのせいというよりもむしろ、松子さんががんばって隠していたからなんじゃないかと、私は思った。たぶん松子さんは、家族のために努力しているところを、あんまり見られたくなかったんじゃないかなあ。「必死にがんばってこのおいしさに辿《たど》り着いた」じゃなくて、「最初から料理上手な女」でいたかったんじゃないかと、そんな気がする。レシピをあんなところに隠していたくらいだもん。

「おまじないが、あるんだって」

おにぎりを両手で持ったまま固まって、いまだ緊張しているようすの木村さんに、私は言った。

「おまじない？」

「松子さんが、毎日おにぎりを握るときに言ってたおまじない。聞いたことある？」

ふるふると、そのままの格好で木村さんは首を振った。

「こうしてね」

と、私は、空中で、おにぎりを握るふりをする。

「おにぎりの神様、おにぎりの神様……。今日も一日、康成さんがおいしくごはんを食べてくれますように」

「おにぎりの神様？　なんかかわいいね」と、店長はふふっと笑った。

「でも昔から、お米一粒に七人の神様がいる、なんて言われたりしますからね」

もしそれが本当なら、おにぎりには、ちょっとしたコンサートホールが満員になるくらいの神様が集結していることになる。かなりご利益がありそうだ。

「そうして握ると、すっごくおいしくなるんだって。だから私も、今日はおまじないを言いながら握ったの」

その言葉を聞いて、木村さんは覚悟を決めたように、おにぎりを、そろりそろりと口に運ぶ。私にできることはやりきった、という自負はある。ただ、料理の味は、作り手のほんのちょっとの仕草や加減で驚くほど変わってしまう。あとはもはや、神様に――それこそ、おにぎりの神様に祈るしかなかった。

第4話
「おばあちゃんの秘密のおにぎり」

ついに木村さんは、白いごはんに、そっと口をつけた。もぐもぐと小さく口を動かし、そしてまた、一口、二口とおにぎりをほおばった。

そして。

がぶりっ、と、次の大きな一口で、木村さんの顔全体に、ぎゅっと皺がよった。

「こ、こりゃあ……」

木村さんは驚いたように、おにぎりの断面をのぞき込む。そこには、赤く染まった梅干しが入っていた。うわあ、やっぱりすごい色だ。見ているだけでも唾液がわき出てきて、喉の奥が痛い。

食べるごとに木村さんの顔も、梅干しみたいにしわくちゃになっていく。

「ほっ、ほおっ、す、すっぱ……」

私たち三人は、顔を見合わせて笑った。

そりゃあ、そういう顔になるのも無理ないよ。だって松子さんの梅干しは、スーパーで売られているような、はちみつ入りの食べやすいものとはわけが違う。昔ながらの、しょっぱくてすっぱい梅干しだ。私たちも味見したけれど、あまりのすっぱさにしばらく目も開けられず、口も、ひょっとこみたいな形から戻らなかったくらいだ。

木村さんもそれは同じのようで「ほっ、ほっ」と身を捩らせながら、わっぱ弁当の蓋を開け、すっぱさを緩和しようとしてか、いそいで卵焼きをほおばった。

あっという間に一個目のおにぎりをたいらげ、次のアルミホイルを開け、二個目のおにぎりにかぶりつく。からあげを食べ、ひじき豆をお箸で器用につまみ、またおにぎりを食べる。

こんなに食べる人だったのかと驚くほど、がつがつとした、豪快な食べっぷりだった。

そして二個目のおにぎりが半分くらいになったころ、木村さんの手が、止まった。

右手にお箸を、左手に食べかけのおにぎりを持ったまま、下を向いて、動かない。

「ああ、すっぱい……。すっぱいなあ」

ほろりと涙の粒が、梅肉の上に落ちた。

「こんなにすっぱいのは、ひさしぶりだ」

笑いながら、すっぱさに顔を歪めながら、泣いていた。皺だらけの顔の上を、涙が水路を探すようにして、少しずつ降りていく。口元からお米の破片がこぼれ、ぽとりと風呂敷の上に落ちた。

「すっぱすぎて、涙が出てくるよ」

涙と鼻水をぬぐうこともせずに、木村さんはまた、おにぎりにかぶりつく。

ああ、よかった。言わなくても、言われなくてもわかる。

私は、予備で作っておいたおにぎりをキッチンから持ってきて、テーブルに置いた。

「私たちも食べよっか」

「そうだね」

「木村さんの食べっぷりがあまりに見事だから、お腹すきましたよ」

ふわりとしたごはんを食べていると突然、がつんとした強烈な味に出くわす。

「はあ、すっぱい。本当にすっぱいねー、これ」

「ああ、まったく松子は、容赦がないな」

と、木村さんは、おかしそうに笑った。


今日も一日、おいしくごはんを食べてくれますように。


そう願った松子さんの気持ちが、わかるような気がした。

その日一日、おいしくごはんを食べられるということは、当たり前のようでいて、簡単なことじゃない。

気持ちが落ち込んだ日は、ごはんが喉を通らないこともある。

食べたごはんの味がしないくらい、生きるのがつらいこともある。

「木村さん、来年も梅干し作る。ずっと作るからね」

気がつけば、私はそう口にしていた。

「毎年作る。『雨宿り』で出す。食べたかったら、いつでも食べにきて」

涙にまみれた赤い目で、木村さんが私をじっと見る。

そして、くしゃっとした笑い皺の寄った顔で、言った。

「そんなこと言われたら、毎日きちゃうよ」

「また、クーポンあげますよ」

「いいのか？　さっすが雨宮くんは違うな」

「ちょっ、だめよ！　お金は払ってもらいますからね！」

「やれやれ……」

ごはんがおいしいこと。

好きな人たちと一緒に、おいしいものを食べること。

もしかしたらこれこそが、私にとっての、一番の幸せの形なのかもしれない。

みんなでおにぎりをほおばりながら、そんなことを、思った。

すっぱすぎて、胸がとても、苦しかった。

おばあちゃんの秘密の梅干し

材料

完熟梅 …… 2kg
粗塩（梅の重量の18%）…… 360g
ホワイトリカー（35度）…… カップ1／4

赤じそ（梅の重量の20%）…… 正味400g
赤じそ用の塩（赤じその重量の20%）…… 80g

ボウル、容器、重し（完熟梅なら梅と同じくらいの重さ。熟度が足りない梅なら梅の重さの2倍）

作り方

梅の下拵え（6月ごろ）

【1】 梅の水気を拭き取り、ヘタをとり、水洗いする

【2】 ほうろうなどのボウルに梅を入れ、ホワイトリカーをまぶす。容器の底に塩を振り、梅と塩を交互に入れる（塩は上に行くほど多くして、最後は残った塩を全体にふる）。中蓋と重しをする。紙で覆って冷暗

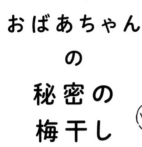

所に7日以上おき、白梅酢(塩が溶けて梅から出た汁)が十分に出たら、重しを半分くらいに減らす。このとき、梅が白梅酢から頭を出さないように注意する。

赤じその下拵え

【3】 赤じその葉だけを摘み、3回ほど水を替えて洗う。水気をしっかり拭く。

【4】 できるだけ大きいボウルに洗った赤じそを入れ、塩の半量を振る。塩をなじませながらもんでいく。濁った紫色の汁が出てくるまでもんで、両手でキツく絞って汁を捨てる。再びボウルに入れ、残りの塩を振って、同じようにもみ、汁を捨てる。

赤じそ漬けにする

【5】 容器を開け、白梅酢をかぶる量だけ残し、取り出す。【4】の赤じそをボウルに入れ、白梅酢をひたひたに加え、ほぐすようにして軽くもむ。紅色の汁がでてくる。

【6】 梅の上に【5】の赤じそをならべ、汁もくわえる。中蓋を載せ、周囲からしそが浮き上がらないように押し込み、軽めの重しを載せる。2週間以上、梅雨が明けるのを待つ。

三日三晩ほど土用干しをして、保存(7月20日ごろ)

【7】 晴天が続く日を見極め、外に干す。まず赤じそを絞って出し、次に梅をざるにあげて赤梅酢を切る。ざるに梅と赤じそを並べ、日当たりのいい場所に干す。日中、一度梅の裏表を返し、全体に日光が当たるようにする。容器の中の赤梅酢も一緒に太陽に当てる。

【8】 1日目は、赤梅酢が温かいうちに梅を容器に戻し、取り込む。

【9】 2日目、再び梅を干す。しそは夕方早めに取り込むが、梅はそのまま夜露に当てる。3日以降も同様。赤梅酢はこして、瓶などに入れて冷蔵庫で保存し、料理に使う。

【10】 皮を摘んでみて、柔らかく、破れなければ出来上がり。瀬戸物のつぼに移し、冷暗所に保存する。

第5話

「友達の先の景色を見てみたかったキャロットケーキ」

六回目のコールに、店長はまたしても出なかった。

「やっぱり繋がりませんか？」

「もう、こんなときにかぎって……」

思わず、爪を噛む。どうしよう。やっぱり警察に連絡したほうがいいのだろうか。私はソファに座ってぼんやりと窓の外を眺めつづける少女の方を振り返って、ため息をついた。

この少女に出会ったのは、つい数時間前のことだ。

実家から大量の野菜が届いたので、私は、黒田さんに頼んで一緒に「雨宿り」へ運んでもらうことにした。えっちらおっちら、重い段ボールを二人で抱えて「雨宿り」に到着するとそこには、見慣れない小さな人影が、ちょこんと丸く縮こまって座っている。おそらく小学三年生くらいの、女の子だった。

どこか、神秘的な雰囲気をまとった子だった。

長い髪の毛を三つ編みにし、両脇に垂らしている。夏休み中に遊びまくったのか、上腕には、くっきりと半袖焼けのラインが浮かんで、腕から指先までが真っ赤だった。一方、顔はアプリで加工したみたいに白く、透き通っている。なんか、地上に降りてきた天使が人間のふりをするために、無理やり日焼けのあとをくっつけたみたいだなと、そんなことを思った。

少女は両手でがっちりと、なぜかスノードームを握りしめ、それを何度も上下に揺らしていた。丸いガラス玉の中で、きらきらとしたラメが紙吹雪のように躍っている。

同じ目線になるようにしゃがみこんで、声をかけてはみた。が、彼女は一瞬だけ口を開きかけ、すぐにその薄い唇をむすんでまた、目を逸《そ》らす。

結局、私と黒田さんが手を替え品を替え話しかけても何も答えず、ただそのままじっと座って、スノードームをまじまじと眺めているだけだった。

「この暑さだと熱中症も心配だし、とりあえず店に入ってもらったらどうですか。警察に連絡するかどうかは、あとで雨宮さんが出勤してから判断しましょう。あの人なら、子供にも好かれそうだし」

最終的には、そう黒田さんと相談し、私たちは一応の上司である店長の判断に委ねようということになったのだった。

そんなわけで、さっきからずっとＬＩＮＥも電話もしまくっているのだが、今日にかぎって用事があるとかなんとかいって、ちっとも連絡が取れない。一応、出勤予定にはなっていたはずなのに。

女の子が、何度目かのトイレに立つ。外は陽が傾き、向かいの一軒家の塀からのぞく小ぶりな木が影を作っていた。やっぱりもういい加減、警察に連絡しようかとスマホを取り出したとき、派手な音を立ててドアが開いた。

「あっつーい！　みんなで海いこーよ、海！」

店長だった。

もう、やっと来てくれた！

「もー、待ってたのにどこ行ってたのよ……って、その服」

「ああ、これ？　まあ、ちょっと野暮用でね。あー、あっつ」

言いながら店長は、黒いネクタイをしゅるしゅるとほどき、襟元のボタンを外す。

店長のスーツ姿を見るのははじめてだった。黒いフォーマルなジャケットに、ぱりっと糊《のり》のきいたカッターシャツ。いつもはふんわりと無造作におろしている前髪も、今日はぴっちりとまとめられ、オールバックになっている。彫りの深い額と鼻筋が全開だ。

「どう？　今日のビジュアルも悪くないよね」と、店長は、なぜか黒田さんに向かって自

第５話
「友達の先の景色を見てみたかったキャロットケーキ」

慢げにウィンクをする。黒田さんはうっとうしそうに、しっしっと手を払った。

「それより、ちょっと困ったことが。知らない女の子がいるんですよ」

店長の自画自賛など聞いていられないと思った黒田さんが、さっそく本題に入った。

「女の子？」

店長は、ジャケットを適当に脱ぎハイチェアの背にかけ、シャツの袖をまくる。暑さのせいか顔が赤くなっていたので、私が水をなみなみ注いで渡すと、一気にそれを飲み干し、ふーっと息を吐いた。

出勤したら、小さな女の子が座っていたこと。話しかけても何もリアクションがないこと。私と黒田さんは、今日あったことをかいつまんで説明した。

話を聞いた店長は、二杯目の水を飲みながら、ふむ、と指を顎に添える。

「なるほどねえ。そりゃたしかに、なんとかしてあげたいね」

「あっ、ちょうどトイレ終わったみたい」

タイミングよく店の奥から、ジャーー、という水を流す音が聞こえてくる。上品なベージュのハンカチでその小さな手を拭きながら、こちらに戻ってくるところだった。

「やあやあ、突然あらわれた素敵なお嬢さん……」

すぐさま店長が明るく声をかけると、下を向いていた少女は、ふっと顔を上げ、そして。

店長の顔を見るなり、ぴたっと、足を止めた。ハンカチをぎゅっと握りしめたまま、琥珀色のガラス玉みたいに澄んだ瞳で、じっと店長を見つめている。

「なになに？　二人ともどうかしたの？」

かたや店長も、少女の方に顔を向けたまま瞬きもせず、動かなくなっていた。まるで、この二人の時間だけが止まってしまったみたいに。

「……雫《しずく》？」

ふいに、店長が椅子から立ち上がり、ゆるり、ゆるりと、少女に近づいていく。

「雫、だよね？」

何か、ただならぬ様子に、黒田さんに目と手のジェスチャーで〈なにこれ、どういう状況!?〉と訴えると、〈いや、僕に聞かないでくださいよ〉と、これまた険しい顔をされた。

目を丸くして店長を見ていた少女は、ようやく確信したのか、ついに、その小さな口を開いた。

「……パパ」

「パパ!?」

私と黒田さんの声が重なった。

えっ……ええぇ!?　店長がパパ!?　ってことは、この子は店長の娘？　嘘でしょ？

店長って何歳だっけ？　たしか三十三歳だと言っていたような……。まあそれなら、このくらいの子どもがいてもおかしくはないか。いや、でも店長は今、「雨宿り」のちょう

第5話
「友達の先の景色を見てみたかったキャロットケーキ」

ど真上の部屋に住んでいるはずだ。店の事務所を兼ねていて、私も何度か入ったことがあるから間違いない。殺風景な部屋に、誰かと暮らしているような痕跡はなかった。そうだ、マグカップだって一つ、歯ブラシも一本だった(私は抜け目ないのだ!)。

「雫。どうしてここがわかったの?」

店長は、雫ちゃんの目線に合わせて脚を曲げ、そっと彼女の手を握った。……いや、握ろうとした。雫ちゃんは、やんわりとその手を振り払い、そして、テーブルの上からスノードームを持ってくる。

「ママ、気にしちゃうから、内緒できた」

雫ちゃんは、店長の質問には答えずにそう言った。

「ひとりで来たの? よく来られたね。遠かったでしょ?」

「このくらいぜんぜんへいき」

「そっか。偉かったね」

そう言って店長は、彼女のかぶっていた帽子を取り、そして、汗ばんだ前髪を、優しくなで付ける。ああ、きっと店長はこんなふうに、何度も何度も、雫ちゃんの頭をなでてきたんだろう。そのやり慣れた仕草を見て、少し、胸の中がぐらりと揺らいだ。

私の知らない、私が関与できない店長の世界が、ここにある。

それは当たり前のことだ。私や黒田さんにだって、それぞれの世界がある。それぞれの人生を送って、たまたま今このタイミングで、一緒にいるだけだ。

当然の、ことじゃないか。

「これ、何？　俺にくれるの？」

雫ちゃんはそのまま、持っていたスノードームを、店長の手元に押し付けた。

「たくさんもらったから。雫もあげる」

「……これって、俺が」

「もらいっぱなしじゃ、イヤだから」

やけに大人びたことを言う子だなあと感心していたら、雫ちゃんは、てきぱきとテーブルに広げたノートや筆箱をリュックにしまいはじめた。あっけに取られた店長を差し置き、身支度を済ませ、最後にパンパンとスカートの埃を払うと、私たちに深々とお辞儀をした。

「お世話になりました」

私も黒田さんも、それにつられて、ぺこりと頭を下げてしまう。お世話になりました⁉

そんなしっかりした言葉が、十歳かそこらの女の子の口から出てくるなんて。

「バイバイ」

雫ちゃんは最後に店長に向かって手を振り、さあ用はすませたとばかりに店を出ていき、

「あっ、ちょっ、ちょっと雫！」

と、そのあとを、店長があわてて追いかけていった。

第5話
「友達の先の景色を見てみたかったキャロットケーキ」

「なんだったんだ……」

自分の心の声が漏れたかと思ったら、隣にいた黒田さんだった。再び静寂が訪れた「雨宿り」で、肩の力が一気に抜ける。私たちは、ぐったりとカウンターにもたれた。数分の出来事だったのに、なんか、どっと疲れた。

暑い午後の光が窓から差し込み、床に大きな平行四辺形を描いている。

なんか、なーんか。

切なそうな、というのか、もどかしそうな、というのか……とにかく、あんな店長の顔を見たの、はじめてだったなあ。

『夕方から夜にかけて、低気圧が接近し、今夜は雨が降りそうです。お出かけの際には、雨具の準備を忘れずに』

まるでタイミングを計ったみたいに、テレビのワイドショーが、天気予報を流している。

「元カレごはん埋葬委員会の夜はいつも、なぜだかいつも、雨が降る――」

腕を組んだ黒田さんが、まるで俳句でも詠むかのように、しみじみと言う。

「言わなかったっけ？　今日は休み。相談の予約してる人誰もいないって……」

「いや、いるでしょ。話を聞かないといけない人が」

話を聞かないといけない人……。

まさか。

あらためて考えてみると、雨宮伊織という人物について私はほとんど何も知らないのだと、今さら気がついた。

国宝級のイケメンで、数年前から喫茶「雨宿り」の雇われ店長になった。オーナーは別にいるらしく、月に何度か、長い会議をする日がある。どういう経緯で店長になったのかもよく知らない。埋葬委員会でのコメントから察するに、恋愛で困ったことはなさそうだけれど、たぶん今、特定の彼女はいない……はずだ。あれだけのモテっぷりだから、遊びの付き合いの誘いもいくらでもありそうだけれど、きっと全部断っているのだろう……と、私の女の勘は（そんなもののアテになったことないけど）そう言っている。

出身、知らない。経歴、知らない。

趣味、は……うーん、コーヒーと、商店街のクーポンを集めること？

あとは、あとは……。

「ダメだ、それくらいしか思いつかない」

もうすぐ、夜十時。埋葬委員会が始まる時間だ。

結局あのあと、店長は、何事もなかったかのように（パッと見ではそう見えた）帰って

第5話
「友達の先の景色を見てみたかったキャロットケーキ」

きた。夕方六時くらいだったと思う。ただ、いかにも「気にしてません」という風を装っていたものの、戻るなり何時間も、雫ちゃんが座っていた奥のソファ席で、もらったスノードームをくるくると回しつづけていた。お肉を届けにきてくれた安達さんも「亡霊みたいになっちまってるけど何かあったのか?」と心配するほどだった。

私は一人、「雨宿り」の天井を見上げながら、今までのことを振り返る。

店長の、あの顔。まったく知らない人が、そこにいた。

適当で、ひょうひょうとしていて、自由気ままに生きている「店長」はそこにはいなくて、娘を心配して、切なそうにその頭をなでる——そう、一人の父親の顔がそこにあった。

だからなんだか店長のことを、すごく遠くに感じてしまって。

「はあ、情けない……」

「何たそがれてるんですか」

「うっ、うわあっ!」

天井の木目で埋め尽くされていた視界が、まばたきをした瞬間、黒田さんの濃い顔に切り替わる。びっくりした。危うくソファから落ちるところだった。あわてて体勢を立て直す。

「なんだ、黒田さんか。もっとちゃんと音立ててきてよ」

「いや、いつも通り、ドアもぎいぎいひどい軋み方だし、ベルも鳴ってましたよ」と、黒田さんは冷静に言い返し、どかっと私の向かいに座った。「ずいぶん集中して考え事してたみたいですね」

「なんか……やっぱりやめない？　今日予約ないから来なくていいって、連絡しようよ」

「でも、気がついてると思いますよ。結城さん、すっごい顔に出てたし」

「うそ⁉」とっさに頬を触る。

「それに」と黒田さんは腕を組んで言った。「お子さんが来たんですよ？　さすがにあの人だって、僕らに何も言わないわけにはいかないって思ってると思いますけど」

「でも、店長に話したくないことまで話させる……なんてこと、したくないし。あっ、だけど逆に愚痴を聞いてもらいたいタイミングかな？　もー、どうしよう……」

私が頭を抱えてうめいていると、黒田さんが、おもむろに立ち上がってキッチンに行く。何かごそごそやっていたと思ったら、氷のたっぷり入った、グラス二杯のアイスミルクティを持ってきた。ガムシロップの蓋を開け、遠慮なくドバッと注ぎ入れる。

「考えすぎた脳には、糖分が一番」

そう言って、黒田さんはグラスの片方を私にずいと押し付けた。あまり喉は渇いていなかったけれど、渡されるがままストローに口をつけ、ミルクティを吸う。はあ、冷たい。舌先がきんとする。疲れた体に、紅茶の香りと、純粋な甘さが染み渡っていく。

「ねえ、黒田さんは、私よりもっと前から店長を知ってるんだよね？」

第５話
「友達の先の景色を見てみたかったキャロットケーキ」

私が「雨宿り」にはじめて来たのは今年の一月。そのときすでに、黒田さんはいつものの、一番端のカウンター席に座っていた。店長ともだいぶ前から顔見知りみたいに見えたけれど。

「僕もそんなに知らないですよ、あの人のことは。たしかにこの店ができた当初から通ってますけど、ずっとあんな感じというか。だいたい僕も、雨宮さんとちゃんと話すようになったのは最近だし」

「え、そうなの？」

「埋葬委員会がはじまるまでは、潰れそうな喫茶店の店長と、近所に住むただの常連客でしかなかった。挨拶とか軽い世間話とか、その程度ですよ」

黒田さんは、テーブルの上に置いてあったメニュー表を取り上げ、ぱらぱらとめくった。

「このメニューだって、前は殺風景なもんだった。コーヒーと紅茶と、クリームソーダと、それだけ。まあ僕はゆっくり落ち着いて本が読めるところを探してたので、メニューなんてどうでもよかったんですけど……」

ストローでミルクティをかき混ぜる。たっぷりの氷が少しずつ溶けて、からからと涼しげな音が鳴った。

「変えたのは、あなたですよ。この店を、みんなの居場所にしたのは結城さんです」

「……え？」

黒田さんの言葉が信じられず、聞き返す。

「あなたは、いつだって自分の好きなときにぎゃーっと喚《わめ》き散らしてるからわからないでしょうけど、世の中には、ずかずか心に踏み込んできてもらわないと、弱音を吐けない人も大勢いるんですよ」

「えーと、黒田さん、それほめてるの？」

黒田さんは、かまわず続ける。

「振り返ってみてくださいよ。牧子さんとか、凪さんとか……。みんなそうでしょ。聞いてもらわないと話せない。自分が何にもやもやしてるか気づけないんですよ」

言われてみれば。

埋葬委員会の相談者さんたちは、誰にも言えない思いを吐き出すためにやってくる。それを紐解《ひもと》いていくと、結局、他人だけじゃなくて、自分自身にすら認めてもらえなかった感情が心の奥底に眠っていたことが、少しずつわかってくる。

みんな、自分の痛みを、自分の苦しさを認めるのが、上手じゃないのだ。

日々、一生懸命、真面目に生きている人ほど、傷ついていないふりをする。大人のふりをする。めんどくさい人間じゃないふりをする。すぐに切り替えられる自分のふりをする。そうしないことには、まともに生きていけないからだ。

「ずっとしまっておいた後悔や、寂しさや、コンプレックスの塊をほじくりだしてくれるような人を、欲している人がいるんです。あなたみたいに、でっかい薙刀《なぎなた》を振り回しながら無理やり心の中に押し入ってくるような人を、必要とするタイミングがあるんです」

「ちょ、ちょっと待って、私ってそういうイメージなの？」

「まあ、とにかく」

黒田さんは腕を組み、ふんぞりかえって言った。

「僕が言いたいのは、雨宮さんにとって、そのタイミングは今日かもしれないってことです。だったら、あなたが話を聞いてあげないと」

そうか。

店長も同じだ。

これまで来てくれた人たちと同じように、自分じゃない別の誰かのふりをしながら、なんとかがんばって生きているのかもしれない。

「そうでしょ。会長」

黒田さんが私を会長と呼んだのは、それがはじめてだった。


「ごめんごめん、遅くなって。いやー、にわか雨とか言ってたけど、全然やまないね」

店長は、昼間のスーツから、いつも通りのシャツと綿のパンツに着替えていた。肩についた雨粒を払いながら、ソファに腰掛ける。

「それで？　今日の相談者さん、誰だっけ？」

「店長、あの、えっと……」

言え。ほら。言うんだ。いつもみたいに。

もー、店長、お子さんがいるなんて知らなかったよ。私たちの仲じゃん。水臭いなあ！いよいよ店長の番がやってきたのよ！　さあ、この埋葬委員会会長・結城桃子にあらいざらい話してみなさい！

だめだ。声が出てこない。

ふと下を向くと、膝にのせた自分の手が、細かく震えているのに気がついた。

もしかして私は、他人事《ひとごと》だからこそ、みんなの話にずかずか踏み込めたんじゃないだろうか。いつも一緒にいるわけじゃないから。

でも、店長は違う。

もし……。もし、店長が自分の気持ちを整理して、「雨宿り」を辞めて、家族のところに戻るって言ったら？

私……私は。

次は、どこに行けばいいのだろう。

第５話
「友達の先の景色を見てみたかったキャロットケーキ」

「ももちゃん。わかってる。俺だよね」

店長の声に、顔を上げる。いつも通りの、スマートなほほえみだ。

「今日、予約入ってなかったの、知ってたし。わかっててからかっちゃった。ごめんね」

店長は、気まずい空気を誤魔化すように、さらに口角を上げた。

「……店長、もし話したくないなら」

「正直言うと、話したくないよ」

雨音が、だんだん大きくなる。サアサア、という音に濁点がつくようになり、ザアザア、ザアザア、ザザア、と、激しい音に変化していく。

「……でも」

少しの間をおいてから、店長は口を開いた。

「吐き出すべきときに吐き出さなかった後悔は、ずっと心の中で燻りつづける。ずっと燃えつづけるボヤを心に飼いながら生きるのは、結構しんどい。……しんどかったんだ」

店長は、そう言って窓の方に顔を向けた。

「もしかしたら今日は、俺が燃やしつづけてきた小さなボヤを、限界まで燃やし尽くすタイミングかもしれない」

つられて、黒田さんも私も、外に目をやる。アスファルトに大きな雨粒たちが、何度も何度も円を落としていた。

「誰にも話したくないけど、一生誰にも話さないと思ってたけど、たぶん、話すベストなタイミングは今日で、話すベストな相手は、君たちなんだと思う」

店長は、窓の外から目線を戻して、まっすぐに私たちに向き直った。

「……話すよ。話したい。聞いて、もらいたい」

店長は、もう笑ってはいなかった。


「まず、雫は俺の子じゃないんだ」

店長はまるで、何かの罪を告白するような声色で言った。

「でも一時期、父親代わりみたいなことをしてた。俺の好きな人……小春《こはる》の、娘なんだ」

店長は、その薄い下唇を噛みながら、手のひらをじっと眺めていた。手の皺のどこかに、次に発するべき言葉が刻まれているんじゃないかと、そう願っているようにも見えた。

「何か、飲む?」

「……じゃあ、ホットコーヒーをもらってもいいかな」

店長が一番好きな深煎りの豆でコーヒーを作り、ミルクティのおかわりと一緒にテーブルに運ぶ。店長は何も言わずに、三回に分けてちびちびとコーヒーを流し込んだ。

「小春とはじめて会ったのはたしか……十七年前だ」

「そんなに?」驚いた。店長が高校生くらいの頃に出会ったことになる。私はふと思いついて、聞いてみた。「もしかして……初恋、とか？」

店長は曖昧にほほえんで、コーヒーカップの取手をそろりとなでる。

「ちょっと複雑な話になるんだけど」と、店長は前置きして言った。「俺、片親育ちでさ。もともと家族は父親だけだったんだけど、俺が八歳のときに仕事現場の事故で死んだ。フォークリフトの下敷きになったんだ。それで俺は、ばあちゃんの家に引き取られた」

ごくりと、喉が勝手に動く。無意識のうちに、生唾を飲み込んでいた。

「でもそのばあちゃんも、中学に上がる頃に物忘れが激しくなってきて、俺はばあちゃんの世話をしながら学校に通ってた。たぶん、そのせいかな。どうやったらまわりの人に助けてもらえるのか、なんて言えばお願いを聞いてもらいやすくなるのか、体感でわかるようになってきた。宿題なんてやってる暇もなくてさ。できるだけ効率いいやり方……ずるいやり方を覚えた。俺のこと好きな女の子に代わりにノートとってもらったり、宿題やってもらったりね」

「ああ、だから……」

「そう。俺、うまいでしょ。お願い事するの」

たとえば店長は、商店街の人たちと交渉するのがとてもうまい。安達さんたちも以前「雨宮くんに頼まれたら絶対断れない」という話で盛り上がっていた。「雨宿り」がなんとかやってこられたのも、きっと店長の人たらしな部分があってこそだろう。

「結構大変だったよ。うち、とにかく金がなくてさ。生活費は、親父の保険金の残りとか、ばあちゃんの年金とかでやりくりしないといけないし、毎日めんどくさいことだらけだった。一回限界がきて、家出したこともあったよ」

そんな大変な環境で幼少期を過ごしていたなんて、完全に予想外だった。もしかしたら、店長の異常なほどの節約グセは、その頃の習慣から地続きなのかもしれない。

「で、どっかで決めたんだよね」店長は、窓ガラスにそっと頭をつけた。「何も感じない自分になろうって。とにかく今はこの社会を生き抜くために、自分じゃない誰かのふりをしようって決めた。家やバイト先では、おばあちゃんっ子の優しい自分。学校では、明るい三枚目キャラ。彼女の前では、実は繊細で弱さのある男。相手が俺にどんな人間を求めているのか見極めて、どんなやつのふりをするのか選ぶんだ」

黒田さんが言った。「それは、本音と建前を使い分ける、みたいな意味ととらえていいですか？　つまり、本音を隠すために、いろいろな建前を作っていたと」

店長は腕を組んで、顔を上げた。ソファの背もたれに体重を預け、天井を見上げる。

「どちらかというと、本音を見ないために蓋をしてる、みたいな感覚だったかな。とにかく、苦しいとかつらいとか、そういう感情を感じたくなかったんだよ。やっかいなことにさ、俺ってほら、イケメンじゃん？　だから変に目立っちゃってさ。くたくただった。疲れてた。何もしたくなかったんだ。誰にも構われたくなかった。誰も俺のことを知らない

第５話

「友達の先の景色を見てみたかったキャロットケーキ」

世界に行きたかった」

店長の目は、ひどく冷たく見えた。

「だって、こっちは『へえそうなんだ』で終わらせてほしいのにさ、家族の話になるとまわりはそろってこう言ってくるんだ。『大変だったね』『波瀾万丈な人生を送ってきたんだね』って。親父がいないことも、俺が家事をしてることも、ばあちゃんの世話をしてることも、俺にとってはただ起きたことだった。それが『可哀想な出来事』だなんて、思いつきもしなかった。特別なことだなんて思ってなかった」

グラスを握る手に、ぎゅっと力がこもる。どくどくと、耳の奥が鳴っている。汗をかいたグラスの表面から水滴がしたたり落ち、私の親指の付け根を濡らした。

「なのにまわりは俺に『壮絶な経験を生き延びながらも明るくふるまう健気な少年』的な像を求める。期待の目で俺を見るんだよ。どこか楽しそうに。ワクワクしながら。付き合ってた女の子たちだってそうさ。『弱いところを見せて』『もっと話して』って顔でこっちを見るんだ。そして希望を叶えると、満足そうな顔でぎゅっと俺の手を握る。よしよし、がんばったね、って俺の髪をなでる。つらい出来事を打ち明ける相手に自分が選ばれたっていう恍惚感《こうこつかん》をエサに思う存分泣くんだ」

言葉が、出なかった。

ぶすりと、罪悪感の棘《とげ》が刺さったのがわかった。

なぜなら、まさに今、たった今、私も同じような胸の高まりを、抱きかけていたからだ。今にも流れそうだった涙を、ぐっとこらえる。何の意地だ。私は何と戦ってるんだ。自分の汚さと？　わからない。優越感と罪悪感が混ざり合い、淀《よど》んだ絵の具みたいになって、心の裏側にべっとりとまとわりついてくる。

「きもちわりいな、って思ってた。反吐《へど》が出そうだったよ。でもそんなこと洗いざらい言ったところでどうなる？　結局、ばあちゃんのためならなんでもできるっていうふり、まわりに心配をかけないために『無理してるふり』をするのが一番楽なんだ、って俺は気づいた」

黒田さんが、すう、と喉の奥まで息をのむ。

ああ、そうか。そうだったのか。

店長が誰とでも仲良くなれる理由って。

「壮絶な人生を送りながらも、前向きに生きる人のふり。もっと親密になりたいと近づいてきた人に見せるための、深く傷ついた人のふり。いろんな顔を使い分けるんだ」

頭の中に、これまでの店長との思い出がさっと駆け巡る。

出会ったときから不思議だった。

喫茶店におとずれたマダムたちと、資産運用と病気の話で大盛り上がりしてる店長。

商店街のクリーニング屋さんで店番している中学生の子と、何時間も話し込んで帰って

第５話

「友達の先の景色を見てみたかったキャロットケーキ」

こなかった店長。

本屋の木村さんと、好きな本を交換し合っているところも、公園にいる子どもたちと、カードで遊んでいるところだって見た。どんな場所に行っても、まるでずっと前から親友だったみたいな顔をして、すっと懐に入り込む。

それができるのは――。

「自分の気持ちがなかったからさ。俺はね、相手に合わせて、気持ちを捏造《ねつぞう》するのが抜群にうまいんだよ。そんなに難しくないよ。『こういう人であってほしい』っていう相手の望みどおりにふるまってあげるだけでいいんだもん」

ぞわりと、腰から背中にかけて鳥肌が立つ。

きゅっと先の尖った鼻。くっきりした二重の目。軽くめくれた上唇。人間らしいところといえば、かすかな髭《ひげ》の剃《そ》り跡と、顎に二つあるほくろくらいだ。

数か月前にここに来てから、何十回、何百回と見た顔。

毎日一緒に働き、何度も笑い合い、バカ騒ぎし合った顔。

なのに目の前にいるのは、誰だ。

店長。

あれ？

店長っていつも、どんな顔してたっけ？

ぽっぽー、と鳩時計が、能天気な音で鳴った。びくりと肩が跳ねる。私たちは同時に時計を見た。十一時だ。ひしゃげた鉄のバネに押し出された木彫りの鳩は無事に三回鳴き終わると、さあ仕事はすんだとばかりにさっさと扉の中へと戻っていった。

「その作戦はかなりうまくいったよ。疲れにくくなったし、余計な悩みも消えた。もともと器用だからさ、誰にも見破られなかったよ。……小春以外にはね」

小春。その名を口にした瞬間、冷え切っていた店長の瞳が揺らいだような気がした。

「ちなみに、どんな人だったんですか？」

「そうだね」と店長は少し考えた。「宝塚《たからづか》の娘役にいそうな感じって言ったら伝わる？」

「ああ〜……」

ため息のような納得の声が、黒田さんと重なった。

「肌白そう」

「白かったね」

「声透き通ってそう」

「透き通ってたね」

第5話
「友達の先の景色を見てみたかったキャロットケーキ」

「うちの高校の制服、白いセーラー服だったんだけど、それがよく似合ってたよ。進学校だったから、わりと金持ちが多い学校でさ。育ちが良くて、上品で、4LDKのマンションに住むことを『全然金持ちじゃないよ』って嫌味なく言っちゃうような、そういう子たちばかりだった」

店長はしみじみとうなずく。

「妖精さんだったねぇ……」

「妖精さんっぽそう」

「あー、悪気なく貧乏人を傷つけちゃう感じね……」

溶けた氷しか残っていないミルクティをすする。ずぞぞ、という間抜けな音が響いた。

「俺は特待生として入ったんだけど、『俺の女とっただろ!』なんていきなり殴り込んでくる荒くれ者もいないし、中学よりはずっと居心地がよかったよ。必要以上にプライベートに踏み込んでこられそうになったらまた、その人の望む誰かのふりをして誤魔化した。これで俺は大丈夫——そう思ってた」

店長は、ソファに深く背中を預ける。

「俺が小春に出会ったのは、そんなときだった。高校二年の春、生徒会でね。俺が生徒会長だったとき、彼女は書記としてやってきたんだ。一年後輩だった」

「え……ちょっと待って。生徒会長?　店長が?」

信じられない言葉が耳に飛び込んできて、ストローを持つ手が止まった。

「何？　なんか変？」

「いや、変っていうか……」

しっくり来すぎて、逆に怖いというか。

「俺ね、死ぬほど人気あったよ。生徒会長っていうよりアイドルって感じ？」店長は髪をかきあげ、笑っておどけてみせた。「俺も、生徒会の活動に夢中になってた。今までは、何をしても目立つっていう自分の性質がめんどくさかった。でも、生徒会長っていう立場を手に入れたことで、『目立つ』ことを武器として使えるようになったんだ」

言いつつ、店長は空いたコーヒーカップとグラスをお盆に載せ、キッチンへ運ぶ。私がやろうと立ち上がりかけたけれど、片手で制された。やかんを火にかけ、お湯が沸騰するのを待つあいだ、店長はカウンターのハイチェアに軽く腰かける。

「そんなわけで、高校に入ってからの俺は絶好調だった。何しろ俺は、人が何を求めてるのか察知する能力だけは高いからね。スピーチやプレゼンなんかしたら、みんなすぐやる気になってた。勉強と生徒会とバイトでほとんど休む暇はなかったけど、そのほうが楽だったよ。何も考えなくて済むからね。でも……」

一瞬、店長は言い淀む。顔に少しだけ、ゆらりと影がさしたような気がした。

「でも、そんな頃だった。もうすぐ冬休みっていう、十二月の忙しい時期に」

第5話
「友達の先の景色を見てみたかったキャロットケーキ」

「何か、あったの?」

「……ばあちゃんが死んだ。ヘルパーさんから学校に連絡があった。心筋梗塞でね」

ピー、と示し合わせたみたいに、やかんから沸騰音が鳴る。

ああ、と店長はキッチンに戻り、コンロの火を止めた。

「物忘れはひどかったけどまだ元気だったし、病院の検査だって毎回ちゃんと行ってたのにね。告別式のとき、あー、俺のまわりの人間って、みんな急に死んじゃうんだななんて、そんなことを考えてた」

店長は、いつものようにドリッパーにフィルターをセットした。そして、棚に並べてあるいろいろな種類のコーヒー豆の袋に触れながら、どれにしようかと吟味する。

「おばあさんが亡くなったこと、学校には……」

「もちろん、学校中に知られてた。まー、大ニュースだよね。生徒会長、唯一の肉親が亡くなる! これで天涯孤独に! なんてさ、そこそこおもしろいゴシップだろ? でも俺は、なるべくそういう視線からは目を逸らして気がつかないふりをしつづけた。生徒会長の仕事も予定通りこなして、期末試験も高得点をとった。そして、あっという間に二学期最後の登校日になった。俺は生徒会長として、終業式のスピーチをするために壇上に立った。前を向くと、みんながこっちを見てた」

店長は、深煎りの豆をミルに入れ、ハンドルを回した。挽いてできたコーヒーの粉をスプーンですくって入れ、やかんからフィルターに向けて、ゆっくりとお湯を注ぐ。

「大量の目が、俺を見てた。全校生徒と教師たち。何百人もの人間が、俺のほうをじっと見てた。それは何度も見てきた光景のはずだった。だって行事のたびに、この壇上に立ってきたんだ。何事もなく、当たり障りのない綺麗なことを言って終わりだ。女子たちのうっとりした表情、後輩たちの憧れの視線。校長先生のスピーチよりもずっと大きな拍手をされる。お決まりのパターンだ」

ごくり、と私は唾を飲み込む。その音が、やたら大きく響いたような気がした。

「でも、そのときは違った。何か——体育館に漂う空気が、いつもと違う。頭の中が真っ白になった。息が苦しくなって、気持ちが悪かったよ。俺は壇上に立ちながら、その違和感の正体を探ろうと必死に頭を回転させた。そしてようやくわかった。みんなの『目』が違うんだよ。また『あの目』なんだ」

「あの目?」

しばらく考えてから、黒田さんがはっとしたように口を開く。

「あ、もしかして……」

その表情を見て、店長はうなずいた。

「『不幸な俺』を求めている目なんだ。『身内が死んだばかりの人間はどういう顔をしてるんだろう。何を話すんだろう』っていう期待の目なんだよ」

第５話
「友達の先の景色を見てみたかったキャロットケーキ」

店長はやかんをコンロに戻し、浅く息を吐いた。

「俺の被害妄想じゃないかとも思った。でも違うんだ。前から五列目くらいにいる女子なんて、俺が話しはじめる前からハンカチを握りしめてるんだ。泣く準備をしてるんだよ。泣きに来てるんだよ。それを見てたら、急に怖くなった。そんなの気にしないで、みんなが何を求めているかなんて無視して、いつも通り笑顔を作って、スマートなスピーチをして終わり。それでいいじゃないか。でも……」

店長は、言葉を切る。

「でも俺だって、みんなをコントロールしたいから、俺の思い通りに動いてほしいから、みんなが求める『かっこいい生徒会長のふり』をしてきたんじゃないか？　だったら、最後までやり通すのが筋じゃないかって、思えてきて……」

「店長……」

「気がついたときには俺は、『先日、僕の祖母が亡くなりました』って口にしてた」

店長はキッチンの作業台に両手をついて、下を向いたまま言った。長い前髪が、のれんみたいに店長の顔に覆い被さっている。

「空気がざわついた。祖母は、僕にとって唯一の家族でした。急なことですごく驚いています。祖母はとても優しい人で。そういう言葉を口にするたびに、みんなの目がゆらりと揺れた。五列目の女子はすぐに目を赤くして、隣にいた女子が寄り添うように肩を抱いてた。みんなが同情の目で俺を見る。『かわいそう』と『きもちいい』が混ざり合った空気が満ちてた。俺はその目がすごく嫌だった。逃げ出したかった。なのにね、やめられないんだよ。俺自身も、『不幸な俺』を演じるのをやめられないんだ。気がついたら、俺はスピーチを終えていた。内容はほとんど覚えてないけど、たぶん、決まりきった、小綺麗で感動的な話をしてたんだと思う」

どうしよう。言葉が見つからない。私も黒田さんも、ただ黙って話の続きを待った。

「気がついたら、みんなが拍手してた」

冷たい声に、ぞくりと、背筋が寒くなった。

前髪からのぞく口元は、うっすらと、何かをあざけるように笑っている。

「あいつら、泣きながら拍手をしてるんだ。それを見た瞬間、何かに殴られたみたいに、視界がぐるぐると回った。なんでお前らが泣くんだよ、と俺は思った。なんでお前らなんかに泣かれなきゃいけないんだよ。死ぬほど金持ってて、急に家のガスが止まったりすることもなくて、やりたいことも自由にやらせてもらえて、家に帰ったら一緒にごはんを食べる人がいるんだろ。何も泣く理由なんかないじゃないか。逆に、なんで俺は泣けないんだ？　こんなに『つらい』思いをしてるはずなのに。俺は何がしたいんだ？　何が悲しい？　何が嬉しい？　どんな気持ちなんだ？　俺はなんなんだ？　本当に吐きそうになって、その場から動けなかった。……そんなときだよ」

第５話

「友達の先の景色を見てみたかったキャロットケーキ」

店長の声色が、明らかに変わった。前髪の隙間からのぞく瞳に、少しだけ光が宿ったように見える。窓の外の何かを眺めているようにも見えた。

「凪みたいなスピードで誰かがやってきて、俺の手首をものすごい強さで掴んだ。小春だった。そして、小春は俺を押しのけてマイクに向かってこう言った。『実は会長は三十九度の熱があるのですが、その責任感の強さから、無理してここに立っておられます。健康を慮《おもんぱか》って今日は帰っていただきます。みなさん、どうかご理解ください』って」

ずんずんと歩く、凛《りん》とした少女。

白いセーラー服を着た天使。

まるでスーパーヒーローみたいな小春さんの姿が、私の頭のなかにくっきりと浮かんだ。

「そして小春は、俺を無理やりひっぱって体育館の外に連れ出した。みんなあっけに取られてたよ。俺もびっくりしすぎて、抵抗できなかった。だってそれまで、必要最低限のこと以外、小春とまともに話したこともなかったからね。口数が少なくて、学校でも有名なお嬢様で、『高嶺《たかね》の花』みたいな扱いをされてた」

「本当に、熱があったの？」

「まったく。だから、なんでわざわざそんな嘘をついてまで俺を連れ出したのかわからなかった。華奢《きゃしゃ》なのに手の力がめちゃくちゃ強くてさ。小春は校門の外に出て、学校近くの公園まで行ってからようやく手を離した。手首には、赤い指のあとがくっきりついてたよ。

どうして気づいたの？　って聞くと、小春は『だって、いつもと全然違うから』って、当たり前みたいに言った。それからこうも言ってた。『あの空気、すごい気持ち悪かったですね』って」

黒田さんが首をひねる。「気持ち悪い、とは？」

「本当にそう言ったんだ。『みんな、会長が泣くとこ早く見たーい！　って感じで、気分悪かった』って」

「よく、気がつきましたね」

「俺もびっくりしたよ」店長は懐かしむように笑い、コーヒーの入ったガラスサーバーを取る。「もし私の勘違いだったらごめんなさい、勝手なことして、とまっすぐに俺を見て、小春は言った。そんなことない。たしかに俺はすごく気分が悪かった。みんなの前であんな話をしたくはなかったんだと、俺は正直に言った。やりたくなくても、俺は、自分の気持ちと逆のことをしちゃうんだ。悲しくなりたいときに悲しくなれない。どうしたらいいかわからないんだよ、と」

店長は、三人分のコーヒーカップに新しいコーヒーを注ぎ、運んできてくれた。コーヒーの香りがお店の中に満ちて、しめった雨のにおいと少しずつ混ざっていく。

「俺たちはしばらく公園のベンチに座ったまま、黙って水を飲んでた。しばらくすると小春は『前から思ってましたけど』って、ぽつりと言った。『会長はまわりにサービスしす

第5話

「友達の先の景色を見てみたかったキャロットケーキ」


ぎだと思います。身内が亡くなったんだから、気持ちの整理なんてつけられなくて当然です。一度悲しいって言葉に出したら、あなたの気持ちは本当に悲しいってことになっちゃう。ぐちゃぐちゃな気持ちは、ぐちゃぐちゃなままにしておいていいんですよ』って」

ぐちゃぐちゃな気持ちは、ぐちゃぐちゃなまま。

その言葉に、ぐっと心臓を射貫かれたような気がした。

そうだ。そうだよ。それでいいんだよ。

全部きれいじゃなくていい。言葉にしなくてもいい。

なのに私たちは、すべてを言葉に当てはめて、安心したくなってしまう。目に見えない、よくわからないもやもやをずっと抱えているよりも、便宜的にでも、嘘でもいいから、「この感情は、こういう名前です」とラベルを貼ってしまったほうが、いいような気がしてしまう。ぐちゃぐちゃをぐちゃぐちゃのままとっておくのではなく、きちんと整理して心の中から追い出したほうが、「正解」のような気がしてしまう。

「そう言われたらなんか急に、すげえ泣けてきてさ。涙が止まらないんだ。悲しいのかも、苦しいのかも、なんで泣いてるのかもよくわからなかった。でもなんだかひどく安心して、俺は小春の前でわんわん泣いた。小春はね、何もしなかったよ。ただそばにいてくれただけだ。手を握ったり、よしよしと頭を撫でたり、抱きしめたりすることもなく、ただそこにいた。辛かったねともがんばったねとも、何も言わない。俺に何も期待しないで、ただ隣にいてくれる人の存在がどんなにありがたいことなのかってことに、俺ははじめて気がついたんだ」

幼い店長に、「どうしてお父さんいないの」と聞いた子どもが、「お父さんいなくて悲しいね」と言った大人が、いったい何人いたんだろう。

自分でもよくわからない感情に、他人に勝手に名前をつけられることが、いったいどれだけ店長を、幼い雨宮伊織を、混乱させてきたんだろう。

ねえ、店長。

店長の感情は、店長だけのものだよ。

そうして必死にしまっておいたものを、「しまったままでいいよ」ってはじめて言ってくれたのが、ぐちゃぐちゃであることを許してくれたのが、小春さんだったんだね。

コーヒーに合わせたジンジャークッキーが、パキッと砕けてテーブルに落ちた。

「ええ!? 告白してない!? うそでしょ?」

指に力が入りすぎたみたいだ。ええい、でも今はそんなことはどうでもいい、だって店長は、小春さんに「好き」だと伝えずに卒業したというのだ。店長のことだからてっきり、あっという間に付き合えたものかと思ったのに。

「いや、しょうがないんだよ。小春には、すでに好きな人がいたんだ」

少し気まずそうに、うなじのあたりをぽりぽりと掻きながら店長は言った。

「もしかして、その人が雫さんの父親ですか？」

「黒田さん、鋭いね」と、店長はため息をついた。「当たり。小春の幼馴染でさ。同じ学校に通ってた。名前はね、太陽《たいよう》っていうんだ。岡田《おかだ》太陽。これ以上『太陽』が似合うやついるのかってくらい、まっすぐで明るい男だった。本物の人気者ってこういうやつなんだろうな、って思った。裏表がなくて素直で。小春もよく言ってたよ。『ああいう人になりたい』ってさ」

店長はまぶしそうに目を細めた。

「小春は子どもの頃からずーっと太陽のことが大好きだったらしくて、他の男は眼中にないって感じだった。そうそう、小春がさ、生徒会室にキャロットケーキを焼いて持ってくることがあったんだ。『母と作ったので』とかなんとか言って」

「キャ、キャロット……ケーキ……？　焼いて持ってくる？」そんな、上品な女の子の代名詞みたいなことをできる人が、本当に存在するとは。

私の反応を見て、店長はくすっと笑った。

「でも、母と作ったとか言うわりには、やたら『どうでしたか』『おいしいですか』『スパイス利きすぎてませんか』とか聞いてくるんだよ。それで、生徒会のみんなの意見を取り入れて、また改良して。それでピンときたよ。ああ、これは好きなやつのために作ってるんだなって。さりげなく聞いてみたら案の定、太陽の大好物なんだって、顔真っ赤にして白状してさ。あー、俺は今まで、俺以外の男のためにに作ったケーキを味見させられてたのかと思うと、泣けてきたよ」

店長は、頬杖をつき、外に目を向けた。雨ふりの窓に、過去の記憶を投影しているようだった。

「小春がキャロットケーキを焼いてきた日はすぐにわかるんだ。生徒会室に入った瞬間、ふわっと、にんじんとスパイスの香りがするからね」

店長はさりげなくキッチンの方に目をやった。あれ、もしかして。私がカレーのスパイスを調合するたびに、小春さんのことを思い出したりしていたのだろうか。

「私だったら、『もっとスパイス多いほうがいいかも』とか、わざとおいしくならない方向にコメントしちゃいそうだけど」と私は言ってみた。我ながら最悪な発想だ。

「好きな子に『おいしいよ』以外のこと、言えるわけないじゃん」

くすぐったそうに苦笑いする店長に、私の心臓はますます苦しくなった。そうだよね、そうだよね、私みたいないなあくどいこと、店長がするわけないよね。

第５話

「友達の先の景色を見てみたかったキャロットケーキ」


いつのまにか空になったジンジャークッキーのお皿を持って、店長は席を立つ。

「なんか、ケーキの話してたら腹減ってきたな。ももちゃん、このクッキーってまだある？」

「ああ、一番奥のバスケットの中に入れてあるよ」

「ありがと……バスケット、バスケット……あれ？」

なにやら、キッチンの奥でごそごそやっていたかと思ったら、店長は、ぎゅいんとＪの字に曲がったにんじんを持って出てきた。

「ももちゃん、どうしたのこれ？　なんか大量にあったけど」

「あ、忘れてた」

私と黒田さんは同時に顔を見合わせた。そうだ、二人で運んだ段ボール、キッチンの奥に置いておいたんだった。

「昨日、お父さんが大量のにんじんを送ってきたの。不揃いにんじんが余ったんだって。私一人じゃ食べきれないから、今朝こっちに運んできたんだよ」

店長はじっとにんじんを見つめたまま、固まっている。「店長？」

「ねえ、お腹空いてる？」

「まあまあ空いてますけど……あ」黒田さんが、はっとしたように私を見る。

たぶんみんな、同じことを考えている。店長の元カノのごはんを、再現するんだ。

「うーん、美しい……」

ため息とともに、つい本音が口からこぼれ落ちてしまった。

左にいる黒田さんの氷のような視線をひしひしと感じるけど、今はどうでもいい。無造作にまくられたシャツの袖からのぞく、血管が浮き出た腕。よく見ると意外にごつごつとして、骨張った手首。包丁でするするとにんじんの皮を剥いていく、長い指先。

私はすっと素早くスマホを取り出し、エプロン姿の店長を連写した。

「これは間違いなく売れる！　売れるぞお！」

画面を長押ししているせいでとんでもない量の写真がカメラロールにおさめられているが、今はとにかく撮影だ！　にんじんの皮剥く店長とか需要しかないでしょ！

「やめて」店長は手を止めずに言った。

「ポラロイドにしてグッズにしよう！　マグカップにしよう！」

「どんなマグカップですか……」

「いや、商店街の奥様とかターゲットにするなら、持ち帰りやすい葉書とかのほうがいいか……？　いやむしろもうTシャツとか作っちゃう!?　店長とともに過ごす日々！　って

郵 便 は が き

料金受取人払郵便

新宿北局承認

9158

差出有効期間
2025年 8 月
31日まで
切手を貼らずに
お出しください。

169-8790

174

東京都新宿区
北新宿2-21-1
新宿フロントタワー29F

サンマーク出版愛読者係行

ご 住 所	〒　　　　都道府県	
フリガナ		☎
お 名 前		(　　　)
電子メールアドレス		

ご記入されたご住所、お名前、メールアドレスなどは企画の参考、企画用アンケートの依頼、および商品情報の案内の目的にのみ使用するもので、他の目的では使用いたしません。
尚、下記をご希望の方には無料で郵送いたしますので、□欄に✓印を記入し投函して下さい。
□サンマーク出版発行図書目録

1 お買い求めいただいた本の名。

2 本書をお読みになった感想。

3 お買い求めになった書店名。

市・区・郡　　　　町・村　　　　書店

4 本書をお買い求めになった動機は?

・書店で見て　　　・人にすすめられて
・新聞広告を見て(朝日・読売・毎日・日経・その他=　　　)
・雑誌広告を見て(掲載誌=　　　)
・その他(　　　)

ご購読ありがとうございます。今後の出版物の参考とさせていただきますので、上記のアンケートにお答えください。**抽選で毎月10名の方に図書カード(1000円分)をお送りします。**なお、ご記入いただいた個人情報以外のデータは編集資料の他、広告に使用させていただく場合がございます。

5 下記、ご記入お願いします。

ご職業	1 会社員(業種　　)2 自営業(業種　　) 3 公務員(職種　　)4 学生(中・高・高専・大・専門・院) 5 主婦　　6 その他(　　)		
性別	男・女	年齢	歳

ホームページ　http://www.sunmark.co.jp　ご協力ありがとうございました。

第5話
「友達の先の景色を見てみたかったキャロットケーキ」

キャッチコピーつけてレジ前に置いとく⁉　いやあ、それにしても店長がこんなに料理の手際いいなんて」

「ももちゃん」

店長は手を止めた。薄く剥かれた皮が、まな板の上にぽとりと落ちる。

「やめて？」ドスの利いた声が、深夜の店内に響いた。

「はい……」

いけないいけない、ちょっと興奮しすぎてしまった。私はおとなしく、黒田さんの隣に戻る。

「まったく、話聞いてなかったんですか？　雨宮さんは小さい頃から自分で家事とかしてたって言ってたでしょ」

「聞いてたよ。でも、ただ説明されるのと、実際に見るのとじゃ違うじゃん」

と、私は言い訳した。

ただ、てきぱきと作業する店長を見て、少しだけ切ない気持ちになったのも事実だった。いつも「俺、料理苦手だからももちゃんに任せるよ」と言っているのを純粋に信じていたけれど、それもきっと「私の望むこと」を察知した結果なのだろう。初対面でカレー作りを失敗していたのもあってすっかり信じていたけれど、きっと私を立てるために、あえて「料理ができないふり」をしつづけていたのだ、この人は。私が気づいていないだけで、他にもいろんなところで気を遣ってくれてたんだろうなと思うと、なんだか申し訳なくもなった。

結局、その後店長と小春さんは、お互いなんとなく通じ合う部分を感じ、友人として親しくはしていたものの、何も発展がないまま卒業し、それっきりだったらしい。

店長はお金の関係もあって進学を見送り、いろいろなバイトを掛け持ちしていたそうだ。モデルをやったり、ホストクラブでナンバーワンにまで上り詰めたこともあるという（さすが、というべきかなんというか……）。ホスト時代のおかげで貯金もかなりの額になり、そろそろ落ち着こうと保育士の資格を取った店長は、都内の保育園に就職した。そこで、ついに小春さんに再会したそうだ。実に十年ぶりだった。

「すぐに小春だってわかったよ。昔のお嬢様オーラみたいなものは消えてたけど、凛とした空気も、まっすぐで強い瞳もそのままだった。むしろ、なんていうか、こう……生き生きして見えた。自然体で、明るくて。お上品に、口元を手でおさえて小さく笑ってた小春が、白い歯を思いっきり見せて笑ってた。無機質な人形に命が宿ったみたいだった」と、今度はにんじんをすりおろしながら店長は言った。

「それまで、小春さんに連絡しなかったの？　一回も？」

「当然、太陽とそのまま結婚するもんだと思ってたしね。わざわざ首をつっこんで玉砕したくなかったんだよ」

「店長でもふつうに悩んだりするんだね……」

「そりゃあするさ。誰だって好きな人には好きになってほしいもんでしょ」

軽くため息をつきながら言う店長を見ていると、胸がむずむずしてくる。私は熱くなった頬をおさえた。

ずり、ずり、と、不器用にひん曲がったにんじんが、おろし金で削られていく。

「ただ同時に、幸せになってほしい、って気持ちもあった。そっちのほうが強かったかもしれないね。小春は家族みんなで、クリスマスにはでっかいクリスマスツリーを飾るような立派な豪邸で、キャロットケーキを食べながらニコニコ暮らしてるはずだって」

店長はとんとんとおろし金を傾けて、どろどろになったにんじんをボウルにうつした。

「だからこそ、保育園で再会したとき、心底おどろいた。俺が働いていたのは、正直言って……その、裕福な家庭の人がくるような地域じゃなかったんだ。もし小春に子どもができたら、それこそ有名大学付属の幼稚園とかに入れるだろうと思ってたからね」

「小春さん、何かあったの？」

私の言葉に、店長は黙ってうなずいた。

「太陽が亡くなったんだよ。スキルス胃がんでね、あっという間だったらしい」

「そんな……」

「しかも運の悪いことに、太陽が死んだのは出産とちょうど同じタイミングだった。雫を産んだあと急いでかけつけたけど死に目には間に合わなかったって、小春が言ってたよ」

店長は、ゆるゆると首を横にふった。

「突然選手交代したみたいに、隣から夫が消えて、ふにゃふにゃの赤ん坊と暮らすことになった。それって、どんな気持ちなんだろうね」

妊娠して、家族が増えて、楽しみなことがたくさんあるねって、これからの未来にわくわくしていたはずだ。

それなのに。

「……じゃあ雫さんは、本当のお父さんに会ったことないんですね」

「うん。ずっとひとりで育ててきたらしい。いろいろあって実家にはあんまり頼りたくなかったみたいで、小春は結局、自分で稼いで、自分で育てる道を選んだ。俺たちが再会したのは、雫が三歳のときだ。知らずに『岡田さん』って呼んだら、振り向いたのが小春だったから、びっくりしたよ。太陽は生前、籍を抜いてほしいって言ってたらしい。小春はまだ若いんだから、新しいパートナーを見つけて、幸せになってほしいって。でも頑固な小春は、絶対に岡田のままでいると言って譲らなかったそうだ」

脳裏に、病床の太陽さんの手を強く握る、小春さんの姿が浮かんだ。

「その話をしてるときの、小春の顔。忘れらんないよ。小春は幸せにならなきゃだめじゃないか。誰よりも幸せでいてもらわないと困るんだ。でも小春は、十年前とまったく同じまっすぐな目で俺を見てこう言うんだよ、『だって、私の戸籍に彼を残したかったんです』って」

ケーキ生地を混ぜていた店長の手が、ぴたりと止まった。

「くだらないって思うでしょ？　でも、私にとってはこれが唯一の支え。バカみたいだけど……今は、役所でもらう書類に岡田太陽って名前が書いてあるだけで、私は救われるんです。そう言ってた」

そんなこと、言われちゃったら。

「もうどうしようもないじゃん……」

「どう？　今までの相談者さんに負けず劣らず、なかなかの失恋話でしょ、ももちゃん」

もう、店長。そんなふうに、無理して笑ってみせないでよ。


暗い夜道は、がらんとして、静かだ。

さっきよりも雨はだいぶおさまって、細かい雨の雫が時折思い出したみたいにぱらぱらと降る。

にんじんのケーキ生地をオーブンに入れたあと、クリームチーズがないことに気がついた私たちは、近くのスーパーに買いに行った。ビニール袋をゆらゆらと揺らしながら、「雨宿り」までの道を歩く。

「再会してからまた俺たちは、いろいろな話をするようになって、雫と三人で出かけたりすることも多くなった。公園とか水族館とか遊園地とか……。シングルマザーだと遠出するのも結構大変だったみたいで、二人とも喜んでたよ」

私は身を乗り出して、店長の顔をのぞきこむ。「また好きになっちゃったりしなかったの？」

「まあ、そりゃ」

そう言うと、何かを思い出したのか、店長は頬を赤くして、すぐに目を逸らした。

「えっ、えっ！　店長が照れてる！　えー!?　うそ!?」

予想外の反応に、にやにやが止まらない。

「ちょっと、そんなでかい声で言わないでよ……」

店長は恥ずかしそうに、右腕で顔を隠した。

「っていうか、ずっと好きだったよ。大人になってからも小春のことばっか考えてた」

顔を隠しても、赤い耳のせいでバレバレだ。

からからと、サンダルの底がアスファルトに擦れる音が、深夜の三軒茶屋に響く。

「それでそれで？」

第５話
「友達の先の景色を見てみたかったキャロットケーキ」

「告白はしたんですか？」

「今度はできたの⁉　ちゃんと好きって言えたの？」

真ん中を歩く店長を、私と黒田さんが挟む形で問い詰める。容赦ない私たちの追及に、店長の顔がまた少し赤くなったような……気がした。

店長は、急にスピードを速め、私たちの三歩先をずんずんとゆく。

進んでからぴたりと立ち止まり、そして。

「……言った」

「きゃー‼」

私たちは思わず、がっしと両手を握りしめ合ってしまった。

「はっず……」

店長は、肩をいからせながらものすごい速さで先を歩いていく。

黒田さんと私は一致団結し、店長の両サイドにふたたび寄り添った。

「恥ずかしくないのよ、店長。さあ、続きを話して……クリームチーズならあたくしが持って差し上げますからね」

「雨宮さん……赤裸々な恋バナは人の魂を救うという教えがあるとかないとか」

「絶対今適当こいただろそれ！　バチ当たるぞ！」

それにしても、こんなに感情を剥き出しにした店長を見るのは、はじめてかもしれない。

真っ赤になったり、ぷんぷん怒ったり。もしかしてこれが、店長の「素」なのかな。

……いや。そこまで考えて、私は小さく頭を振った。「素」かどうかなんて考えるのはやめよう。店長だってまだきっと、自分自身の輪郭をうまく掴みきれていないのだ。

「それで？　どこで言ったの？　なんて言ったの？」

「たしか、井《い》の頭《かしら》公園だったと思う」

と、店長はいかにも決まり悪そうに、耳たぶを掻く。

「いっ、井の頭公園！」

なんと、あんな、東京屈指のデートスポットで告白するとは。

「僕、行ったことないです」

「東京に住んでて行ったことない人いるの!?」

「千葉《ちば》出身なんで」

「鹿児島県民からしたら千葉だってほとんど東京よ。そうだ、今度みんなで行こうよ！　広くてね、池とかスワンボートとかもあるの。連休はイベントやってることもあって」

「へえ……」うわ、せっかく一生懸命説明してるのに、黒田さん、興味なさそう。

そんなやりとりをしているうちに、「雨宿り」に到着した。濡れた傘の水滴を落として、外の傘立てにしまう。私がカバンの中から鍵を取り出そうとしていると、店長が、ふと思い出したように言う。

第5話
「友達の先の景色を見てみたかったキャロットケーキ」

「そうそう。スワンボートに乗った雫が大はしゃぎで……楽しかったなあ」

振り向くと、店長はパンツのポケットに手をつっこんで、ぼうっと夜空を見つめていた。

まだときどき気まぐれに、雨粒が落ちてくる。

「アイス食べたり、大道芸人に犬のバルーンアートを作ってもらったり……いろいろ遊び回って、夕方には、雫がぐずって眠っちゃって。全然起きないからいったん池沿いのベンチに寝かせて、俺と小春は二人で、くたくたになった足の裏を休ませてた」

ぽとりと、つむじのあたりを冷たい水が伝っていった。

「すごく楽しかったんだよ。ああ、こんなに幸せなことが世の中にはあるんだって、心からそう思った。大好きな人がすぐそばにいて、一緒にあちこち歩き回って、疲れて、大笑いして。何も考えなくていいんだ、って思った。相手の望む通りにしないとどこかに行っちゃうんじゃないかとか、そんなことをいっさい考えなくていい。そういう時間で」

店長の鼻先にも、雨が当たる。

「気づいたら、言葉が出てたよ」

雨の雫が伝って、するりと唇から顎に落ちていった。

「好きだよ。ずっと」

それは、雲の向こうにいる誰かに伝えているようにも見えた。

「関係を壊すのは、怖いけど……」

まばたきもせず、まっすぐに前を向いて言う。

「俺は、友達以上の景色を見てみたい。次会うときは、恋人として、じゃだめかな？」

はっきりとした声が、静かな夜に響いた。

張り詰めていた糸がほどけたように、店長は息を吐く。

友達以上の、景色を。ああ、店長はいったい、どんな思いでその言葉を――。

「そ……そしたら？」

店長はアスファルトに転がった小石を小さく蹴った。「……断られた。やっぱり太陽が一番だからって。先輩は大事だけど、恋愛とかは考えられないって」

黒田さんがため息をつく。

それにつられて、私もさらに大きなため息をついてしまう。

いや、わかってた。なんとなくわかってた。きっと小春さんって、そういう人なんだろうなと、そういう人だから店長は好きになったんだろうなと、私の中でもちょっとずつ、人物像が見えるようになってきた。

「僕なら立ち直れないな……」黒田さんがうなだれて言う。

「私も。好きになったことを後悔するかも」

「はあ〜……」

私たち二人は、店長の恋が実らなかった事実に、予想以上のダメージをくらっていた。

第５話
「友達の先の景色を見てみたかったキャロットケーキ」

自分のことみたいにショックだ。

「でも……」

「でも!?」

黒田さんと私は、驚いて顔を上げる。

店長は、私たちに背中を見せたまま、囁くように言った。

「友達以上の景色、って言われて、私も……。あなたと、新しい世界を見てみたい、って思ってしまった。……って」

それ、は。

「小春さんがそう言った、ってこと、だよね？」

「……そうだよ」

もごもごと小さな声で言う店長の耳は、さっきよりももっと、真っ赤に染まっていた。

「えっ……。尊い……。もう和歌の返しじゃんそれ！」

私はクリームチーズが入っているビニール袋をぶんぶんと振り回した。店長は、顔がほてっているのが自分でもよくわかるのか、絶対にこちらを向こうとしない。

「だから恋人に……とかはまだ考えられないけど、これからも、遊び相手でいてくれる？　って言われた。それで十分だったよ。俺は雫の一番の遊び友達だったし、俺も、その関係を手放したくなかった」

もしかしたら小春さんも、自分自身の気持ちを整理できていなかったのかもしれないな。話の合う友達、同志としてしか見ていなかった相手。それまではきっと、恋愛対象として見ることすらなかったのだろう。

店長は恥ずかしさを誤魔化すように、ぐしゃぐしゃと後頭部を掻きながら言った。

「まあそんなで、雫にとって俺は、近所に住んでる、よく遊びにくるイケメンのお兄さんになったわけさ」

相手の望むとおりに振る舞うのが得意とか言ってたくせに、いざ小春さんのことになると、思いっきり顔に出てしまうらしい。

ひととおり作業を終えた店長が、濡れた手を拭きながらソファに座る。あとは、オーブンで焼き上がるのを待つだけだ。

「三人で過ごしてたあの一年が、一番楽しかったなあ。うん。すごく楽しかった」

店長は、たしかめるようにうなずいた。

「そうそう、クリスマスにね、お祝いしたんだよ。クリスマスだよ？　俺、家でクリスマスを祝ったことなんて一度もなかったから、すごくびっくりしたんだ。小春にクリスマス

第5話
「友達の先の景色を見てみたかったキャロットケーキ」

ツリー買ってきてって頼まれたんだけど、どれくらいのサイズを買えばいいのかよくわかんなくてさ。とりあえずデカくて困ることはないだろうと思って、ホームセンターで一番大きいのを買ってったんだよ。そしたら小春にめちゃくちゃ怒られて」

「そんな、大は小を兼ねる的な？」

店長は過去をさかのぼるように、目を細めてうっすらと笑う。

「でも、雫は大喜びしてた。こんな大きいツリー持ってるの私だけだーって、大はしゃぎだった。そうだ。それにね、小春もプレゼントをくれたんだよ」

店長は立ち上がり、入り口を入ってすぐの飾り棚から、何かを取って戻ってきた。

スノードームだった。

ガラス玉の中では、小さなサンタクロースとトナカイが、空を飛んでいる。

「あれ、雫ちゃんが今日持ってきた……いや、違うか。これもしかして、ずっと飾ってあった……」

「そう。これは今日もらったものじゃなくて、一緒に住んでた六年前に、小春にもらったスノードーム」

つまり店長は、小春さんがくれたプレゼントをいつも見える場所に飾ってたんだ。

「あのクリスマスは、俺の人生でまちがいなく最高の日だ」

店長は囁くように言い、スノードームのてっぺんをなでる。

「あの生活がずっと続けばよかったんだけどね。でも、やっぱりだめだった。一緒に暮らしはじめて、一年後くらいかな。これ以上甘えられない、って小春は言い出した。『あなたといると、自分がダメになりそうで』って、泣いてたよ」

「どういう意味？」

「たぶん、俺が思うに」

店長はじっと、ほのかにきらめくガラス玉の中を見つめたままだ。

「小春はね、誰かを支えたい人だったんだよ。誰かに支えてもらう人じゃなくてね。成《せい》城《じょう》にある地下室付きの大きな家に生まれて、父親は製薬会社の役員で、何不自由ない生活を送ってきた。上質な教育を受け、上質な習い事をして、上質な友達を作った。誰もが羨む生活だ。小春の不幸は、自分が恵まれた環境に生まれたって事実に気がついてしまったことだった」と、店長は淡々と語った。

「不幸？　恵まれてることが？」

「誰だって、自分は自分の努力や才能のおかげでここまで来たんだって思いたいものですよ。自分が恵まれてたから、両親がたくさんのお金を投資してくれたから、環境がよかったから。そういうお膳立てのおかげで成功しただなんて、進んでは認めたくないものです」

黒田さんは、ごしごしと坊主頭をこすりながら、ひとりごとのように言った。

第5話
「友達の先の景色を見てみたかったキャロットケーキ」

店長はしばらく黒田さんを見つめていたが、小さく「そうだね」とつぶやいた。

「兎《と》にも角《かく》にも、小春はわりと幼い頃から、黒田さんの言う『お膳立て』の偉大な力に気づいてた。だからこそ、そこから抜け出したくて、いろいろもがいて、太陽みたいに迷いなくがむしゃらにがんばれる人に惹《ひ》かれたんだと思う」

俺じゃなくて、という言葉が、そのあとに続いたような気がした。

「小春はずっと誰かに与えられる人生を送ってきた。多くのものを与えられてきた。自分の実力とは見合わないようなものもたくさん。そういう人生に、小春は飽き飽きしてたんだと思う」

店長はテーブルに片肘をついて、手のひらで頭を支えた。下を向いたまつげが、まばたきに合わせて何度か揺れる。

「最後にさ、言われたんだよ」

「何を?」

「私は幸せなんです。幸せになれる人なんです。あなたに、誰かに幸せにしてもらわないと、幸せになれない人じゃないんです」

じめじめとした空気が、ドアの隙間から入り込んで体にまとわりつく。私は、意味もなく首のうしろをこすった。

「それを聞いたとき、心臓をえぐられたような気持ちになった。それって同じじゃないか。

俺だって、さんざん嫌がってたくせに、小春に『あの目』を向けてたんじゃないかって。自分の理想をぶつけて、こういうふうに生きていてほしい、こういうふうに笑っていてほしい、って勝手にいろいろ妄想して」

「店長……」

「ほら、俺もね、好きな人に与えすぎちゃう人だったんだ。幸せになってもらいたかった。小春が困ってることも、雫が望むことも、なんでも叶えたかった。毎週の休みには動物園、遊園地、海までドライブ……。雫がちょっとでも好きそうなところがあったらどこへでも。いろんなものを見せてあげたかった。いろんなものを見てほしかった。いろんなものを見た小春が、雫が……どんな顔をするか、見たかった」

そこで、店長の肩が細かく震えているのに気がついた。

私はどうすることもできなくて、テーブルの上で握られた店長の手を見つめていた。

「ただ、それだけだったんだよ。本当に。俺は本当に、そうしたかったんだ。楽しかったんだ。好きな人のために何かができるのが、嬉しかったんだ。相手にどう思われるかとか、そんなの考えずに、ただただ、こうしてくれたら喜ぶかなとか、考えるのが、楽しくて……」

ああ。

この人は、わかってたんだ。嫌ってほど、覚えてた。誰かに期待される苦しさを、知ってた。

自分に向けられた「不幸であってほしい」という期待と、ベクトルは真逆でも、ポジティブに見えるものだったとしても、小春さんにとっては同じくらい、苦しかったんだと。

「友達の先の景色は、家族の景色は、まぶしかったよ。楽しかったよ。恋人には、なれなかったけど……」

たった一年間の、家族。

きっと店長のことだから、がんばっていろんな「お父さん」を観察したり、保育士時代の記憶を総動員したりして、自分なりの「パパ」像を作り上げてきたんだろう。必死にやってきたんだろう。「幸せでいてほしい」というその強い気持ちは、小春さんにとっては受け取りきれないものだったかもしれないけれど。

「ああもう！」

店長のいろんな気持ちを考えたらいてもたってもいられず、私は泣きながら吠えた。

「店長と小春さんと雫ちゃんみんなを、このスノードームの中に閉じ込めて永遠の存在にしたい！」目尻がどんどん濡れてきて、エプロンの裾で必死におさえる。

「なんでももちゃんが泣いてんの」と、店長がいつも通りの表情で笑う。

あれ、さっき泣いてるのかと思ったけれど、私の勘違いだったのかな。

「だ……だって……」

「まったく、結城さんは涙もろいですね」

「悪かったわね、ロジカル人間にはわからな……」

ところが、そう言われて隣を睨みつけると、なんと黒田さんが天井を仰いでいる。首がものすごい角度に曲がっていた。

うっ、黒田さんも泣いてる？

「泣いてません」

私が立ち上がって顔を覗き込もうとすると、黒田さんは体をのけぞらせた。どうやら、どうあっても目元を見せない気らしい。

「泣いてるでしょ」

「泣いてませんって」

言いつつも、エアコンの風が一番当たる場所に移動している。

「時間稼いでる！　必死に目乾かしてるじゃん今！」

「ふふっ……。あはっ、ははは！」

私と黒田さんがぎゃーぎゃーと言い合いをしていると、店長が、心の底からおかしそうに笑った。それを見て、私たちも笑った。

明け方の「雨宿り」に、にんじんとスパイスの甘い香りが広がる。ふだんならぐっすり

第５話

「友達の先の景色を見てみたかったキャロットケーキ」

と眠ってる時間だけれど、今はまったく眠気を感じなかった。

縦長のパウンドケーキ型で焼かれたキャロットケーキ。断面からは、レーズンやナッツがのぞき、クリームの上には、ピンクペッパーが飾られている。

「まさか店長が、こんな立派なスイーツを作れたなんて……」

「さんざん聞かされてたし、別れたあと少しでも小春を感じたくてさ」

美しい顔から、私に負けず劣らずの重いワードが出てくる。ああ、もしかしたらだから店長は、私がはじめて「雨宿り」に来て大泣きしてたときも、親切にしてくれたのかもしれないなと、ふと思った。

雫には、しばらく遠くにお仕事に行くことになったって伝えたんだ、と店長は言った。これ以上雫ちゃんの中で大きな存在になる前に離れようと思ったものの、大切な人がいきなりいなくなってしまう寂しさを身に沁みて知っていた店長は、そのあと定期的にプレゼントを送りつづけていたらしい。貯金を切り崩しながら、実際に海外をあてもなく旅し、世界各地でスノードームや絵本、絵葉書などを買い求めては、毎年クリスマスに雫ちゃんへ送っていたそうだ。思っていた以上に律儀な人で、そのエピソードでまた、私は泣けてきてしまった。店長はそれを見て、また笑っていた。

「よし、じゃあ食べようか」

ソファに店長が座ったのを合図に、にんじん色のスポンジにフォークを刺す。クリームと合わせて、そっと口に運んだ。

「おっ……おいしい！　キャロットケーキってこんなにおいしいの⁉」

ケーキ屋さんに行くと、ついつい「ケーキっぽいものが食べたい」という欲求が出てしまい、ショートケーキやらチョコレートケーキやらチーズケーキやら、オーソドックスなものばかり選んでいたけれど、そうか、キャロットケーキってこんなに「ケーキ」感あるんだ、なんて、当たり前のことを思ってしまった。

「甘さの中にもピリッとしたスパイスの香りが効いてて、クリームチーズのほどよい酸味もよく合います。これはなかなか……クリームソーダにも負けず劣らずというべきか」

甘党の黒田さんは、いつになく饒舌《じょうぜつ》にぺらぺらと語る。信じられないスピードで一切れ目をたいらげ、はやくも二切れ目に取り掛かっている。これはこの素材がポイントでとか、マシンガンのように捲《まく》し立てているが、だめだ。まったくもって理解できない。全部外国語に聞こえる。もっとわかりやすい言葉で説明してよ！

「うん。もう俺の恋は終わり。小春のことは忘れる。二人のおかげで埋葬できたよ。ありがとう」わめいている私たちをしばらく見守っていた店長が、コーヒーに口をつけながらぽつりと言った。

「じっくり自分の話ができてよかった。気持ちの整理もついたしね。これでようやく、小春のこと忘れられそうだよ」

第5話
「友達の先の景色を見てみたかったキャロットケーキ」

ふと、窓の外を見る。雨はまだ少しだけ降っているようだった。

「じゃあ、この度は、ごしゅうしょ……」

両手をそろえて、いつもの台詞を言おうとしたけれど、何か、違和感がある。

細いミシン針のような何かが、心の裏側のあたりを何度もひっかかいていた。

「……何か嘘ついてる」

私は目をぎゅっと細めて、店長を睨んだ。

何かおかしい。何かがおかしい！

「え？」

「店長」

私は腰を浮かせて前のめりになり、店長に顔を近づけた。

店長の色素の薄い瞳が、ふるりと揺れる。

「まだ好きなんでしょ？　小春さんのこと」

店長は明らかに動揺した様子で、ぱちぱちとせわしなくまばたきをする。

「え、いや……」

「だって店長、なんでケーキに手をつけないの？」

そう。私が抱いた違和感は、店長の分のケーキだった。

私たちはとっくに食べ終わってるのに（黒田さんに至っては気づかないうちに三切れも

食べてるのに)、店長は一口も口をつけていない。

「ケーキを食べたら、いろんなこと思い出すかもしれないから？　ああ、小春がよく作ってた味だって、記憶が蘇《よみがえ》って、また好きになっちゃうかもしれないから？」

きっと、一度お開きにして、「俺は部屋で食べるよ」とかなんとか言って、結局口にしないつもりだったのだろう。

店長は黙り込んだ。まさかそんなふうに言われるとは思ってもみなかったのだろう。目が泳いでいる。

「そ、そんなことないよ、食べれるって……」

店長は無理に笑って、フォークを手に取った。キャロットケーキに刺し、お皿を口元に寄せようと——。

した、そのときだった。

店長の手首を、黒田さんががしっと掴む。

「今日、雨宮さん、どこ行ってました？」

私ははっとして黒田さんの方を振り返った。そういえば、今日の店長は出勤が遅かった。

「野暮用で」とか言っていたけれど。

「お線香の匂いがしました」

店長は気まずさを誤魔化すように、黒田さんから目を逸らす。

第5話
「友達の先の景色を見てみたかったキャロットケーキ」

「雨宮さん今日、お墓参り行ってたんじゃないですか」

観念しなさい！　とばかりに証拠をつきつける私と黒田さんに、店長はついに、大きなため息をついた。

「はあ……。もう君たち、俺のことよく見すぎてて怖いよ。どんだけ俺のこと好きなの？」

と、店長はまた茶化そうとする。

なんでわかってくれないんだろう。

ずっと、店長には深入りしちゃいけないような気がしていた。

店長だけじゃない。恭平と別れてから、ずっとそうだ。誰かに想いを伝えるのが怖くなっていた。また「重い」って言われたら。「真剣すぎて怖い」って言われたら。

でも。

それでも、私にだって、わかる。

今こそ、薙刀になるべき瞬間だ。

「そりゃあ……好きだよ！」

私の言葉に、店長は驚いて顔を上げる。

「え？」

「あっえっと、もちろんそういう意味じゃなくてよ!?　人間としてよ!?　上司として……っていうか、この『雨宿り』のメンバーとして？」

最悪のタイミングで告白したみたいになってしまい、私は慌てて言い訳する。もう！

大事なところなのになんでこうなっちゃうの！

「だからその……店長の様子がおかしかったら心配になるし、見ちゃうし、店長のこと『パパ』って呼ぶ小さい女の子がきたらめちゃくちゃ気になるし」

そうだ。今日だって、ものすごく不安だった。

「だって、店長がいなくなったらやだもん！　店長がいるから、私はここで働けてるし、『雨宿り』の仕事も、埋葬委員会の仕事も楽しい。店長がいなかったら、『雨宿り』じゃないもん。だからすごく心配だったんだよ」

しんとした空気が流れる。

あれ、だいぶ恥ずかしいこと言っちゃった……？

「あのちょっと、店長、リアクションしてくれないと恥ずかし……」

「太陽に……会いに行ってきたんだ」

店長は、うつむいたまま言った。

「毎年行ってるの？」

「変だよな。部外者のくせに、好きな人の旦那さんの墓参りしつづけるなんて……」

店長は小さく息を吐いた。

「どうしてか、太陽のお墓の前に立って手を合わせると、素直な気持ちがどんどん出てくるんだ。太陽からしたら、お前何なんだよって感じだと思うけど。小春のことが吹っ切れたら墓参りはやめようって思ってた。今日、行ってきて、今度こそ、これで終わりにしようと思った。なのに帰ってきたら雫がいて……」

ああ、だからあんなに、亡霊みたいにぼんやりしてたのか。

きっと何度も諦めようと、気持ちを封印しようとしてきたのだろう。自分を奮い立たせながらも、それでもやっぱり忘れられなくて。

子どもの頃からさんざん、「自分じゃない誰かのふり」をしてきたはずなのに、「小春さんを好きじゃないふり」だけはできないなんて、どんなにつらかっただろう。

「まだ好き？」

私は聞いてみた。

店長はしばらく目を閉じて考えていたけれど、また目を開けて、そして、

「好きだよ。好きで好きでたまらない。俺のそばにいてほしい。できればずっと」

と、はっきりと言った。

そうか。

それなら話が早い。

私は、店長のお皿を奪い、ケーキを自分のほうに寄せる。

「じゃあ、いいじゃん。埋葬しなくても。店長のケーキ、私がもらうね」

言うなり、店長の分の一切れを食べはじめる。うん、やっぱりおいしい。

店長は呆気に取られている。キャロットケーキを食べながら、私は言った。

「ぐちゃぐちゃな気持ちは、ぐちゃぐちゃなままにしておいていい」

店長がはっとした顔で私を見る。

「小春さんもそう言ったんでしょ？」

「そう、だけど」

「いいじゃん。顔がこんなに整ってるんだから、心の中くらいぐっちゃぐちゃに散らかりまくってても」

「それに……お釈迦様の言葉によれば……」

と、黒田さんも人差し指を上に向ける。

「……いや」

しばらく上を向いて考えていたけれど、黒田さんは結局、ゆるりと首を振って、

「なんだかんだ、僕らもいますよ」

と、珍しく素直に言った。

「やだちょっと黒田さーん！」

「間違えました間違えました今のは」

嬉しくて、肩をバシバシと叩いていると、黒田さんがあわてて訂正する。

「やっぱり今のはあの……新しい念仏と間違えました」

「……ありがとう」

店長の、ほっとしたような声が聞こえた。


「ねー、できた？」

「まだです」

「黒田さん、何入れるの？」

「秘密です」

「ちょっとだけ見せてくれない？」

「いやです」

「あっそれお星様のビーズ？　きれーい。ねー、私のどう思う？　迷ってんだけど」

「ああもうやかましい！　さっさと自分のに集中！」

一週間後。

開店前の「雨宿り」に集まった私たちは、せっせとスノードーム作りに勤しんでいた。

店長の埋葬の儀式として、それぞれの思い出の品を入れたスノードームを作ることにしたのだ。

「私、入れるものがたくさんありすぎて入んないよ」

「スノードームに入れるものなんてそんなに……」

恭平とのデートのために奮発したパンプスのレシート、一緒に行ったディズニーランドのチケット、恭平のおいてったボタン……。持っているともやもやするものを全部詰め込もうと思ったら、うーん、なかなか入らない！

「おもっ！　こんなもんスノードームに入れる人いませんよ……。というか、全部捨てたって言ってませんでしたっけ？」

黒田さんの鋭いツッコミに、ぎくっと肩が震える。

「あの、僕もさんざん手伝わされたんですが？」

「違うの、これだけ！　本当にこれが最後！　机の引き出しに残ってたの！　それにこの手作りスノードームキットの説明書に書いてあるでしょ、自由に好きなものを入れましょうって！　ほら！」

と、私は説明書を黒田さんの顔の前に突き出した。いや、いくら自由って言っても……とぶつぶつ言っている黒田さんは無視して、店長のほうを見る。

「店長は？」

「もうできたよ」

第5話
「友達の先の景色を見てみたかったキャロットケーキ」

「はやっ！」

見れば、すでに蓋もされた綺麗なスノードームが仕上がっていた。

といっても、中身はシンプルだ。ガラス玉の中には、キャロットケーキの上にのせていたピンクペッパーと、それから。

「それって……鍵？　どこの？」

少し褪《あ》せて、錆《さび》の出た銀色の鍵が、ガラスドームの中に浮いている。

「ここの」

「ここの!?」

「うん。『雨宿り』の鍵。最初にオーナーにもらったやつ」

驚きのあまり、何も言えなかった。予想外だった。てっきり、小春さんや雫ちゃんにももらったものを入れると思っていたのに。

「あ、もちろんマスターキーは別にあるから大丈夫だよ」

と、店長は付け足した。

「もしかしたらこれから先、雫が何かに困って……俺を頼りたくなる日が来るかもしれない。そのとき、『雨宿り』があれば雫も来やすいだろ？　だからこれは」

店長は、もう一度スノードームの土台を持って、ゆるまないようにギュッと蓋をしめる。

「『雨宿り』を絶対畳まないっていう、俺の覚悟。このスノードームを割って、中の鍵を取り出すのは、『雨宿り』がなくなるときだ」

そう言って店長は、にっこりと笑った。

「だから、これからもよろしくね。ももちゃん、黒田さん」

「こちらこそ！」


夏まっさかりの青空が、窓一面に広がる。

私は立ち上がって、うーんと伸びをする。重いスノードームもできたことだし、また一歩、私の怨念も、埋葬に近づいているわけだ。

「……僕もプロテイン入れようかな」

何を思ったのか、唐突に黒田さんが言い出した。

「スノードームに!?」

「はい」

「星とプロテインのスノードームってどんな組み合わせよ！」

「だって自由に作っていいんでしょ」

まったく。私と店長のを見ていて、羨ましくなったのだろうか。

店長が、飾り棚に新しいスノードームを並べる。

誰からともなくその前に集まって、三人で手を合わせる。

第5話

「友達の先の景色を見てみたかったキャロットケーキ」

「このたびは、御愁傷様でした」
太陽の光がガラスに反射して、きらりと楽しそうに揺れた。

友達の先の景色を見てみたかったキャロットケーキ

材料（5人分）

◆ 生地 ◆

卵	2個
太白胡麻油	（卵と合わせて110g）
きび砂糖	60g
にんじん	150g

◆ A ◆

米粉	100g
ベーキングパウダー	6g
シナモン	1.25ml
クローブ	1.25ml
黒こしょう	1.25ml

レーズン	20g
ラム酒	適量
くるみ	15g

◆ フロスティング ◆

クリームチーズ	80g
きび砂糖	20g
カルダモン	お好みで
タイム	適量
ピンクペッパー	適量

作り方

【1】 レーズンをラム酒に漬ける→冷蔵庫で1時間以上冷やす。
※沸騰したお湯にくぐらせて、少し冷ましてから漬けるとより染み込む。

【2】 にんじん50gをすりおろす（フードプロセッサーでも◯）。100gは千切りにする。

【3】 卵ときび砂糖を、泡立て器で混ぜ合わせる。

【4】 【3】に太白胡麻油を、少しずつ混ぜ合わせながら入れる。

【5】 【2】のすりおろしたにんじんを【4】に入れて混ぜ合わせる。

【6】 A（粉類）を【5】に入れ混ぜ合わせる。

【7】 そこへ【2】の千切りのにんじんとお好みの大きさに砕いたくるみとラムレーズンを加えヘラでかき混ぜる。

【8】 オーブンを180°に予熱する。

【9】 15cmの丸型に【7】の生地を流し込む。

【10】 オーブンで30〜35分加熱する。

【11】 よく冷ましたら冷蔵庫で1日以上寝かせる。

【12】 きび砂糖とカルダモンを混ぜたクリームチーズをケーキの上に塗り、タイム、ピンクペッパーで飾りつけをしたら完成！

第 6 話

「仕事と俺
どっちが
大事なの
チョコレート」

「……もはや聞くのもめんどくさいんだけど、何やってんの、二人とも」

コーヒー豆の買い出しから帰ってきた店長が、カウンター席で静かな戦いをくりひろげる私たちを見て、呆れたようにそう言った。

「ああ、店長、おかえりー。終わったらすぐに仕込みするから、ちょっと待っててね」

私は両手で掴んだ黒田さんの親指をスマホの画面に押しこみながら言う。眼前にあるのは、黒田さんのレビューアプリだ。

「ほら、店長が待ってるのよ、黒田さんお願い！　押して！　この親指でタップして！」

「い、や、です！　絶対に星5なんてつけません！」

「なんでよ！　新メニュー、おいしいでしょ？　星5の味でしょ？」

第6話
「仕事と俺どっちが大事なのチョコレート」

「身内びいきの偽装工作などしたら、僕が大事に育ててきたこの聖域が台無しになります！　第一、僕はスイーツ専門でやってるって言ってるでしょ！」

「この頑固者！」

「頑固者はどっちだ！」

「……今日も元気だねえ」

店長は、あいかわらず冷めた声で言いながら、紙袋をどさっとカウンターに置く。けれど、これは死活問題だ。譲れないのだ。だって、新メニューをようやく出せたんだから！

体の中で、商売人・結城桃子の血がごうごうと煮えたぎっている。

いや、まあ、黒田さん一人が星5をつけてくれたくらいで問題が解決しないことくらい、私も頭ではわかっているのだけれど。

でも、そうせずにはいられないくらい、今の私には焦りがあった。なぜかというと、いよいよ「魔の十月」がやってきたからだ。

私が二十代のほとんどを費やしてきた居酒屋では、毎年十月になるとがくっと売上が落ちた。一般的に、飲食店の売上が落ちやすい時期は二月と八月と言われていて、通称「ニッパチ」なんて言葉もあるくらいなのだけれど、なぜか私が担当する店は、ことごとく十月に売上が落ちる。ほとんどジンクスみたいなものだが、案の定、「雨宿り」も見事に客足が落ちた。そこで、テコ入れせねばと私が出した苦肉の策が、今、黒田さんに食べてもらっている「肉定食」だった。

「まあ、おいしいのは認めますよ」

私の手を無理やり振り払い、スマホをポケットにしまいながら、黒田さんは言う。

「そりゃあ、そうよ。安達さんにあんだけ無理いって、いいお肉わけてもらったんだから。おいしいに決まってる」

肉定食は、その名のとおり「肉を思いっきり食べたいときのための定食」がコンセプトだ。基本メニューは、ごはん、お味噌汁、おしんこ、卵焼き、納豆と、それにくわえて、日替わりの肉メニューがつく。大体は、安く仕入れられてお腹いっぱい食べられる香草チキングリルだ。最近の「雨宿り」には、昼休憩でふらりと立ち寄ってくれるスーツ姿の人も多い。だからそんな仕事人たちががっつり食べられるように、と思ったのだけれど。

私は、がらんとした店内をぐるりと見渡して、ため息をついた。

「おいしいと、思うんだけどなあ……。何がいけないんだろう」

うーん、と考えはじめたところで、ぎい、ぎぎい、と、ドアが軋む音がした。秋の空気が店内へとなだれこみ、足元が一気に冷たくなる。

私はあわてて椅子から立ち上がり、エプロンを整えてドアのほうを振り向く。

「あ、いらっ……いらっしゃいませー」びっくりして、ちょっと言葉につまってしまった。

背の高い、とっても背の高い女性がそこにいた。

第６話
「仕事と俺どっちが大事なのチョコレート」

身長一五八センチの私がかなり見上げないと目を合わせられないくらいだから、一七〇センチは軽く超えているだろう。シンプルな薄いグレーのジャケットに、白のテーパードパンツ。セミロングくらいの髪をうしろで一本に結んでいて、わりと無難なオフィスカジュアルといった雰囲気なのに、それでもどこか、はっと目を引くところがある。

彼女はしばらく大きな目で、きょろきょろと店内を見渡していたけれど、

「あ、外の看板に書いてあった……肉定食ひとつ、お願いします」

と、小さな声で言って、窓際のソファ席に座った。

「あっ、はい……すぐにお持ちしますね！」

やったあ、肉定食、オーダー入った！　それも、はじめて来たお客さんが頼んでくれるなんて。

いそいで、香草チキングリルを準備する。仕事の途中で立ち寄ってくれたのだろう彼女が、これで元気になってくれたらいいなと願いながら、私はお味噌汁をよそった。

「すいません、まだ、肉定食きてないんですけど」

肉定食を出して四十分ほどが過ぎ、レジチェックでお金を数え直しているときだった。さっきのお客さんが私の顔を見て、いたって真面目な顔で手を挙げている。

え!?　出したよね？

うん、出した。まちがいなく出した。「熱いのでお気をつけくださいね」と言った自分の声も、鉄板の上でじゅわじゅわと跳ねるグリルソースの音もよく覚えている。

「あの、さっき……この香草チキンを、お出ししたと思うんですけど……」

と言いながら、私はポケットに入れていたメニューの写真を見せた。

彼女はその細長く骨ばった指でメニューを受け取り、しばらく食い入るようにその写真を見ていたが、やがて、私の顔をまじまじと見て、心底驚いたように言った。

「あれが、肉定食なんですか？」

「は？」

どういうこと？

私はぎこちない笑顔をはりつけたまま、その場に立ち尽くしていた。振り返ると、店長が心配そうにのぞきこんでいる。助けて店長、私、何がいけなかったのかわかんない！

彼女は固まったまま、その頰に手のひらを当てて考え込んでいたけれど、やがて、「あ、そういうことか……」と、小さくひとりごとを言った。

え、何がそういうことなの？

彼女は気まずさをかきけすように、サービスの水を一気にごくごくと飲み干したかと思うと、今度は、勢いよく立ち上がった。

「すいません、変なこと言って。ごちそうさまでした」

第6話
「仕事と俺どっちが大事なのチョコレート」

そう言ったかと思うと、お財布からお札を取り出し、レジのコイントレイに置き、そのまま颯爽《さっそう》と店を飛び出していった。

「あっ、ありがとうございましたー！　って、これ！」

よくよく見ると、それは一万円札だった。

一万円!?　九百八十円の定食なのに、一万円？

「ちょっとお客さん、お釣り忘れてますよ！」

あわてて私も外に出たけれど、もう、背の高い女性の姿はどこにも見えない。

店に戻り、店長と顔を見合わせ、手元に残った一万円札をながめる。

「なんだったんだ？」


「ひとまず、カルビと、タン塩。あと、ホルモンお願いします」

埋葬委員会前の腹ごしらえに、今夜私たちは、商店街でも有名な焼肉屋に来ていた。冷蔵庫の残りものでさくっとまかないを作るのでもよかったのだが、あえて焼肉に行こうと思ったのは、どこか、今日のお客さんのことがひっかかっていたからかもしれない。

いや、ただの変わった人で終わらせてしまってもいいんだけど、「あれが、肉定食なんですか?」と言ったときの表情が、こう……。絶望がじわじわと顔全体に広がっていく様子を見せつけられたような気がして、一料理人として、ちょっと、いや、かなりショックだった。

そんなわけで、「おいしい肉」とは何か、あらためて研究してみようと思ったのだ。

それほど広くない店内は、ほとんど満席だった。網で焼かれたお肉から、もうもうと煙がたちのぼる。あっ、あつい。セーターの袖をまくりながら、ウーロン茶を飲む。

「そういえばさ、ももちゃん。このあいだの埋葬いいんか……」

「なに、どうしたの店長……店長?」

私の正面に座る店長が、ハイボールのジョッキを片手に持ったまま、固まっている。右向かいの一点を凝視して、まるで、メドゥーサに石にされてしまったように。

つられて、私と黒田さんも、隣へ目をやった。

見事な、拍手したくなるくらい見事な食べっぷりの女性が、そこにいた。

ブロックのように分厚いハラミを一口で頬張り、さらにごはんをかきこみ、わかめスープでそれを喉の奥に流し込む。と同時に、右手でタンを四枚均等に並べ、すぐさま裏返し、ネギ塩をのせてさらに焼く。肉が焼けるわずかなあいだに、取り皿にあったタレにからめたロースでごはんを巻いて食べる。長めの前髪が顔にかかるのを気にも留めず、サンチュに肉をのせ、手で豪快に口へ放り込む。汚れた左手を拭きもせず、またごはんをバキュームのように吸い込んでいった。

おそらく一分にも満たないくらいの短い時間だったと思うけれど、彼女のまわりだけ時が止まったようだった。いや、逆か。彼女だけが動いていてこちらが止まっているのだ。

うっとうしくなったのか、彼女は顔にかかった長い前髪をかきあげ、うしろで一本にしばった。切れ長の大きな目と、白くて長い首があらわになる。

「あ」

彼女と、目が合った。

「あー！　さっきの！」

もう、どうして気づかなかったんだろう。

「肉定食お姉さん！　お釣り返さないと。あー、持ってくればよかったな」

九千二十円。絶対にいつか返さないとと思っていたから、よかった、会えて。

けれど当の彼女は、遠慮がちに首を振る。

「いや、あれは、お詫《わ》び代というか……。私、たまにやらかしちゃうんです」

「やらかすって？」

「あ、いつもは普通に生活してるんですよ。一応、こう見えて出版社で課長やってるし、部下も十人くらいいるし」

「じゃあ、なんのお詫びなんですか？」

第６話
「仕事と俺どっちが大事なのチョコレート」

そう聞くと、ビールを一口飲んでから、決心したように、お姉さんが言った。

「いや……個人的には、『肉定食』って名前であれはひどいと思ったんですけど……言うべきじゃなかったかなって」

うっ、やっぱり。あのときの絶望に満ちた表情は、私の勘違いじゃなかったんだ。

「あの……。おいしくなかった、ですか……？」

せっかくお客さんが意見を言ってくれたのだ。このチャンスを無駄にはできない。たいていの人は不満があっても口にせず、心の中にとどめるか、あとでレビューサイトに書いたり、「あそこまずかったよ」なんて誰かに愚痴を言ったりして終わりだ。聞け、桃子！

「いや、味はめちゃくちゃおいしかったですよ。ハーブが効いてて、爽やかで」

どういうこと？　私は思わず、店長の方を見る。店長はもうあまり関心がないのか、さっさと黒田さんと一緒にカルビを焼きはじめていた。わー、おいしそー、と、二人できゃっきゃとはしゃいでいる。もう！

「でも、味付けがどうとかいう問題じゃないんですよ。だってあれ、肉じゃないでしょ？」

お姉さんが、トングをカチカチといわせながらびしっと言う。

「肉じゃないって……いやいや、正真正銘の肉ですよ！」

「いいですか。鶏肉は、肉じゃないです」

「……は？」

第6話
「仕事と俺どっちが大事なのチョコレート」

「これが、こういうのが、肉、です！」

そう言ってお姉さんは、目の前の皿を手に取り、つやつやに輝く肉をトングでつかんで、まるで何かのトロフィーのように掲げてみせた。

「肉って、赤くなければ肉じゃないじゃないですか。こんなふうに」

お姉さんは、ハラミを見せつけながら言った。たしかにそのハラミはいかにも「肉」だった。新鮮そうに赤々として、白いあぶらの筋が水脈のように、肉の大陸の上を走っている。

いや、でも、待てよ。

「……別に、赤くなくても肉でしょ」

あぶないあぶない。なんか、勢いに負けるところだった。

「だってさっきも、『鶏肉は肉じゃないです』とか言ってましたけど、自分でとりにくって言っちゃってるじゃないですか！」

「鶏肉は、準肉です」

じゅん、にく。

じゅんにく？

「……はい？」

「準ずる肉と書いて、準肉。残念ながら鶏肉は、肉にはなりきれていません」

彼女は無念そうに首を振った。まるでスポーツ選手のケアレスミスを指摘する解説者みたいなテンションで言っているけれど、えっと、今ってお肉の話をしてるんだよね？

「じゃあ、さっき私がランチで出したチキングリルも、肉じゃないっていうんですか？だから、『肉定食』とは名乗るなと？」

「そうですね、はっきり言って、肉定食というのは間違いかと」

「でっ、でも、おいしかったって言ったじゃないですか？　なのに」

「だから、おいしいとか、おいしくないとか、そういう問題じゃないんですよ。『肉を食べる』という行為そのもの、『私は肉を食べている』という実感そのものが、何よりも大事なんです。鶏肉には、肉を食べている実感が不足しています」

断言すると、お姉さんはビールを一気に飲んだ。ぷはあ、と威勢よく息を吐く。

え〜？　なんか、あまりに自信満々に言うから、私がずれてるみたいな気がしてきた。

「私、出版社で営業をやってるんです」

彼女は脂のついた手をおしぼりでよく拭いてから、名刺入れを取り出した。慣れた手つきで三枚、名刺を取り出し、私たちに手渡す。

〈株式会社青嵐《せいらん》出版　営業部　課長　山田《やまだ》菊乃《きくの》〉

「営業部なので、まあ、ひらたく言えば、自社の本をより多くの読者に手に取ってもらうのが仕事です。今日は、外まわりの途中で、『雨宿り』さんに寄りました。でも肉を食べ

第6話

「仕事と俺どっちが大事なのチョコレート」


られなかったから、ここに来てるんですよ。この意味わかります?」

　いや、わかるわけない。

「私の座右の銘は、『一日一肉』なんです」

　菊乃さんは、私の顔の前に、ずいと人差し指を立てて見せた。

「い、いちにちいちにく?」

「そんな、一日一善みたいな」

　黒田さんが、卵スープを飲みながら、ぼそっとつっこんだ。

「一日一善って、一日に一回は、人のためによい行いをしましょう、ってことでしょ? とてもじゃないけど、私にはそれは無理。一日に一回は、自分のためによい肉を食べましょう。私の人生には、こっちのほうが圧倒的に大事」

「は、はあ」

「だから、今日は『雨宿り』さんの肉定食で『一肉』がクリアになるはずだったのに、鶏肉だったんだもん。だから、慌ててこの焼肉屋さんに入ったってわけです。あぶなかったー」

「いや、だから、鶏肉も肉でしょ!」

「鶏肉は準肉です。そこは断固譲れません」

　菊乃さんがびしっと言う。何よ、そこに対する異常なこだわりはなんなの!?

「せんせー、豚肉は肉ですか？　準肉ですか？」

店長がふざけて手を挙げる。ああもう、店長、完全にこの状況を楽しんでるな……。

「いい質問です。豚肉は肉です」

「でも、豚肉って火を通すと白くなりますけど、いいんですか？」

「もちろん、その点、やはり牛肉には劣りますが、かまいません」

何がもちろんなんだ……。

あまりにも当たり前みたいに話すし、店長と黒田さんもおもしろそうに聞いているので、やっぱり私がおかしいような気がしてきた。

「ラム肉はどうなんですか？」

「豚肉以上、牛肉以下ですが肉です」

「えー、じゃあハンバーグは？」

「鶏肉以上、豚肉以下ですがギリ肉です」

「からあげは？」

「あー、準肉ですかね」

やっぱり鶏肉は、何をやっても肉のハードルを越えられないのか……。

「なんか俺、ちょっと気持ち、わかるかも」

店長がくすくすと笑いながら言った。

第6話
「仕事と俺どっちが大事なのチョコレート」

「微妙に共感してる、俺。でもそもそも、どうして『肉を食べること』にそこまでこだわってるの？」

あー、それ聞いちゃいますかと、菊乃さんは眉間に皺を寄せ、メニューに手をのばす。

一息つくようにお肉を追加で注文し、私たちもそれに倣った。

「私、農家出身なんですよ」

菊乃さんはシャツの袖をまくり直し、テーブルの脇の目盛でコンロの火加減を調節した。

「長野《ながの》で米を作ってて。祖父母、両親と、育ち盛りの弟が三人」

「ってことは……八人？　大家族ですね」

黒田さんが、指折り数えて言った。

「もー、すごいですよ。特別お金がある家でもないし、農家ってこともあって、基本、おかずは野菜なの。だから、たまーにお肉が出ると、もう戦争。わーってまず弟たちが群がるでしょ、で、そのあとは、仕事で疲れたお父さんに食べさせてあげたいし。ってなると、お腹いっぱいお肉が食べられる機会なんて、ほとんどなかったんですよ」

店員さんが来て、網を取り替えてくれた。新しいきれいな網の様子を、菊乃さんは、好奇心旺盛な鳥のような目で点検する。

「だから私、子どもの頃から肉への憧れがすごくて。社会人になったら東京に出て、お腹いっぱいお肉を食べるんだって決めてました。いざ、出版社に入社したらあまりにも忙しくて、そんな野望はすっかり忘れちゃってたんですけど」

「あー、出版社って激務のイメージあるよね。午前三時まで仕事してる、みたいなさ」

店長がそう言うと、菊乃さんは、その長い首をうんうんと縦に動かした。

「まさにまさに、おっしゃるとおり。スケジュールも営業ノルマもきついし、マルチタスクだし。でも仕事は楽しくて、はやく一人前になりたいと思って、起きてる時間のほとんどを仕事に費やしてた。でも……」

ようやくちょうどいい火加減になったと判断したのか、菊乃さんは、分厚い霜降り肉をうやうやしく網の上に寝かせる。

「二十七歳になったばかりの春。仕事でお世話になった取引先のお偉いさんが、超高級なステーキ屋さんに連れてってくれたんです。そのとき、なんて言うんだろ……『おいしい』とか、そういう次元じゃなく、生きてるー！　って、思った」

菊乃さんは、目を輝かせて私たちを見た。

「肉を噛みちぎった瞬間にね、私の全身が生きてる感じがした。それで、思ったんですよ。自分にちゃんと『いいもの』を与えてあげなきゃだめだって。仕事をがんばれば、こうして自分にいいものを与えてあげられる。私は自分のために仕事するんだって」

「だから、一日一肉、なんだ」

店長が、菊乃さんの言葉をより深く理解するために、カルビをほおばった。

第6話
「仕事と俺どっちが大事なのチョコレート」

「そう。どっかでふっきれたんですよ。肉のために働く。働くために、肉を食べる。シンプルだけど、それでいいじゃんって」

「……せっかく食べに来てもらったのに、お肉出せなくてすいません……」

自分でもなんでだよと思うのだが、ぐっと込み上げてきてしまって、気がつけば視界が歪んでいた。まさか、そんな理由で来てくれていたなんて思いもしなかったのだ。

「ももちゃん、泣くの早くない？」

「さっきまであんなに鶏肉は肉だって言ってたくせに……」

黒田さんが、店員さんに新しいおしぼりをもらってくれ、なんとか涙をおさえこむ。

たしかに、さっきとまるで言ってることが違うけど……でも、料理人のくせに私は「食べる」ことが、そこまで「生きる」ことに直結しているとは気づけていなかった。きっと私に足りなかったのは、そこだったんだ。

「いやいや、謝らないでください」

感極まっている私を見て、菊乃さんはあわてたように両手をふった。

「そもそも本当は、元カレごはん埋葬委員会ってやつに参加しようと思って、下見のつもりでランチに伺ったんです」

「埋葬委員会に!?」

聞き慣れた言葉が飛び込んできて、涙が一気にひっこむ。

「へー、ならちょうどよかったね。元カレごはんは何肉？　やっぱり高級松阪牛《まつさかうし》とか？」

脂のついた手をおしぼりで拭きながら、店長がたずねる。

「いや、チョコレートですけど」

「えええ!?」


つんとした冷たさが、突然、首筋に降ってきた。

空を見上げると、まぶたのあたりに、さらにもう一つ。まったく、今日もかい。

「埋葬委員会の日は、なぜだかいつも、雨が降る……」

焼肉屋からの道すがら、黒田さんがつぶやいた。

「なんか、黒田さんがいつもそうやって言うから降ってる気がするんだけど」

「事実を言ってるまでですよ」

大量のお肉でぱんぱんにふくらんだ下っ腹を抱え、私たちは、早歩きで「雨宿り」へ向かった。先頭を行くのは、私でも店長でも黒田さんでもなく、菊乃さんだ。ダントツで食べまくっていたとは思えないほど軽快に、そのキリンみたいに長い足で、ずんずんと歩く。追いかけたくなる女性。ふと、そんな言葉が脳裏に浮かんだ。

第6話
「仕事と俺どっちが大事なのチョコレート」

うん。菊乃さんは、追いかけたくなる人だ。そのしゃんとした背中を見ていると、どうしてか、焦る。見失わないように、置いていかれないように、自分も急ぎ足になる。

そんな、不思議なカリスマ性みたいなものが、菊乃さんにはあるような気がした。たぶん、本人は自覚してないだろうけど。

正直、恋愛で悩むタイプには見えない。どんな相談内容なのか予想もつかなかった。

「雨宿り」に到着し、濡れた上着をハンガーにかけ、菊乃さんを奥のソファ席に案内する。

首にかけたタオルでぐしゃぐしゃと髪の水滴をとりながら、菊乃さんは、あらためてじっと、店の中を観察していた。

「今回のご相談内容について、聞いてもいいですか」私がそう口火を切ると、菊乃さんは少しだけ気まずそうに、耳たぶのうしろをこりこりと掻いた。

「その……」

「はい」

「……仕事と私、どっちが大事なの?」

菊乃さんから出てきたとは思えない想定外の言葉に、ぎくっと肩が跳ねる。

「……って、恋人に言ったこと、あります?」

あった。普通にあった。

思い出したくないのに脳内の映像は、私が許可するよりも先に自動再生されてしまう。

「……結城さん、言ったことあるんでしょ」

「お願い今は聞かないで」

黒田さんの視線から逃げるように、私はカフェラテをぐるぐるかき混ぜた。

こんな質問する女は最悪とか、雑誌やらテレビやらSNSやらで、何回議論になれば気がすむんだと言いたくなるほど、使い古された定番のセリフ。言ったら関係が終わるってわかってるのに、どうして言っちゃうんだろう、本当に。

「じゃあ、言われたことは？」菊乃さんは、質問を変えた。

自然と、私と黒田さんの視線が、店長に集中する。

「え、俺？」

「店長、絶対あるでしょ！」

「ありますね。百万回は言われてますよこの男は」

「あー、そうねえ……あるっていうか、いっつも言われてたかも」

「やっぱり……。この究極の二択、結局どう答えるのが正解だと思う？　店長は」

というのも、私もよくわからないのだ。恭平にどう答えてほしくてあんな質問をしたんだろうと、今でもときどき不思議になる。

「まあ、そこはやっぱり『寂しい思いさせちゃってごめんね』が鉄板だよね。あとは、『そこまで思い詰めてたなんて……気がつけなくてごめんね』とかもよく言ってたか」

第6話
「仕事と俺どっちが大事なのチョコレート」

よく言ってたってすごいな。言われすぎてバリエーション増えちゃってるじゃないの。

「ま、でも、言葉で解決しようとするのはアマチュアの発想だよ」

「はいはい。プロはどうするんですか？」

「そっと抱きしめるのが一番」

と、店長は、その美しい顔面を見せつけるように、前髪をかきあげた。

「それ、雨宮さんの顔面があるから成立する作戦じゃ……」

「さすが、ブレないね……」

あいもかわらずぺらぺらと語る店長を見て呆れる私たちとは対照的に、免疫のない菊乃さんは、口をあんぐりと開けている。ソファの背に全身を預け、頭を抱えた。

「やっぱそっか、そう言えばよかったのか……。私、できなかったんだよなあ……」

ん？　できなかった!?

「え、どっちが大事なのって、菊乃さんが言われる側だったんですか？」

菊乃さんは、こくりとうなずく。

バリバリ働く仕事大好き人間の菊乃さんに、お相手が不安になったってこと？

「それ言われた瞬間、頭の中、真っ白になって」

菊乃さんは天井を見上げる。

「……気がついたら、仕事って、口から出てた」

「えええ!?」

この究極の二択で「仕事」ってはっきり言っちゃう人が、まさか存在するとは。

「なんで？　好きじゃなかったの？」

菊乃さんは、両手を首のうしろで組んで、ぽつりとつぶやく。

「……好きだった、はず、なんだけどなあ」

風が強くなってきたのか、雨粒がはじける音が少しずつ、強く、濃くなっていく。

部屋の空気も少し冷えてきたような気がして、私は思わず身震いをした。

「……なんで言えなかったんだろ」


「その人と出会ったの、二十九歳のときだったんですよ」

菊乃さんは、冷えた指先をあたためるように、カップを両手で包み込む。

「だから、今から六年前か。ちょうどその頃結婚ラッシュで。まわりの友達はバンバン結婚するし、出産するし。親からもまだかまだかーって言われて、すごい焦ってたんです」

心臓の裏側を、たわしでざらりとこすられたような心地がした。

二十九歳。まさに今の私の年齢だ。そして私はもうすぐ、三十歳になる。

第6話
「仕事と俺どっちが大事なのチョコレート」

「だから、手っ取り早く結婚したかったんです。婚活アプリにも手当たり次第登録したし、合コンにも参加しまくって……。元カレは、六本木の街コンで出会った人でした」

菊乃さんは、カップのふちを親指でゆるりとなでた。

「そこ、けっこう大規模な街コンで。男女百人ずつ、合計二百人くらい参加していて。コスパよく結婚相手を見つけたい私にとっては、メリットだらけでした。もちろんいろんな人がいたんですけど、出会って一分で、彼ははっきりと『結婚相手を探してる』って言ってきたの。遊びはいらない、っていうのが伝わってきた。この人、いいじゃん！　この人にしよう！　って思いました」

さすが、営業課長だ。目的を決めたら、最短ルートを、迷わずに進む。

「で、彼って、どんな感じの人？　第一印象は、どうだったの？」

いつの間にか店長は、ブランデーの瓶を持ってきていた。丸みを帯びたグラスに、慣れた手つきで注ぐ。とくとくといい音がした。軽くお辞儀をしてグラスを受け取った菊乃さんは、そのままためらわずにブランデーを口にした。ごくりと二回、喉が動く。

ちょっと待って、それ結構、いや、かなり強いお酒だったと思うけど……。

うーん、と天井を見つめたまま、菊乃さんは何事もなかったかのようにグラスをテーブルに戻した。

「穏やかそうで、わーっとしゃべるタイプじゃなかった。ゆったりとした空気が流れてて。

私とは真逆」

「何の仕事してたんですか？」

「大手の通信会社で、システムエンジニア」

「顔は？　イケメンですか？」

「あー、私、外見とかあんまり気にしないから」

「そこをなんとか！　似てる芸能人とかいます？」

「芸能人ねえ……」

菊乃さんはまた、顔色をいっさい変えずにグラスを傾けた。琥珀《こはく》色の液体が、あっという間に喉の奥へと吸い込まれていく。

「あ。しいて言えば……」

と、菊乃さんはようやく思いついて、はっとした顔を私に向ける。

「しいて言えば？」

「オーランド・ブルームに似てたかな」

うううううそでしょ!?

完全に想定外の答えに、カフェラテをあやうく全部吹き出すところだった（というか、ちょっと出た）。おしぼりで口周りをぬぐいながら、あらためて、事実を受け止める。

「オーランド・ブルームって、あの、ロード・オブ・ザ・リングの白髪《はくはつ》!?」

第６話
「仕事と俺どっちが大事なのチョコレート」

オーランドがくる婚活パーティーとかある!?　何それ？　六本木すごいな！

「ちょっと待って、しいていえばだよ？　本人じゃないから」

「じゃあオーランド・ブルームを何段階下げたらその彼の顔になるの？」

「えっ、うーん……。二段階くらい？」

「結構オーランド・ブルームじゃん！」

菊乃さんのことが、どんどんわからなくなってきた。あいかわらず平然とした顔で、そんなにかっこいいかなあ、私はトム・ハンクスのほうがイケメンだと思うけどなどとぶつぶつ言いながら、二杯目のブランデーに手をつけているところだった。

つい盛り上がってしまう。なんか、埋葬委員会じゃないみたいだな。ただの楽しい飲み会みたい。でも、菊乃さんの中に埋葬したい何かって、本当にあるんだろうか。

店長が持ってきたクラッカーに慎重にコンビーフをぬりながら、菊乃さんは話を続けた。

「で、なんだっけ……。あ、そうそう、街コンのあと三回くらいデートしたんだよね。付き合いはじめたのが、ちょうどクリスマス。すっごく寒い日だったな」

クリスマスって！　なにそれ、めっちゃきゅんとするんですけど！

「告白は、どちらから？」

「向こうから」

「それは、どちらの場所で？」

「東京タワーだったかな」

「やばい、今のところいいとこしかなくない!? クリスマスに、東京タワーで、システムエンジニアのオーランド。理想のデートのストレートフラッシュじゃん！」

ほてった顔をおさえながら私は言った。

「別れる理由がまったく思いつかないね」と、店長もけらけら笑う。

「こっからどうやったら『どっちが大事なの』につながるわけ!?」

うずうずする気持ちをなんとかおさえこみ、続きを待つ。

クラッカーをごくんと飲み込んでから、菊乃さんは言った。

「……それで、東京タワーで夜景見て」

「ひい！　東京タワーで夜景!?」

「結城さん静かに」

「浜松町《はままつちよう》駅《えき》までの帰り道に……」

「うおお浜松町!?」

「浜松町ってグッとくるポイントなんですか？」

「あ、そっか」

やばい、何を聞いても興奮してきちゃう。胸に手を当てて深呼吸し、息を整える。

「手はつなぎました？」

第６話
「仕事と俺どっちが大事なのチョコレート」

「つないだ、つないだ。つなぎながら歩いて、その途中で告白されたの」

うわっ……。

ロイヤルストレートフラッシュ、きたー！

黒田さんが息をのんで、その大きな手を口に当てる。思いがけない胸キュン話に、もはや黒田さんと私の言動が完全にシンクロしてしまっていた。

いや、なんか、動悸《どうき》がやばい！

私は窓をちょっとだけ開けた。つめたい雨が指先に触れて、心地いい。

「ところで、オーランドは菊乃さんの、どんなところを好きになったのかな？」つまようじをオリーブに刺しながら、店長が訊《たず》ねる。

「聞いたことなかったなあ。別に、こっちから聞こうとも思わなかったし」

「えっ、私だったらめっちゃ聞いちゃうけどな。気にならなかったの？」

「だって、付き合ってるってことは、私のこと好きってことでしょ？　好きじゃなかったら、付き合わないじゃん」

そのセリフに、既視感があった。どこだっけ。どこで聞いたんだっけ。そうだ。恭平だ。彼もまったく同じことを言っていた。そんなわかりきったこと、なんでわざわざ聞いてくるんだよ、と。不安になった私があまりに何度も「私のこと好き？」と確かめようとするので、恭平は少しめんどくさそうに、ため息をついていた。

「でももしかしたらそれが、別れのきっかけだったのかもしれないなあ」

窓をさらに開け、菊乃さんは、身を乗り出す。

「付き合ってるってことは、この人は私のこと好きだし、結婚するってことだよね。よーし、確保！　将来の旦那、かーくほ！　さっ、仕事しよ！」

と、菊乃さんは、両手で誰かをつかまえるジェスチャーをしてみせた。

「……みたいなね。私はさ、『婚活』っていう、一つのタスクをこなしてたんだよね。はい、旦那ゲット！　社会に、世間に指示された人生でいっちばん重いタスク、はー、ようやく終わった！　これで仕事に集中できる！　みたいな、そんな感じよ」

夜空を見上げる菊乃さんの目に、電灯の明かりが反射して、まばたきするたびに、ゆらゆらと揺らめいて見えた。

「……ひどいよね、今思うと」

「いや、それは……」

菊乃さんが悪いわけじゃない。だって婚活というタスクは、二十九歳の女にとって、あまりにも重く、窮屈だ。私だって、四年付き合った末、二十九歳で別れることになったとき、あんまりだと思った。だったらせめてあと二年早く、ふってくれていたらと。

自分、このままでいいのかな。一生、ひとりぼっちなのかな。

みんなのウエディングドレスを見るたびに、ぼんやりと、そんなことを思う。

第6話
「仕事と俺どっちが大事なのチョコレート」

とにかく、手っ取り早くこのタスクを終わらせてしまいたいと思うこの気持ちに、罪があるかと聞かれて、はいそうですとは、私は言えない。

「でも、彼はそうじゃなかった。ちゃんと付き合って、いろんなところに出かけて、少しずつ心を通わせてから結婚したいタイプだった。しんどかったんだろうね」

窓のふちに寄りかかり、菊乃さんはじっと、雨粒で濡れていく手首を見つめていた。

「仕事ばっかりでなかなか会えない期間が続いて、彼が少しずつ、もやもやしはじめてるのには気付いてた。でも、そこで仕事をセーブするっていう選択肢は、とてもじゃないけど、私にはなかった。ちょうど昇進したばっかりのタイミングでさ。新入社員の頃に『こうなりたい』って思い描いてた仕事を、ようやくできるようになったタイミングだったの。もっと仕事したかった。やっとの思いで掴んだチャンスを手放すなんて、そんなのつらすぎるよ」

そうだ。やりたい仕事ができるようになるためには、時間がかかる。それをやらせる価値があると、まわりに認めさせなくちゃならない。ちゃんと戦えるだけの武器を用意しなくちゃならない。そして運の悪いことに、前線に立たせてもいいと納得してもらえる武器が揃うのは、私たちが一番、結婚したくてたまらない時期と重なってしまうのだ。

「休みもあんまり合わなくてね。この日は？　って言われても断ってばっかり。デートでいいレストランを予約してたはずが、仕事で間に合わなくてキャンセル……みたいなこともよくあった。だから結局、おうちデートがほとんどだったよ」

「家で、ごはん作ってあげたりは、してたんですか？」

菊乃さんは体を起こし、バッグからスマホを取り出した。すっと私たちに画面を見せる。きれいに盛りつけされた煮込みハンバーグの写真だった。花柄のお皿の上に点を描く、ワイン色のデミグラスソース。添えられたレタスと、プチトマト。

「私、一時期、料理教室に通ってたのよ」

「え、うそ！」

菊乃さんは、有名チェーンの料理教室の名前を口にした。私も二十五歳くらいの頃に一度、体験入学で行ったことがある教室だった。婚活女子向け専用のコースがあったのだ。

「あっ、それ！　私が通ってたの、まさにそのコースだわ」

どうりで、やたらと写真映えする盛り付けなわけだ。菊乃さんは他にも、彼に作ってあげたという料理の写真を見せてくれた。シチュー、肉じゃが、オムライス。盛り付けもきれいだし、彩りのバランスもいい。どれも、レシピ本の表紙みたいな出来栄えだ。

「今気づいたけど、彼に作ってあげた料理って、そこで教わったものだけだったな……」

スマホを無表情でスクロールしながら、ぽつりとつぶやく。

「自分の好みの料理を出して、彼の口に合わなかったら困る。だから料理教室で習った、男の人が喜ぶものばっかり作ってた。『彼に喜ばれるよ』っていう先生の言葉のとおりに」

第6話
「仕事と俺どっちが大事なのチョコレート」

菊乃さんは、空いたグラスに手を触れた。察した店長が、黙ってブランデーを注ぐ。

「はじめて作ってあげたのが、このデミグラスソースのハンバーグだったの。彼、まんまと気に入ってさ。先生の言ったとおり。だからそれ以降も、簡単に作れて失敗しない、間違いないものだけを出してた。でも、今思うとそれって、自分の味じゃないんだよね。『いいお嫁さん』のテンプレート、そのまんまなんだよ。結婚したいだけだったからさ」

ぐいと、菊乃さんは一息にグラスをあおる。

「自分の好きなもの、本当にひとつも作らなかったんですか?」

菊乃さんは、少しじっと考え込んでから、横に首を振る。

「……結局、食べさせられなかった。私、長野出身だから、地元の野菜を使った料理とか、自分ひとりのときは、よく作ってたんだけどね。生姜焼きも、熟れたりんごをすりおろして、生姜と醤油とみりんを合わせてもみ込んでから焼いたり……」

「めっちゃおいしそうなのに!」

「彼にはずっと、料理教室で習ったとおりの生姜焼きを出してた。だって、りんごを入れて糖分が多くなると、焦げやすくなるんだよ。見栄え悪いじゃん。全国的に認められてるレシピの方が、確実。実家の味は、怖くて出せなかった。あのとき、出せば……」

違ってたのかな。

きっと、そう言いたいのだろう。

けれど菊乃さんはそれ以上の言葉を押し流すように、黙ってブランデーを口にした。

みんなが「正解」だと認めているものと、自分だけが「正解」だと思っているもの。もちろん、自分の「正解」を信じるべきだなんてこと、誰に言われるまでもなくわかっている。わかりきっている。

けれどはたして、みんなが「これが正解だよ」と大声で叫んでいる中、それに抗《あらが》ってまで、自分の正解を選べる人が、いったいどれだけいるだろう。

そんな勇気、到底、私にはない。


ふっと体が思い出したように、急に足先が冷えてきたのがわかった。さっきまであった顔の火照りも、今はすんと引いている。

「それで……」

「ん？」

「埋葬したい元カレごはんって」

「ああ、そうだったね。チョコのこと」

菊乃さんは、伸びたジェルネイルの爪でテーブルをかちかちと鳴らす。

「バレンタインだったの。別れた日が。夜の七時くらいに赤坂《あかさか》で待ち合わせして、ちょっとお高めのビストロでごはんを食べて。でも、また私、やらかしちゃったのよね。ごはん

第６話
「仕事と俺どっちが大事なのチョコレート」

食べ終わって、このあとどうする？　って話になって」

「まさか……」

「あ、この時間だったら私、仕事に戻るわーって、言っちゃったの」

菊乃さんの持つグラスに、目が奪われた。きっとこうして、当時の二人もグラスを傾けていたのだろう。バレンタインだし、今夜はずっと一緒にいられるはずと、彼も期待していただろうに。

「『俺と仕事、どっちが大事なの？』って言われたのは、そのときよ。彼、ちっとも怒った顔はしてなかった。しゅんとして、ただただすごく、寂しそうだった。そこでやっと気づいたんだよね。あ、こんなこと言わせてしまったんだ、って」

菊乃さんは、鼻の下を人差し指ですっと擦った。

「だけど、あなたのほうが大事、仕事行くのやめるね、とは、どうしても言えなかった。だって本当に仕事あったんだもん。締め切りギリギリで、私が行かないとどうにもこうにも進められない案件があったの」

グラスの脚をつまみ、じっと空中を見つめている菊乃さんの背景に、赤坂のビストロの、六年前の景色が、くっきりと浮かんで見えるようだった。

「言われた瞬間、いろんな考えが、ぐるぐる頭の中をめぐってた。店長さんが言うように、『そんなこと言わせちゃってごめんね。今日はやっぱり一緒にいよう』って言おうかとも思ったんだけど、結局……」

「どうして、言えなかったんだと思う？」と、店長がそっとたずねた。

「なんでかな……」菊乃さんは、右のまぶたの下を人差し指で掻く。「さすがの私も、ここで『仕事』って口にしたらすべて終わりだって、直感でわかった。正直に言ったらこの関係はなくなる。だから一時的にでも、彼を安心させる言葉を選ばなきゃって。でもその瞬間、こうも思ったんだよ。もしかして彼は、終わらせたいからこそ、こんなふうに聞いてきたんじゃないか？　って」

どきりとした。

私と仕事、どっちが大事か。そんな決められるはずもない二択を、あえて出してしまう気持ち。そうだ。わかっている。優劣はつけられないことくらい、百も承知だ。それでも、好きな人にこの質問をしてしまうのは――。

「彼もたぶん、決着をつけてほしかったんだよ。今この瞬間、多少のごまかしをしてでも自分との関係を続ける覚悟があるかどうか、たしかめたかったんだと思う」

多少のごまかしを、してでも。

ああ、そうか。だから私は、ショックだったんだな。

恭平が「別れようと言わせようとしてた」って言ってきたとき、ごまかさずに本音でぶつかってくる感じが、しんどかった。正直になるタイミング今じゃないよ、と思った。

第６話

「仕事と俺どっちが大事なのチョコレート」

自然体を求める自分がいる一方で、「もっとうまく私を騙してよ」と思ってしまう自分もいる。もっといい男のふりしてよ。誕生日くらい、ロマンチックなセリフを言える彼氏のふり、がんばってよ。そういう、夢を見たいタイミングと、現実を見たいタイミングが合うってことがもしかしたら、「相性」がいいってことなのかもしれない。

「それで？」

「それで……」菊乃さんは、一息つくように軽くため息をついた。「彼が言ったの。自分たち、なんか違うよねって。このまま会っててもよくないと思うから、別れ、ましょう。はい。って、終わり」

巨大な毒の槍《やり》でみぞおちをぐるぐるとかき回されたような気分だ。切なくて、苦しい。かちかちという、菊乃さんの爪の音が、しばらく続く。

店長が言う。「彼のこと、好きだった？」

窓の向こうにある白い自動販売機が雨で濡れ、ぼんやりと鈍い光を放っていた。

「正直、わかんない。今でも考えるよ。あの気持ちはなんだったんだろうって。ただ……」と、菊乃さんは言葉を切ってから、まるで自分自身に言い聞かせるように、言う。「ただ一つはっきりしてるのは、私は、仕事が好き。仕事をがんばってる自分も好き。これだけは絶対ぶれない事実。だから、そういう私じゃなくて、マニュアル通りの恋愛ができる私を求めてくる彼に、どうしても、心を開けなかったんだと思う。ひどいこと、したよ」

「ひどくなんて……」

「だって、『マニュアル通りの恋愛ができる女のふり』をしつづけてたのは、私なんだもん。お料理教室で習った、いかにもいいお嫁さんっぽいレシピだけを出して、気に入ってもらえるように仕向けて」

本当は全然、違うのにね、と、菊乃さんは首元をさすって空笑いをした。

「職業とか、末っ子かどうかとか、『みんなが正解って言ってくれる人』っていうのが、まず、第一条件でさ。その条件をクリアした人を好きになろうとしてたから、自分の気持ちに自信が持てなくなったのかもしれないね。自分はまわりからずれてるってさんざん自覚してるくせに、なんでか結婚相手を選ぶときには、『なるべくみんなから好かれる人』を必須条件にしてた。不思議だよね」

ああ、わかるなあ。

「わかる、わかるよ、菊乃さん」

「ももちゃん……えっ、また泣いてんの？　いや、まあこれは泣くか」

わかる、わかる、わかりすぎて、胸が痛い。

東京タワーで夜景は見たい。サプライズでプレゼントをしてほしい。手をつないで、三回目のデートで告白してもらって。相手に幻滅されないように、ハンバーグや肉じゃが、

第６話
「仕事と俺どっちが大事なのチョコレート」

間違いのない料理を作って。結婚式は表参道で、婚約指輪はカルティエか、せめてティファニーで。

こんなにも「みんなと同じ」がいいのに、「みんなと同じ女」に擬態している自分を好きだと言われると、ふっと、寂しさがつのる。自分はずれてるくせに、ずれているところを受け入れてほしいくせに、相手には、ずれていない、みんなに「正解」と言われる人であってほしい。

なんでこんなに、矛盾した感情。

ぐずぐずと泣いている私をなぐさめるように、菊乃さんは私の頭をなでる。

「でもね、聞いて。私本当は、チョコレート、持ってってたんだよ」

「……え？」

「さすがにいつも申し訳ないから、バレンタインだし、ちゃんと作って渡そうと思って。私、チョコも大好きだから、毎年、自分のために作ってたの。配合もこだわった生チョコのレシピがあって。それを彼にも食べてもらおうと思って……渡せなかったけど」

「えっ、待って待って」

それって、つまり。

「料理教室で教わったレシピじゃなかったってこと⁉」

菊乃さんは、黙ってこくんとうなずいた。

「なっ、なっ、なっ……」

そんなことって。自分が正解だと思うレシピをはじめて持っていったその日に、お別れしちゃった、ってこと、だよね？

「食べさせられなかったって、そういうことか……」

黒田さんが、坊主頭を抱えてテーブルに突っ伏した。

「で、結局それ、どうしたの？　自分で食べたの？」と店長が訊ねる。

「縁切り神社のゴミ箱に捨てたよ」

「縁切り神社!?」

「会社の近くに、縁切りで有名な神社があってさ。そのゴミ箱に。お互い、いいご縁がありますようにーって、お祈りしながら捨てた」

「せっ、せっ、せつな……。せつなすぎるよ、菊乃さん！」

きっとオーランドは今も、菊乃さんが、手づくりのチョコレートを用意してくれていたことを知らない。仕事と彼の二択で、即断即決で「仕事」を選んだわけではないことを知らない。

何がいけなかったんだろう。

オーランドがもっと、待てていれば。菊乃さんがもっとはやく歩み寄れていれば。あと一日、いや、あと一時間はやければ、もしかしたら。

第6話
「仕事と俺どっちが大事なのチョコレート」

「ねえ、菊乃さん、明日って休みですよね？」

私は衝動的に、思いついたことを口にした。

「まあ、一応」

「じゃあ、作ろう。作ってみんなで食べよ！」

「えっ、何を？」

「だから、そのチョコだよ！　徹夜でチョコレート作ってさ、冷やしてるあいだにみんなで宴会しようよ。それで埋葬しよう！」

「ちょ、ちょっと待って、私、そこまでしてもらうつもりは」

さすがの菊乃さんも想定していなかったのか、目を丸くしている。

でも、ここで引き下がったらダメだと思った。

きっと菊乃さんは、六年前にあのチョコを食べてもらえなかったことが、ずっとずっと、引っかかっているのだ。自分だけの「正解」をぶつけなかったことが、魚の小骨みたいに、喉の奥に刺さったまま、とれなくて。

だから。

「私たちが食べる。そのチョコの感想、ちゃんと菊乃さんに伝えるから」

そうしないと、この恋は終わらない気がするから。

「……そうだね。うん、わかった。このタスク、完遂させようじゃないの！」

菊乃さんは腕まくりして、にやりと笑った。

いつのまにか、雨はやんでいた。

まだぼんやりと薄暗い港区《みなとく》のオフィス街には、ほとんど人気はない。ふくらはぎの筋肉が見事に発達した男性ランナーとミニチュアピンシャー、華金の残骸をほうきで片付ける居酒屋スタッフ、おそらく同伴帰りだろう、酔っ払ったサラリーマンをハグしてからタクシーに乗り込むキャバクラ嬢。

それから。

くっきりとしたクマを作ってふらふらと歩く、イケメンがひとり。

「ちょっと店長、徹夜したくらいでなんでそんなにズタボロになってるのよ」

「徹夜したくらい？　ももちゃんはずっとチョコの味見ばっかりしてたからそんなこと言えるんだよ……うっぷ」

「あーあ、大丈夫ですか」

黒田さんが二日酔いで真っ青になっている店長の肩に腕を回し、体を支える。

まあ、店長がそうなる気持ちもわかる。なにしろ、菊乃さんはすごかった。

第６話
「仕事と俺どっちが大事なのチョコレート」

チョコレートは思いのほかすぐに完成し、私たちは意気揚々と宴会をはじめたのだが、店長がノリで勝負をしかけたのが運の尽き。埋葬委員会の時点でブランデーをストレートで三杯は飲んでいたはずだが、菊乃さんはそのあともばかすかと涼しい顔で飲みまくり、結局、店長が「まいりました」と白旗をあげたのだった。

「あっ、あったあった。あの神社！」

菊乃さんはあいかわらず、大股でずんずん歩く。トレンチコートのポケットにぎゅっと手をつっこみ小走りで近づくと、なるほど、オフィス街の一角にすっと隠れるように、小さな鳥居が立っていた。

神社といっても、小屋のような祠《ほこら》とちょっとした賽銭箱《さいせんばこ》が置いてあるだけの、ひっそりとした空間だ。入り口の脇に、プラスチックのゴミ箱が置かれている。神社の隣にはこれまた小さな公園があった。「そう、ここに捨てたのよ。懐かしいなあ」

私たちはひとまず公園のベンチに座り、チョコレートを食べることにした。

タッパーの蓋を開けると、ふわりと、ほろ苦いチョコレートの香りが漂う。そっと前歯でかじると、まろやかなチョコレートの甘さが、口いっぱいに広がった。

「はあ……」

思わず、ため息が出た。

「やっぱりさ」

一粒目のチョコレートを飲み込んでから、菊乃さんが言った。

「これ、おいしいよね!?」

「うん、めっちゃおいしいよ」

「お店で売ってるチョコレートみたいです」

「やっぱり私、天才だわ」

菊乃さんはそう言って、また一粒、口に入れる。

「みんな、ありがとう。このチョコレート、六年ぶりに食べられたわ」

きっと菊乃さんは、本当にこのチョコレートが好きだったんだろう。目をつぶって甘さを堪能するその表情から、それが伝わってきた。

よかった。菊乃さんは、このレシピを自分のもとに取り戻せたのだ。

「あ、見て!」

そのときふと、ビルとビルの隙間から光が漏れているのに気づいた。

「朝日だよ」

スマホを見る。五時四十六分。そうか、もう日の出の時間だったんだ。

私と菊乃さんはそのまま、朝日が一番よく見える場所に移動して、オフィス街の空が少しずつ朝の色に染まっていくのを、しばらく眺めていた。

「ねえ、ももちゃん」

第６話
「仕事と俺どっちが大事なのチョコレート」

菊乃さんは、朝日に照らされて、少しまぶしそうに目を細める。

「ももちゃんは、結婚したい？」

「……うん。したい。でも」

「でも？」

「したいと思っちゃう自分がいやだって気持ちも、ある」

「ふふっ」

「なに？」

「いや、わかるなあ、と思って」

結婚なんてしなくても幸せと断言できたなら、まわりと同じじゃなくても大丈夫と言える自信があったなら、どんなによかっただろう。

「あのときの選択に、後悔はないの」

菊乃さんは、朝日を見つめながら言った。

「私にはやっぱり仕事が大事だし、きっと、六年前のバレンタインに戻って同じことを聞かれたとしても仕事って答えると思う。ただときどき、本当にときどきだけど、ふっと思うことがあるの」

そして、私の方を振り向いて、もどかしそうに笑う。

「もっとちゃんと恋愛できる人間だったらよかったのにな、って」

「おーい、そろそろお参りしにいかない？」

ベンチで休んで少し回復したのか、店長が遠くから呼んでいる。

「いこっか」

菊乃さんは、ゆるんだ髪をきゅっと一つに結い直しながら、店長たちの方へと向かう。

ざわざわと、胸の奥が揺れる。

もっとちゃんとした恋愛が。

そうだよ。たしかにそうだよ。

でも、だけど。

「でも、菊乃さんは」

考えがまとまらないうちに、言葉が勝手に飛び出していた。

「菊乃さんは、自分で自分を幸せにできる人だよ。ちゃんと働いて、がんばって、お肉を食べさせて……。自分の正解を、ちゃんと信じられる人だよ」

菊乃さんが、こちらを振り向く。ポケットに手を入れたまま、私を見つめている。

「私も、仕事が好き。今の場所で働く自分が好き。そう思えるようになった自分を、そう思えるようになるまでがんばってきた自分を誇りに思うし、やっぱり、そういう自分を捨てたくないよ」

菊乃さんに言っているのか、自分に言い聞かせているのか、もはや、よくわからなかっ

第6話
「仕事と俺どっちが大事なのチョコレート」

た。

　でも昨日、菊乃さんに出会えて。自分で稼いだお金でおいしいお肉をたんまり食べるところ、すぐ仕事のことを考えてしまうところ、たぶん仕事に夢中になりすぎたばかりに、ネイルの爪が伸びきってしまっているところ。

「最後の最後で、仕事が好きな自分をちゃんと認められた菊乃さんは、死ぬほどいい女なんだってこと」

　そういうの、全部、全部、かっこいいなって、こういう生き方がしたいなって、思ったんだよ。

「忘れないで、ほしい」

　どうか、届いてほしいと願った。

　空が、青色に染まる。

　さっきまでグレーだったのに、太陽の光は一瞬にして、街の景色を変えてしまう。

「大丈夫、わかってるよ」

　菊乃さんはそう言って、にっこりと笑った。

「ありがと、ももちゃん」

　たしかに、みんなと違う道を選ぶのは怖い。年齢を重ねれば重ねるほど焦ってしまうこの気持ちは、きっとこの先も変わらないだろう。

でも、私には、自分で自分を幸せにする力がある。

そうだよね。

少なくとも私は、そう信じたいんだよ。


「はー、すっきりした。じゃ、ちょうど近くまで来たし、私、今から会社行くわ」

神社でお参りをすませ、四人でチョコレートを食べ終わったあと、菊乃さんはとんでもないことを言い出した。

「え、徹夜したのに!?」

「このくらい余裕だよ。そのために肉食べてるんだから」

じゃあ、ありがとねー！　と、こつこつヒールの音を鳴らし、三十階はあろうかと思われる、ガラス張りの高層ビルの方へ、颯爽と歩いて行く。

あれだけ食べて飲んで、チョコレート作って、神社で埋葬までしたのに。

すごすぎて、ぷっと笑ってしまう。

菊乃さんの背中が、どんどん遠ざかっていく。バッグの中から、ストラップ付きの社員証を取り出し、またあの大きな歩幅で、意気揚々と仕事へ向かう。

やっぱり素敵だ。追いかけたい人だ。

しびれるほど素敵な、涙が出るほど素敵な人だと、心からそう思った。

第６話
「仕事と俺どっちが大事なのチョコレート」

「また肉定食、食べにきてくださいねー！」

菊乃さんの背中に向かって、大声で呼びかける。

次は絶対に、菊乃さんに満足してもらえるような定食にしよう。

「準肉は勘弁してよ！」

菊乃さんは最後に大きく右手を振り、人工的なガラスの箱の中へと、吸い込まれていった。

光が建物に反射して、視界のすべてが、透明な青で埋め尽くされる。

とっておきの仕事ができそうな、気持ちのいい朝だった。

仕事と俺
どっちが大事なの
チョコレート

材料（5人分）

ミルクチョコレート	100g
カカオ70%チョコレート	100g
純生クリーム	100g
キルシュ（リキュール）	小さじ1杯
はちみつ	小さじ1杯
ココアパウダー	少量

作り方

【1】 チョコレートをこまかく刻む。

【2】 鍋で生クリームを温める（鍋のふちに小さな泡が出てきたら火をとめる）。

【3】 【2】に刻んだチョコレートを入れてなめらかになるまでよく混ぜる。

【4】 キルシュ、はちみつを加えて混ぜる。

【5】 ラップを敷いたステンレス製のバットに【4】を流し込む。

【6】 冷蔵庫でかたまるまで冷やす。

【7】 新しいバットにココアパウダーを敷き、チョコレートをのせて、上からもココアパウダーをまぶす。

【8】 四角くカットする。

※このとき包丁にもココアパウダーを薄くつけると刃にチョコレートがくっつきにくくなります

第７話

「期待の星のピザ」

いらっしゃいませと振り向いたその瞬間、鮮やかな若草色が目に飛び込んできた。十一月の寒さも一瞬で吹き飛ばすような華やかさが、店内に満ちる。

「……一名、なのですが。空いていますか」

「あっ、はい、もちろん。どうぞ!」

その若草色の着物を着た美しい女性は、隙のない所作でそっと扉を閉め、ゆっくりと「雨宿り」に足を踏み入れる。

なんて、綺麗な人。女優さんみたいだ。年齢は……五十代くらいだろうか。すっきりとした顎が印象的な女性だった。白髪まじりの髪はうしろでタイトにまとめられている。

彼女は店内を見渡してから、カウンター席の一番端に座った。いつも、黒田さんが座っ

第７話
「期待の星のピザ」

ている席だ。キリマンジャロを注文し、抱えていたモスグリーンの羽織を丁寧にたたんで、ハイチェアの背にかける。

「めずらしいね。あんな上品な人、このへんじゃあんまり見ないけど」

店長は、ドリッパーをセットしながらひそひそ声で言う。

「あの風格は銀座《ぎんざ》……いや、鎌倉《かまくら》？　それとも祇園《ぎおん》とか、そのあたり……」

「いずれにせよ、世田谷区太子堂っぽくはないね」

その「マダム」と呼ぶにふさわしい優雅さをまとった女性は、コーヒーを待つあいだ、興味深そうに店内を見回していた。何か気になることでもあるのだろうか。平日金曜の暇すぎる午後、お客さんがほかに一人もいないのをいいことに、私は思い切って話しかけてみることにした。コーヒーカップをカウンターに置きつつさりげなく目を合わせると、マダムも品よくほほえみ返してくれる。

「はじめてのご来店ですよね。雑誌か何かで見て来てくださったんですか？」

彼女は、目元に笑い皺を寄せてしばらく私を見つめたあと、バッグから手帳を出した。ページをめくり、間に挟まれていた四つ折りの紙を取り出す。「それ、埋葬委員会のチラシ！」

まぎれもなく、埋葬委員会を発足した当時のチラシだった。クチコミで広がってきたおかげで、今でこそちょくちょく相談者さんが来てくれているけれど、最初はこうやって、チラシでせっせと宣伝するしかなかったのだ。
あれ、これを持ってきたってことは、もしかして。
「埋葬委員会のご相談者さんですか？　なーんだ、それならそうと早く言ってくだされば
いいのに！」
そういうことか。きっと言い出すのが恥ずかしかったのだろう。
「今夜はちょうど予約もないので、ゆっくりお話が聞けますよ。あ、でも、夜の十時から
だから、結構時間ありますよね。もちろんそれまでここで待っていただいても……」
「いいえ、ご相談したいことがあるわけではないんです」ちょっと申し訳なさそうに、彼女
はほほえむ。カップのソーサーを胸元まで持ち上げ、上品にコーヒーを飲んだ。まるで、
茶道のお点前《てまえ》でもしているかのような手つきだ。
「……知人から、こういうお取り組みをされている喫茶店があると、耳にしたものですか
ら。ごめんなさいね、冷やかし客のようになってしまって」
「いっ、いえいえ、そんな！」
私はとっさに、持っていたお盆で顔を隠す。勘違いが恥ずかしい。
「埋葬委員会に興味を持ってくださっただけで、嬉しいです。今はいないんですけど、も
う一人のメンバーもきっと喜びます」
ぴくりと、彼女の片眉がわずかに動いたような気がした。一瞬、本当に一瞬だけ、さっ

第7話

「期待の星のピザ」

と彼女の顔に陰りが見えたような。けれどまばたきをした次の瞬間にはもう、その陰りは消えていて、完璧なほほえみが目元に戻っている。

「そうそう。本物の僧侶さまがいらっしゃるんですって？」と、彼女はチラシの文字をなでながら言った。

「ええ。すぐそこの、星山寺ってとこで修行してて」

「あら、そうなの。その方、とっても優秀な方だってお伺いしましたけど」

頭の中に黒田さんの、気難しそうな顔が浮かぶ。

「ああ、そうですね。たしか東大出身で、お坊さんになる前はしばらく商社で働いてたって言ってたかな。だからなのか、ちょっと普通のお坊さんとは雰囲気が違う感じはしますね。まあ、私もよく知らないんですけど」

「あら、そう。そうですか、そうですか……ふふ」

マダムはなぜか満足そうにうんうんと頷きながら、カップに口をつける。

「見た目は、その……どんな感じの方？　健康そう？」

「それはもう！　健康そのものって感じですよ。めっちゃ筋トレ好きで、むきむきマッチョで。よく『雨宿り』のトイレでも自分の筋肉確認してますもん」

「筋肉を……よくわからないけれど、そう。それはよかったわ。本当によかった」

何がそんなによかったんだろうと思いつつキッチンに戻ろうとしたそのとき、ドアが軋む音がした。振り返ると、当の黒田さんが立っている。

「クリームソーダ、いいですか」

「こんな寒い日もクリームソーダ？　本当好きねえ」と店長が感心したように言う。

別にいいでしょと言いながら黒田さんはいつもの席に座ろうとして、先客がいることに気がついたようだった。あいかわらずの人見知りを発揮したのか、さっと目を伏せて踵《きびす》を返し、一番奥のソファ席に座って、流れるような手つきで文庫本を取り出す。そういえば今年中に『ジャン・クリストフ』を読破するのが目標とかなんとか言ってたっけ。

そのときだった。

「穂積……？」

瞬間、ページをめくりはじめた黒田さんの手が、ぴたりと止まる。スローモーションのようにゆっくりゆっくりと、顔をマダムの方へ向けた。

「穂積、よね？……ひさしぶりね」

時が止まったようだった。黒田さんはそのまま、石になったみたいに固まっている。

えっ、ちょっと待って、どういうこと？

マダムはハイチェアからそっと下り、じりとソファ席の方へ近づいた。遠慮がちに
「座っても、いいかしら？」と訊ねると、黒田さんは顎をわずかに引く。

「……ご無沙汰、してます」

第7話
「期待の星のピザ」

黒田さんはそう言って、開いたままの文庫本をテーブルに伏せて置いた。眼鏡を外し、目の前の現実をたしかめるみたいに、頬を何度もこすり、眼鏡をかけ直す。

「ここに、あなたの名前が書いてあったから」

マダムは黒田さんの向かいに腰掛けて、さっきのチラシを開いて見せた。

「……そうか、埋葬委員会の告知で」

「元気そうでよかったわ」

「おかげさまで」

「ここ、素敵なお店ね」

あらためて店内を見渡す。ええ、まあと、黒田さんは曖昧な返事をした。

「ねえ穂積、うちに帰ってくる気はないの？」

マダムは黒田さんの顔色を窺うように、そっと顔をのぞきこむ。

「そのうち帰りますよ」

「……いつもそう言うけど、お盆もお正月も帰ってこないし、母さん心配なのよ」

えっ、今、母さんって言った？　ってことはこの人……。

「心配って……もう大人なんですから」

「親はいくつになっても子の心配をするものです」

「それにまだ僕は、修行中の身ですし」

「修行ねえ……。ずいぶん長いことやっているようだけれど、いつ終わるの？　第一、もともと期限付きってお父さんとの約束だったじゃないの」

期限付き？　聞き慣れない言葉が耳に飛び込んできて、ほとんど反射的に店長の方を振り返る。店長にとっても寝耳に水だったようだ。

「父さんとの約束、ね……」黒田さんはぼそりとくり返した。

「大丈夫よ。お父さんもお兄ちゃんも、もう気にしてないから」

マダムはそう言って、黒田さんの手を両手で包み込んだ。ぴくりと黒田さんの肩が小さく跳ねる。

「もう、気にしてない？」

「あなただって、本当は帰ってきたいんでしょう。わかるのよ。顔に書いてあるもの。お母さんも一緒に謝ってあげるから」

さっきまで穏やかな親子の再会といった雰囲気だったのに、話すたび、二人の苛立ちがじわじわとこぼれ出てきているようだった。

いつだったか、黒田さんが言っていたことを思い出す。実家は千葉で、自分は家業が肌に合わなかったから出家することにしたとかなんとか、ぼそぼそと話していた。ということはやっぱり、家を出る過程でいろいろ揉めたのだろうか。

マダムはその手に、さらにぎゅっと力をこめた。

第７話
「期待の星のピザ」

「一度、ゆっくり話をしましょう。私はいつでも、穂積の話を聞く準備はできてるから。ほら、またあのイタリアンレストランで。ね？　おいしいピザのお店よ、覚えてる？」

黒田さんの顔が、さらに曇った。まるでまばたきを忘れてしまったみたいに、空中の一点を睨んでいる。呼吸をするのも躊躇《ためら》ってしまうほど、しんとした沈黙が漂う。

黒田さんはじっと考え込んでいたが、やがてやんわりと、マダムの手を外した。

「わかりました。……近いうちに連絡します。今日は、修行に戻らないといけないので」

黒田さんはそう言ってぺこりと頭を下げ、肩掛けのバッグを手に取る。マダムも慌てて立ち上がった。「穂積」

けれど結局、黒田さんは一度も振り向かずに、さっと店を出て行ってしまった。

それからマダムは私たちに、黒田さんの身内だということを隠して探りを入れに来たこと、家族のことで騒がせてしまったこと……などを、長々と謝りつづけた。いえいえとんでもないと、私も店長もあたふたしてしまうほどだった。

「ここまでお願いするのは厚かましいと承知してはいるのですが……」

おずおずと紙袋を差し出す。中には、紫色の風呂敷包みが入っていた。

「これ、あの子が好きだから、渡していただけないでしょうか」

「あ、えっと……」

どうなんだろう。勝手に受け取ってもいいものなんだろうか。

「私、あの子が心配で……。これを食べたら、元気になるはずなんです」

マダムは、紙袋の持ち手を、私に無理やり握らせる。近くで見ると、思いのほかその手には皺としみが目立ち、指先は乾燥して、あかぎれだらけだった。そうか、かなり若く見えるけれど、黒田さんの親ということは、もしかすると六十歳を越えているのかもしれない。

「……わかりました」

結局私は、そのかさかさの手を振り払う勇気もなく、そのまま紙袋を受け取ってしまった。ずっしりと重い。

「お願いします。力になってやってください」

マダムはそう言って、深々と九十度のお辞儀をしてから、去っていった。

風呂敷包みを開くとつやつやとした漆塗りの重箱が現れ、中には巻き寿司が入っていた。一本一本、ラップできれいにくるまれている。

「はあ……」

いつもならおいしそうな巻き寿司にテンションが上がるところだけれど、なんだか勝手にため息がこぼれてしまう。

――もともと期限付きってお父さんとの約束だったじゃないの。

あれ、本当なのかな。ああ、もやもやする。マダムの言っていた言葉がぐるぐると走り回って、脳内の壁という壁を破壊しまくっているような気がした。

「まあ、あとで聞いてみようよ。どうせ今日、埋葬委員会の日だしさ」

私が落ち込んでいるのを察したのか、店長が慰めてくれる。そうは言うものの店長自身も、笑顔がいつもより六十%くらい減っているように見えた。

私はそのあと気を紛らわせようと、吊《つ》り下げランプの埃を拭いてみたり、スタンド看板の文字を書き直したりした。気づけば店の掃除もやり尽くしていた。木枯らし吹き荒《すさ》ぶなか、落ち葉一枚たりともないようにほうきをかけて、ちりとりでまとめた。けれど、一向に胸のもやもやは消えない。

空を見上げると、ほんのちょっとの隙間も許してなるものかと言わんばかりの雲が、みっちりと敷き詰められていた。

「黒田さん……」なんだか、嫌な予感がした。

「えっ、まだ八時だよ？」

「でも電話出ないしいつもこのくらいの時間には来てるし、ちょっと私様子見てくる！」

店長が呼び止める声も無視して、私はドアを勢いよく開けた。昼間から、妙な胸騒ぎがずっと続いている。黒田さんに、ちゃんと話を聞かないと——。

「って、なんでいるのよ！」

「……いちゃいけないんですか」

黒田さんは、店の前に立っていた。あれ？　結構普通だ。

黒田さんはいつもの席に座るなり、昼間に飲み損なったクリームソーダを頼むと、平然とつつきはじめた。溶けたバニラアイスがこぼれ落ちないよう、グラスの隙間へ慎重にストローをさし込み、ずず、とソーダをすする。

やっぱり、いつもどおりの黒田さんに、見える。

少しだけほっとして、私は隣の席に腰掛けた。

「これ」

クリームソーダを飲み終わる頃合を見計らって、紫の風呂敷包みをすっと差し出す。

黒田さんは、顔色をいっさい変えずに「どうも」とそれを受け取った。

「開けないの？」

「どうせ、中身はわかってますから。巻き寿司でしょ」

まさか一発で当てられるとは思わなくて、絶句してしまう。

「上京するたびに持ってくるんです、あの人」私の表情を読んだのか、黒田さんはすぐに補足した。「よかったらお二人でどうぞ。僕は小さい頃からさんざん食べてるんで」

また私の手元に戻ってきてしまった風呂敷包みを見ながら、「ありがとう。じゃあ、あとでみんなで食べよっか」の次の言葉を、私は必死に探す。

「素敵なお母さんだったね」

結果、飛び出してきたのは、知り合いの親に会ったときのテンプレートみたいなセリフだった。「いやあ、びっくりしたよ。黒田さんって実はめちゃくちゃお金持ちだったりするの？」

実の親に対しても、敬語を使いつづける黒田さんと、違和感なくそれを受け止めるマダム。人の家庭はそれぞれとはいえ、妙にいびつなものを感じてしまった自分の罪悪感を打ち消すように、空回りした言葉が次々に口を飛び出していく。ああ、本当はもっといろいろ、聞きたいことがあるのに。

黒田さんは、私をじっと見つめてきた。

「結城さんのことだから、どうせ僕の実家のこともあれこれ検索したんでしょ」

ふっと突然、からかうような口調で黒田さんが言う。

「なっ、しっ……してないわよ！」

「うそうそ、してた、ガンガンしてた。午後は仕事になってなかったもん」と、店長がカフェラテを持ってきて、自分もハイチェアに腰掛ける。

「店長！　それは言わない約束！」

とっさについた嘘が一瞬でバラされて、自分でも顔が赤くなっていくのがわかる。はあ。そうなのだ。実はマダムが帰ったあと、どうにもこうにも落ち着かず、「そんなに気になるなら調べたらいいじゃん」と店長が背中を押してくれたのをいいことに、黒田家のあれこれを一通り調べてしまったのだ。

結果わかったのは、黒田さんは、由緒ある政治家一族の出身らしいということだった。いわゆる「地元の名家」というやつだ。県議会のホームページの「議員一覧」のタブを開くと、「黒田耕作《こうさく》」という名前とともに、ぎゅっと固く口を結んだ男性の写真が載っていた。一発で黒田さんのお父さんだとわかるほど、よく似ていた。耕作さんの前任者の名字も、やはり「黒田」だった。おそらく、おじいさんだろう。いずれにせよ、ずいぶん前から黒田家がこの政治地盤を守りつづけているのは間違いなさそうだった。

黒田一豊《かずとよ》さん（つまり、お兄さんだ）の名前は議員名簿にはなかったけれど、ＳＮＳのアカウントがいくつか見つかった。プロフィール欄には「議員秘書」「子どもたちの笑顔を守る」「三児のパパ」とあり、地域のイベント情報などを活発に発信していた。

「ごめん、この親指が止まらなくて……」

リサーチしたことを全部白状すると、黒田さんはふっと鼻で笑う。

「大丈夫です、目の前にそんなおいしそうなエサがあって、結城さんが我慢できるわけないですから」

「そんな、人を野生動物みたいに」

「同じようなもんでしょ」

「ちょっと!?　なぐるわよ」

　いつもどおりの会話のテンポ感が戻ってきて、少しだけほっとする。

「きょうだいって、お兄さんだけ？」

「はい、四人家族で。昔は祖父母も一緒に、みんなで一つの家に住んでたんですけどね、二人はだいぶ前に他界しました。今は、兄の家族が……お嫁さんとお子さんたちが同居してるはずです。まあ、議員あるあるですね」

「そういや俺も、議員のあるある話、聞いたことあるな」と店長が言った。「毎週のように葬式に参列するって本当？」

「毎週お葬式に？　何よそれ？」

「ああ、まあ……。毎週というのはさすがに誇張しすぎかもしれませんが」

　黒田さんは苦笑いをした。

「お通夜に行く回数はかなり多かったですね。地元の人が集まって、顔をつなぐチャンスですから。行かなかったら行かなかったで、だれだれさんのには出てたくせに、みたいなことを言われかねませんし」

「な……なにその世界」

「それ、黒田さんもお父さんと一緒に行ってたの？」

「もちろん。父、母、兄と僕。必ず四人で」

黒田さんは、カフェラテに角砂糖を二個加えて混ぜた。

「よく覚えてますよ。兄と揃いの黒いベストと半ズボンで。駐車場から会場までは、母が僕らの手を引くんです。通夜に参列する日ってなぜか雨のときが多くて、うちには黒い傘が常備されてました。母が傘をさして、自分は着物を濡らしながら、僕ら二人を絶対に濡らさないように守ってくれていました」

マダムの若い頃の様子を、私は想像してみた。

「僕らの前を歩く父の傍らにはいつも、議員秘書の男性がいて、彼が父の傘をさすんです。僕はそれを見て、いつも不思議に思ってました。どうして父さんは手ぶらなのに、自分で傘をささないんだろう、母さんはこんなに濡れてるのにって」

ばらばらと降る雨の音が、急に耳に飛び込んできた。反射的に、窓の方へ顔をやる。細かい雨が降りはじめていた。

「自分で持つよって僕はいつも母さんに言うんですけど、必ず断られるんです。『未来の政治家先生に風邪をひかせるわけにはいかないから』って」

「そりゃあ……もどかしいね」

黒田さんはまた苦笑いをして、坊主頭をこする。

「でも、会場に入って受付をすませると、父さんが僕らの手を引くんです。子供と一緒だと、目立ちますからね。『子煩悩な父親』っていうキャラクターで売ってたので、まあ……うまい作戦だったんじゃないですか」

だんだん胃がむかむかしてきた。「何その親、ひどい！」と思いきり言ってやりたかったけれど、人の親の悪口を軽々しく言うわけにもいかず、カフェラテで居心地の悪さを押し流す。

「あ、議員あるあるといえば。もう一個おもしろい話がありますよ」

黒田さんはまた何かを思い出したのか、ぱっと顔を上げた。「僕が子どもの頃、父にも母にもさんざん言われたこと、何だと思います？」家訓みたいなことだろうか。よく聞くのは、〝嘘をつくな〟とか〝人に優しくしなさい〟とかそういうことだろうけど、政治家一家となると、何を言われるんだろう。

「みんなと仲良くしろ、って言われるんです」

「えっ、思ったより普通……」

「たしかにね。意外とシンプルだ」

拍子抜けした私たちの反応を見て、黒田さんは自虐気味にふっと笑った。

「一票だから」

「え？」

「だって、一票だから。どんなに嫌なやつでも、一票だから。いじめられても、笑って許しなさい。喧嘩《けんか》になったら、黙って頭を下げなさい。お前のその怒りに、一票以上の価値はない。だから、みんなと仲良くしなさい」

ざわりと、心臓が毛羽立つのを感じた。

「僕、学校でトラブルが起きたときに犯人扱いされること、結構多かったんですよ。子どもの頃から目つきが悪かったせいかもわからないですけど、何かあると必ず言われるんです。筆箱がなくなった、穂積が昨日じっと見てた。あいつが盗ったんだ、俺にはわかる。絶対そうだ、ほら、あの目はやったやつの目だ、って。一度そうなっちゃうと、僕がどう言い訳しても無駄なんです」

黒田さんは、軽くため息をついた。組んだ両手の親指を、くるくると回す。

「誰も信じてくれないんです。……いや、違うか。信じるかどうかとかって、どうでもいいのか、彼らにとっては」

「どうでも、いい？」

「そういうトラブルが起きたとき、罪を被《かぶ》る人が誰か一人、必要なんです。そしてその一人は、誰でもいいんです。本当にその人がやったかなんてみんな気にしてない。あー、また穂積がやらかしたかとかなんとか言って、僕がやったという空気を作れれば、それでいい」

「なんだよ、それ……」店長の声が、震えていた。

「父はそういうことがあるたびに言ってましたよ。『さっさと謝ってこい』って。でも、僕はやってない。本当にやってない。父さん、僕じゃないって一緒に言いに行ってよ、濡れ衣をはらしてよと僕が訴えると、こう言うんです。『冷静に考えなさい。お前のその怒りに、一票以上の価値はあるか？　お前がここで騒ぎつづけたら、もっとたくさんの票を失うことになるんだぞ。それでもお前はその怒りをぶつけたいのか？』って」

黒田さんは、あくまで淡々と語った。

「まあでも、言われてみればそうなんですよね。それ以上言ったところで信じてもらえるわけじゃないし、騒ぎが大きくなったらもっと面倒なことになるだけだし」

「おかしいだろ、それは……」

めずらしく店長の顔が歪んでいた。頬が引き攣って、いつもの笑顔を作れずにいる。

「どうでもいいやつらのどうでもいい感情の掃き溜めになってまで得る一票に、なんの価値があるんだよ」

「店長」

「いや、でも見方を変えれば……大人の対応を、他人を許す心を、五歳くらいのときから教育してもらっていたというか」と、黒田さんはあわてたように弁解する。

店長は、その長い前髪をぐしゃぐしゃと、もどかしそうにかきむしった。

「他人を許すなんて、限界まで怒ったあとですることだろ」

吐き捨てるように言った店長の言葉に、黒田さんの目が、見開かれる。

「はじめから許してたら、そのムカつくやつらへの怒りはどこに行くんだよ。誰にも庇《かば》ってもらえなくて悔しかった黒田さんは、どこに行けばいいんだよ。今どこにいるんだよ」

平常心、平常心と、呪文のように言いつづけている黒田さん。

何があってもブレない自分。感情を出さない自分。

この人がそうやって理論武装するのは、もしかして。

「あ、まずい」

唐突に、黒田さんは腕時計を見て言った。

「宅配がくるんだった。いやー、なんで今日にしちゃったのかな。金曜日はダメってことすっかり失念してました。限定のフルーツ大福が届くんですよ」

ぶつぶつとしゃべりながら帰り支度をはじめる。

あ、逃げようとしてる。

直感でわかる。これ以上、私と店長に口を挟ませないように、わざと話しつづけてる。

「埋葬委員会、今日予約なかったんで大丈夫だと思いますけど、もし飛び入りがあったら連絡ください。すぐに行けるようにはしておくので」

第7話
「期待の星のピザ」

「あ、黒田さ……」

「じゃ、これで失敬」

ドアが開き、湿った風が足首をつんと突き刺す。黒田さんの背中が、寒々とした闇の中に吸い込まれていく。

あ、ダメだ。なんかダメだ。このままじゃ、ダメだ。

この人を今、一人にしたら、ダメなんだ。

――あなたは、いつだって自分の好きなときにぎゃーっと喚き散らしてるからわからないでしょうけど、世の中には、ずかずか心に踏み込んできてもらわないと、弱音を吐けない人も大勢いるんですよ。

――ずっとしまっておいた後悔や、寂しさや、コンプレックスの塊をほじくりだしてくれるような人を、欲している人がいるんです。あなたみたいに、でっかい薙刀を振り回しながら無理やり心の中に押し入ってくるような人を、必要とするタイミングがあるんです。

黒田さん、それって。

前に私に言いたかったことって、きっと――。

「――黒田さん！」

外に出かけた黒田さんの手首を、ぐんと強く引っ張った。

黒田さんは、こちらを振り返り、目を丸くする。

「……店長」

隣を見ると、店長も同時に、黒田さんの作務衣の裾を引っ張っていた。

「ねえ、黒田さん。なんだかんだ、俺たちもいるよ。ちゃんと。それに」

ぽつぽつとした雨が、半分だけ出た黒田さんの肩を、少しずつ濡らしていく。

「今日は埋葬委員会の日だよ。雨も降ってる」

今はそっとしておいてあげよう、なんて言葉があるけれど。ごめん、黒田さん。今の私たちはどうしても、あなたを一人で放っておく気にはなれないんだ。

だってきっと黒田さんは、長いあいだそうやって「そっとしておいた何か」に苦しめられつづけてきたんだ。直視するのも怖いほど、反射的に逃げてしまいたくなるほどの苦しみの塊が、黒田さんの奥深くに埋められている。そしておそらくその苦しみは今、この瞬間も、ずっと黒田さんを痛めつづけているのだ。何かに強い恐れを抱いている人は、助けを求めることにすら罪悪感を覚えてしまう。私が、私たちが今、黒田さんの心に無理やり押し入らないと、きっとこの人は永遠に、弱音の吐き方を忘れてしまう。だめだ。このままじゃ。絶対に。

黒田さんの太い手首を、さらに強く握った。

どれくらい、時間が経っただろう。

「あの……」

喉の奥から振り絞ったような声がした。

「元カノごはん、とはちょっと違うかもしれないんですけど」

黒田さんの胸が、一度大きく上下した。

「いいですか、埋葬しても」

とても小さな、声がした。

ああ、どれだけ葛藤して、その言葉を言ってくれたんだろう。


埋葬委員会はふつう、一番奥のソファ席で行われる。けれど今日は、黒田さんがいつも座っているカウンター席でやることにした。端っこに黒田さん、隣に私、カウンターの中に店長。お決まりの配置だ。今日は何も準備をしておらず、仕方なく、店長の買い置きのピザポテトとじゃがりこを出す。

「どうして自分は、どうでもいいことにばかり、目が向いてしまうんだろうって……そればっかり、考えてたと思います。今までずっと」黒田さんはぽつりぽつりと、語りはじめた。

店長が、ピザポテトの袋を真ん中からベリッと開け、みんなが食べやすいようにカウンターに広げる。チーズとトマトの混ざった背徳のにおいが鼻に飛び込んできた。

「どうして人は生きるんだろうとか、僕はどこから生まれて、死んだらどうなるんだろうとか。人の細かい仕草、ちょっとした言動から、いろいろな想像をしてしまう。あの人はこういう発言をしてたけど、本当はこういう気持ちだったんじゃないか、とか。とにかく、いろんなことが気になるんです」

「それは、小さい頃からずっと？」

「もうあんまり記憶もないですけど……。どうしてどうしてって聞くたびに、めんどくさそうな顔をされました。『そんなくだらないことを気にする暇があったらさっさと勉強しなさい』というのが、父の口癖でした。こういうことはあまり聞かない方がいいんだろうなと、わりと早い段階で気がついていたと思います」

　黒田さんはごつごつとした顎まわりを手のひらでなでた。夜だからか、うっすらと髭が伸びて濃くなっている。

「地元の自治会なんかに連れてかれて、僕が人見知りをして、何を聞かれてもじっと口を結んで黙っていると、申し訳なさそうに母がこう言うんです。『ごめんなさいね、繊細なところがあるんです』。今まで何度言われたか。結局そのうち親も考えたようで、活発で明るい兄だけを人前に出すようになりました」

「お兄さん……一豊さん、だっけ」

第7話

「期待の星のピザ」

SNSのプロフィールを思い出した。躍動感のある立ち上げ前髪と、サイドを刈り上げたツーブロック。自分に自信がある人しかやらないだろうその髪型や、スクロールすればするほど出てくる子どもたちとの自撮り写真から、黒田さんとはまるで相容《あいい》れないタイプの人間なのだということは容易に想像がついた。

「兄は僕と真逆の人間でした。明るくて、ばたばたと庭で遊んでどろんこになって、その汚れた服のまま、また畳の上を走り回って、コラッと母に怒られる。その姿を見て、まわりにいる大人たちがどっと笑う。そういう人でした。この世界の人はみんな、自分のことが好きで好きでたまらないんだろうと、信じて疑わないんです。いい人なんですけどね」

いい人なんですけどね、という言葉に、黒田さんの気持ちがすべてつまっているような気がした。人が「いい人なんだけどね」と言うときは大抵、そのあとには「好きになれない」もしくは「自分とは合わない」という本音が隠れている。

「何かにつけて父は、兄にこう言うようになりました。『お前は黒田家の地盤を継ぐんだからな』と。食事のとき、兄がテストでいい点数を取ったとき、運動会のかけっこで一等だったとき……いつも頭をなでながら、父がそう言っていたのを覚えてます。兄はためらうこともなく『うん！』と元気に返事をしていました」

「それさ、黒田さんはどうだったの？　さっきの話だとお母さんは、兄弟二人を『未来の政治家先生』として扱ってたんでしょ？」

店長はその長い腕をカウンター越しに伸ばし、じゃがりこを二本まとめて口に入れた。

「たぶん、僕のようすを見ていて、こいつはダメだと早々に諦めたんじゃないですか」

「へえ……ムカつく親だな」

「てっ、店長！」

「だってそうだろ」店長はもはや今夜は、ストッパーの役割を放棄したようだった。

「まあとにかく」黒田さんも店長に倣って、じゃがりこの円柱のパッケージに手を突っ込んだ。「高校生になっても、僕の陰気な性格は変わりませんでした。議員の息子だったのもあって、まわりも腫れ物に触るみたいに扱ってきました。不思議なもんです。だって、兄さんは『議員の息子なんて、お前すげーな！』とみんなに羨望の目で見られてたんです。家にもよく友達を連れてきたりしてました。立場は同じなのに、避けられる自分と、人がどんどん寄ってくる兄」

お兄さんは黒田さんの二歳上だ。年が近いから、比較されやすかったのもあるだろう。

「同じ人間でこうも違うのか、と思いました。兄はまさに、人望だけで『一票』とれる人間なんです。でも僕は違う。誰とも仲良くできない」

つまんだじゃがりこの先端で、黒田さんはとんとんとカウンターを叩く。

「あるとき、学校で、担当する委員を決めなければならないことがあったんです。体育委員とか、文化委員とか」

第7話

「期待の星のピザ」

「なんか黒田さん、図書委員っぽいね」

「……なんでわかるんですか」

図書館のカウンターでもくもくと本を読み、貸し出し希望の人が来たら流れるような手つきでパソコンを操作し無言で手続きをし、作業を終えたらまたすぐに読書に戻る黒田さんの姿がぱっと浮かんだ。うん、しっくりくるな。

「そのとおりです。静かに本が読めるし、それしかないだろうと思って、僕はそれに立候補しました。委員を選ぶのは立候補制で、あぶれた人が適当に、人数が足りないところに回される仕組みでした。僕はそんなのまっぴらごめんでした。それこそ、うっかり文化祭実行委員なんかになってしまったら最悪です」

「た、たのしいよ？　文化祭も……」

黒田さんが横目でじろりと睨んだ。

「しばらく経ってもなかなか決まらず、ホームルームにはだれた空気が漂っていました。手を挙げそびれた生徒たちが、ひそひそ声で話し合っていました。僕は、暇を持て余して、いつもどおり文庫本を読みながら、ホームルームが終わるのを待っていました。すると斜めうしろから、いつもクラスの中心ではしゃいでいる男子たちの声が聞こえたんです。『図書委員は？　まだ二枠空いてるよ』『えっ、あと一人誰？』『黒田？　じゃあ絶対無理だわ。図書委員だけはやめとこ』」

高校時代の教室の風景が、一気にフラッシュバックする。

そこで一息つくように、黒田さんはウーロン茶を飲んだ。

「なんでですかね、ああいうときに言われたことって、忘れられないもんですよね。僕、今でもときどき、夢に見るんですよ。右斜め後ろから、あの声が聞こえるんです」

そう言って黒田さんは、実際に右後ろを振り返った。そこには壁があるだけだった。けれど何か別のものが見えているみたいに、黒田さんはじっとその一点を見つめつづけている。

「くすくすと、彼らは笑ってました。彼らの視線を背中に感じました。おそらくこの人たちは、僕に聞こえることを半分願いながら、この発言をしているんだろうなと思いました。どうやらその頃、彼らの中で、『黒田にバレないかどうかギリギリを攻めるゲーム』みたいなものが流行っていたらしいんです。僕はその前にも何度か、こそこそと悪口を言われていました。だから、ああまた始まったかと思いました」

黒田さんは眼鏡を外し、フレームに歪みがないかどうかたしかめた。

「僕は必死に、文庫本に集中しているふりをしていました。何も聞こえない、と言い聞かせながら。でも、ダメなんです。アガサ・クリスティのミステリー小説で、犯人が明かされる一番おもしろいシーンだったのに、ちっとも集中できませんでした。脂汗がシャツから透けるんじゃないかと、そんな心配ばかりしていました」

第７話
「期待の星のピザ」

黒田さんは、おそらくほとんど無意識に脇の下をおさえた。

それを見た瞬間、ああ、そうか、と思った。きっと今もこの人は、あの日に囚《とら》われたままなのだ。こそこそとした笑い声に刺されつづけたあの日に。

「僕は本に集中できていないのがバレないように、きちんと一定速度でページをめくりつづけました。それでもまだそのくすくす笑いは続いていました。結局彼らは適当な委員会にばらけていき、図書委員は教師の判断で例外的に僕一人でやることになりました」

黒田さんは眼鏡をかけ直し、軽く咳払いをした。

「そのとき、思ったんです。僕には、一票をもらうどころか、一票を減らしてしまう要素しかない」

「そんなこと……」

黒田さんはぐいっと一気にグラスを傾けた。氷がぶつかる音がする。店長がすぐに、新しいウーロン茶を業務用の紙パックから注いだ。

「僕がこの家にいたら、一票がどんどん減ってしまう。そう思うようになりました。大切な一票が。今まで僕は、一票を増やそうとは思っていませんでした。そんな求心力が自分にないことは最初から理解していました。でも『僕がいるから』という理由で『投票するのをやめよう』と思わせてしまうのなら、話は別です。ゼロならまだマシです。だけどマイナスはまずい。だから僕は、兄のようにみんなに好かれることはできなくても、せめて勉強くらいはできるようにならなければ、と思いました。兄は勉強が苦手だったので、僕がいい大学に入ればなんとか、人に好かれないことを誤魔化せるんじゃないかと思ったんです。それから、もうちょっと……もうちょっと」

黒田さんはそこで、言葉を切る。

「母さんが、僕の方を向いてくれるんじゃないかという、下心も、ありました」


バイクのタイヤが水たまりに飛び込む音で、雨が降っていたことを思い出した。今さら、ひどく寒かったことに気づく。電気ストーブのスイッチを入れた。

「母さんが、特別な日にだけ作るレシピがあったんです」

「特別な日にだけ？」

「兄の誕生日とか、入学式の夜とか、テニス部の大会で優勝したとか、まあ、そういう……お祝いごとがある日です。そういう日は必ず、星形のピザが出るんです。ピザの生地をのばして切れ込みを入れて、五角形の星みたいな形にして焼いた。ソーセージと、トマトとチーズと……」

丸や四角は知っているけど星形のピザなんて聞いたことがない。スマホで調べてみる。

第7話

「期待の星のピザ」


「ああ、こういうのか。つまみやすそうで、パーティーにはぴったりって感じだね」

「子どもっぽいんですけどね、僕は昔からどうしても、その星形のピザが食べたかったんです。兄のために作られたピザじゃなくて、自分のために作られた星形のピザを。いつも絶対に、兄さんが一番にとって、そのあとは父さんで、最後に僕でした。余ったピザの切れ端しか、食べたことがなくて」

「黒田さんの誕生日には、出なかったの？」

「巻き寿司でした。別に好きだって言ったことないのに、なんででしょうね。いつからかあの人、僕が巻き寿司大好きだと思い込んでて」

「小さいときに好きだったもの、ずっと好きだと思っちゃうやつか……」

よくわかる。帰省すると、父もよく出前で寿司をとってくれるのだが、「桃子はこれが好きだよな」と、いくらの軍艦巻きを必ず追加で頼むのだ。

「作ってって、言わなかったの？」

「なんでですかね、頼んで作ってもらうのって、違うような気がして。第一、まともに家族とコミュニケーションも取れない人間が、いきなり『星のピザ作って』って言うのも変じゃないですか」

なるほど、黒田さんらしい。「とんかつ」とか「焼き魚」とかならまだしも、星形ピザはかわいらしいメニューだし、余計に言い出しづらかったのだろう。

「それであるとき、気づいたんです。僕が『特別な日』を作れないのが悪いんじゃないかと。兄さんはスポーツ万能で習い事もたくさんやっていて、表彰される機会も多かった。一方僕は、部屋にひきこもって本ばかり読んで、目立った功績は何もありませんでした。だからあのピザを作ってもらえないんじゃないかと思いついて」

「それで、どうしたの？」

「東大に入りました」

「ええ!?　そういうテンションで東大って入れるもん!?」

東大卒とは聞いていたけれど、まさかそんな理由だったとは……。

「もともと勉強は好きでしたし、スケジュールを立てて一つひとつタスクをこなしていったり、過去問を分析して出題傾向を推測したりするのも、苦じゃなかったんで」

「すげえ……」

私と店長はもはや、笑うしかなかった。

「それで、東大合格したら、お父さんとお母さん、どんな反応だった？」と、新しいグラスにくし切りのレモンを入れながら店長は訊ねる。

「さすがに、喜んでました。父さんは掌《てのひら》を返したように、『うちの次男が東大に合格して』って、言いふらしてましたよ。田舎って怖いですよね、黒田の次男といえば、『無口で繊細で陰気なやつ』って扱いだったのに、東大に合格したとたん『静かで落ち着いた努力家』という評価に変わりました。僕の中身も外見も何も変わってないのに、そこに『東大生』というラベルがつくだけで、こんなにも見る目が変わるのかと、驚きました」

東大生というラベル。

イケメンというラベル。

アラサー女というラベル。

私たちはみんな、いろいろなラベルを背負って生きている。いろいろなラベルで人を判断し、判断されながら生きている。

たとえば私はいつからか、「まだ若いんだから」と言われなくなった。

まだ若いんだから、いろんなこと経験しなよとよく言われた。その通りだなと思って、がむしゃらに働いた。旅行に行った。勉強会に参加した。異業種交流会にも行った。

でも、いつからだったろう。「まだ」が「そろそろ」に変わった。「さすがにいい加減」も増えた。「まだ」で許されていた失敗が許されなくなった。

まだとそろそろの境界線を、私はいつの間に飛び越えてしまったんだろうか。

「それでピザ、食べられたの?」

店長の声で、はっと我に返る。黒田さんはおもむろに立ち上がってソファ席に移動し、窓ガラスの向こう側をしばらくながめていた。

「合格祝い、何食べたい? って母に言われたんです。真っ先に『ピザ』って言いました。

東大に受かった今なら堂々と、あの星のピザを食べられる。そう、思ったんですけど」

黒田さんは苦笑いをした。

「その日、地元で有名なイタリアンレストランに連れていかれたんです」

「まさかの店？」

「たぶん、すごくいいお店で。個室を貸切にしてもらって、四人で食事しました。それはたしかに、とてもおいしいマルゲリータで。生地もふっくらとしてました。でも」

黒田さんはそっと、ガラスに指を這《は》わせる。雨のしずくがぶつかって、いびつな水玉模様を作っていた。

「でも、違うんです。僕が食べたいのは、これじゃない。僕がほしかったのは、高級イタリアンでフルコースを食べる時間じゃない。そういうのじゃなくて、ただ、家のリビングで、いつも兄さんが座っている席に座って、母さんの……」

ガラスの上で、ぎゅっとこぶしを握っているのが見える。

「母さんの、星形のピザを、食べたかったんです」

心臓の奥を、きゅっと針で刺されたような痛みが、続いていた。

黒田さんはこちらを振り向いて、自嘲気味に笑う。

「バカみたいですよね。そんなことにこだわるなんて」

そんなことない。そんなことないよ。自分が食べたいものを「食べたい」って、誰だって言っていいんだよ。何も間違ってないんだよ。

でもきっと、そんな些細《ささい》な願いでさえも口にするのをためらうほど、「バカみたい」と保険をかけるような言葉を使わずにはいられないほど、黒田さんはずっとずっと、人に、この社会に、怯えつづけてきたのだ。


お菓子だけでは我慢できなくなったのか、気分転換をしようとしてか、店長が、バニラアイスにウイスキーをかけて食べはじめた。そう、店長は細いのによく食べる。こんなに薄いお腹のどこにあれだけの酒と食べ物が入っていくんだろうと、いつも不思議に思ってしまう。私たちもソファ席に移動して、ブランケットにくるまりながら、固いアイスの表面をちまちまとスプーンで削り取った。

「黒田さんって、七年くらい商社マンやってたって言ってたよね？」

二十代はほとんど仕事漬けだった、と以前言っていたのを、急に思い出して聞いてみた。

「なんか商社マンって、バチバチに競い合うって感じで、あんまり黒田さんに向いてなさそうなイメージだけど……」

「いやあ、向いてなかったですよ」

「やっぱり？　よく続けられたね」

私のいた会社でも、店舗の成績順位が張り出されるみたいなことがよくあって、それだけでもうんざりしたけれど。商社ならきっと、それどころじゃないだろうと思う。

「まあ、それも……。父との約束だったんです」

「約束？」

「僕が東大に入ったことで、少しずつ黒田家の風の流れが変わりはじめました。以前は跡を継ぐのは兄さんしかあり得ない、という感じだったんですけど、なんというか、こう……『穂積もありじゃないか』と、父さんは思いはじめたみたいです」

「はあ？　何よそれ？」

「たぶん、周りの人とかに言われたんじゃないですか。東大生なのにもったいないって。就職先も、父に指定されたんです。国家公務員か商社か銀行。お前の頭ならどこでも入れるはずだから、せっかくならこのうちのどれかで修業を積んでこい、と。まさかそんなことを言われるとは思わなくて、とっさに、横にいた母さんの顔を見ました。母さんは、『あなたのためを思って、お父さんが選んでくれたのよ』と、僕の手を握りました」

今日、マダムが黒田さんの手を握っていたのを思い出す。そうだ、ちょうどこのソファ席だった。

「父さんは僕に、二十社ほどの社名が載ったリストを見せてきました。日本人なら誰でも知っているような老舗《しにせ》企業の名前が並んでました」

「ちょっと待ってよ。黒田さんの話をしてるんじゃないの？　なんで親が決めてるのよ！

第７話

「期待の星のピザ」


黒田さんの人生なんだよ？」

　私は思わず立ち上がって吠えた。

「黒田さん、言い返さなかったの？『生きる道は自分で決める。口を出すな』って」

「ももちゃん」

　店長が私の腕をそっと引いて、座らせようとする。

「でも、店長……」

「座って。まだ途中」

　言われて、気づいた。

　そう、だよね。言い返せるならきっと、黒田さんは今こんな顔してない。責めるような口調になってしまったことを後悔して、ソファに腰を下ろす。

「……言えなかったです」

　食べかけのアイスのスプーンを、黒田さんは無表情で器に置いた。

「言いたかった。心の中では、今結城さんが言ってくれた言葉を、何度も何度も叫んでました。怒りと、悲しさと、寂しさと、いろんな感情がまぜこぜになって、体の中をぐるぐると駆け巡ってました。でもなぜか言えないんです。父さんを前にすると。母さんに手を握られると、言えないんです。怖いんです」

　淡々とした声色だった。抑揚のない口調を保っていないと、感情が決壊してすべて溢れてしまう。そうならないようにと、意図したしゃべり方のように見えた。

「だって、僕がずっと、黒田家の一票を減らしつづけてきたのに。本当は、兄さんだけだったら、一票はただただ、増えつづけていくだけだった。でも僕がいることで一票はどんどん減っていく。その罪を償わないまま、この家を出てってていいのかって」

店長はウイスキーを一口飲む。パキッとグラスの中で氷が溶ける、神経質な音がした。

「結局僕は、父さんに逆らう勇気がなくて、内定をもらえた総合商社に入社しました。嬉しかったんだと思います、父さんはまた、僕を近所に連れ回すようになりました。父さんは僕に頭を下げさせながら、『ようやくうちの倅《せがれ》が役に立つときが来ました。小さい頃は何考えてるかよーわからん、かわいげのない息子でしたが、蒔《ま》いた種ってのはどこでどう刈り取れるかわからんもんですなあ』と、自慢げに笑っていました」

「そこまで言われてるのに、どうして……」

親が怖い。

その気持ちがわからない。わかってあげられないことが、悔しいよ。

「どうしてでしょうね。僕もわからないんですよ、本当に。冷静に考えれば、筋は通ってない、時代錯誤にもほどがあるってわかるんです。僕も、父さんが言っていることが間違っていることを確認したくて、いろいろな本を読みました。児童教育の本やトラウマの本、社会学や心理学、哲学。どの本を読んでも、最終的には一つの結論に至るんです。

『おかしいのは俺じゃない、父さんだ』。わかってる、わかってるんです。わかってるんだ、でも……」

　黒田さんが、こぶしで自分の膝を何度も強く叩いた。

「でも、父さんを目の前にすると途端に、心臓が冷凍庫に入れられたみたいに縮み上がって、息ができなくなるんです。父さんの言うことは絶対で、自分が全部間違っていて、父さんに迷惑をかけている自分は最低なやつだと、そうとしか思えなくなるんです」

　人の悩みというのは、誰かに話して、共感してもらうことで解消できるものだと思っていた。感情をぶちまけて、爆発させて、わかるわかる、つらかったよね、あんたは頑張ったよと、誰かに背中を押してもらう。そうしてはじめて、私は間違ってなかったのかもしれないと、ちょっとだけ、思えるようになる。

　それを今、私はしてあげられない。わかると言えない。だってわかんないんだもん。せめてもっといろいろな経験をしてくれればよかった。就活、商社受ければよかった。私が商社で働いてたら、ちょっとは黒田さんのこと、理解できたかもしれないのに。

　自動車が何台か続けて、路地を通り抜けていった。大きなくじらが海面から出てきたみたいな音が連続する。私たちはしばらく、その音を聞きつづけていた。

「僕がようやくこの家から離れようと思えたのは、社会人七年目の秋でした」と黒田さんは言った。「その日は兄さんの子どもの一歳の誕生日で。初孫で、父さんも母さんも喜んで準備をしていました。壁には折り紙の輪っか飾りが貼られて、『1』という数字のかたちの大きな風船がありました。そして『今日は特別よ』と、母さんが大量の料理を運んできました。またそこにあったんです」

ポケットから綺麗にプレスされたハンカチを取り出して、黒田さんは首のうしろと、そのまま両手のひらの汗をぬぐう。

「まさか」はっとしたように、店長が息をのむ。

「星形の、ピザ？」

こくりと静かに、黒田さんはうなずいた。

「どうして、と思いました。兄さんの好物だから、兄さんの息子も当然、好きだろうと思って？　でも、目の前にいるのは、まだ離乳食を食べているような一歳児なんですよ。ってことは、兄さんのために？　意味がわかりませんでした。すると、兄さんがこう言ったんです」

やっと思い出したように、黒田さんは、ホットコーヒーを口にする。ミルクも砂糖も入れていないのに、その苦さにも気がついていないようだった。

「『やめてくれよ母さん、いつまでもさー。子どもじゃないんだからさあ』と。さらに兄さんは、少しいじけたように『あいつのときはたっかいイタリアンだったじゃんか』と、僕を指差しました」

第7話
「期待の星のピザ」

あ。

顔、が。

黒田さんの顔が、じわじわと、歪んでいく。

「母さんは、『何言ってるのよ、長男はこれなのよ。期待の星、背負ってるんだから！』と言って、兄さんの小さな息子のふっくらとした頬をつついて……嬉しそうに、していました」

期待の、星。

それって。

「そのとき、僕はようやく気がつきました。ああ、そうか。あれは期待の星のピザだったんだ。黒田家の期待を背負う人だけがもらえる星だったんだと」

黒田さんは嘲笑《あざわら》うように息を吐いて、ソファの背もたれによりかかった。

「もう、自分の感情がよくわかりませんでした。何のためにがんばってきたんだろう。たかがピザじゃないか。……でも僕は、あのピザがほしくて、期待の星になりたくて……少しでも、僕が、ここにいていい理由がほしくて」

また、顔色を隠すようにブラックコーヒーを飲む。カップを持つ手が震えている。

「勉強をすれば、父さんが望む通りの人間になれば、このどうしようもない寂しさはなくなると、ずっと信じてました。でも、喉から手が出るほどほしかった星形のピザが、たった一年前に生まれたばかりの人間の前に差し出されたのを見たとき、もう何もかもがどうでもよくなったんです。最初から全部決まってたなら、何をしても無駄じゃないかと思いました。太刀打《たち》ちできない。そう。太刀打ちできないんですよ。努力したところで」

窓の外から、大きな雨の粒が地面にぶつかって弾ける音がした。弾丸みたいな雨が、いくつもいくつも、激しく降り続けている。ああ、夕方のうちに落ち葉を片付けておいてよかった。雨が降るとべたべたと地面に張りついて、片付けるのが大変なんだよなあ。明日も雨って降るんだろうか。そんなことを考えている場合じゃないのは重々承知しているのに、どうしてか、どうでもいいことばかりが浮かんでは消える。

口を開こうとしたら、舌の奥が麻痺したみたいに動かなくなっているのに気がついた。

ああ、そうか。

「言わせないでよ……」

私は、怒ってるんだ。

努力したところで、太刀打ちできない。最初から全部決まってたなら、何をしても無駄。

あれだけいつもストイックに努力してる人に、こんなこと。

「筋トレも、サウナも、スイーツも、修行も！　全部全部ストイックで、努力が趣味みたいな人間に、そんなこと言わせないでよ！　思わせないでよ」

自分でもはっきりとわかるくらい、声がぶるぶる震えていた。あとからようやく追いついたみたいに、涙と鼻水がこみあげてくる。まぶたの裏が、熱い。

「結城さん」

自分でも、何に対してこんなに怒っているのか、まるでわからなかった。

でも、嫌なんだ。嫌なんだよ。

私だって黒田さんのこと、全然よく知らない。出会ってまだ一年も経ってない。だけど黒田さんが、いくら修行しても悩みだらけなのも、そんな自分の煩悩と闘い続けてるのも、知ってる。そうやって必死な黒田さんだからこそ、人に寄り添うような言葉を伝えられるのも、知ってる。

「細かいことが気になるのも、苦しいのももがいてるのも、めんどくさい自分を変えようと努力してるのも、全部全部ひっくるめて、黒田さんなんだよ」と私は言った。「ねえちょっと、仏様って、本当に黒田さんのこと見てるわけ？　節穴なんじゃないの？」

「な、何を言うんですか、いきなり」

「だって！」私は鼻水の止まらない鼻をごしごしとこすって、窓の外に向かって叫んだ。「黒田さんはこんなにがんばってるよ。あなたのところで、毎日必死に修行してるよ。そんな人間に、ここまでひどい仕打ちをする必要が、どこにあるのよ！」

もはや仏様に喧嘩を売りたいどころか、極楽浄土まで殴り込みに行きたいくらいの気持ちだ。いてもたってもいられなくて、私は自分のバニラアイスを黒田さんの器にうつす。

自分にできることなんて、もうこれくらいしかないような気がした。

「もう、食べて！　私の分も食べて！」

「いや……こんなにいらないですよ。っていうか溶けてるし」

グラスからアイスが溢れて、黒田さんの指に落ちる。私はだらだら垂れてくる鼻水をすすりながら、おしぼりでそれを拭く。黒田さんの手のひらまで、アイスがついてべたべたしていた。

「いいです、自分でやりま……」

「だって私、悔しいんだよ」

ぎゅっとそのまま、力をこめる。強く、黒田さんの手を握った。分厚い手のひらは私とは違って、岩みたいに硬く、ざらざらしていた。

「わかるわかるって言ってあげたいのに、黒田さんと同じ形の傷を、私は持ってない。わかってあげられないことが、悔しくてしょうがないんだよ」

上書きしたい、と思った。

わかってあげられないのならせめて、黒田さんの嫌な記憶を、全部全部、塗り替えてしまいたい。すべてを私たちの楽しい色で、カラフルな色で、染め尽くしてしまいたい。

「お母さんに手を握られるとどうしても断れなくなるのなら、今度は、私が手を握る。ふっと怖いことを思い出したら、私に手を握られた記憶を思い出してよ。すぐに『雨宿り』に来てよ。またすぐに、手を握るから。もし恥ずかしかったら、理由ならいくらでも考えるから。そうだ、『雨宿り』で握手キャンペーンとかやればいいじゃん」

私の手の上に、もう一人分の手のひらが重ねられる。店長は、私よりもさらに、手のひらに力をこめた。

「屋上でオクラホマミキサーとか、やればいいんじゃない？」

「いいね、そうしよう！」

黒田さんの、眼鏡の奥の瞳が、ふるりと揺れる。

こんなことを言ったところで、何かの慰めになるのだろうかと冷静に言う私が、頭の片隅にいた。でも、それ以外の方法が見つからなかった。

精一杯の力をこめて、黒田さんの手を握り直す。

ぱちぱちとカウンター側のダウンライトが、何かの信号みたいに点滅した。

「あいつはこういう人間だ、って……」

やがて、小さく、つぶやくような言葉が、ぽとりと溢れた。

「顔を見ればわかるとか、こういう人間の目をしてたとか。知らない間に全部判断されて、勝手に僕は僕じゃない誰かみたいなことになってて」

黒田さんは下を向いたまま言った。

「僕はそんな人間じゃないって言いたくても、その自信もなくて。だって僕自身も、僕のことがわからないんだ。どんな人間になればいいのか、どんな人間でいれば許されるのかもわからない。僕は……どうすればいい？」

その心細そうな目と、目が合った。助けを求めるように、黒田さんは顔を歪ませる。

「どうすればいいんだよ。どうすれば許してもらえる？　どうすればマイナスじゃない人間になれる？　高望みなんかしない。ただ……ただ、許してほしいだけなんだ。この世界にいてもいいって、このよくわからない俺のままでもここにいていいって、誰かに……」

「いていいよ！」

私は今日一番の大声を張り上げて言った。ぼろぼろと頬に涙がつたい、鼻水がだらだらと垂れていくのがわかった。でもそんなもん、知ったことか。

「いていいよ。黒田さんはここにいていい。お父さんが怖くてもいい。言い返せなくてもいい。自分のことがよくわからなくてもいい。細かいことをいちいち考えちゃってもいい。めんどくさくても、スイーツ好きでも、『雨宿り』の鏡で自分の筋肉確認してても」

「えっ、それ見て」

「それでもいいって言ってんのよ！」

私は吠えた。

「言ってくれたよね、私とはじめて会ったときに。四苦八苦してるって。『生きる』を一生懸命やってるんだから、すごいって。バカみたいとか空回ってるとか、卑下しなくてもいいって」

そう言ったとたん、黒田さんの色素の濃い瞳の真ん中が、きゅっと小さくなる。

「一緒に苦しもうよ。生きるを私たちと、もっとたくさんやろうよ。黒田さんにとって雨が嫌な記憶と結びついてるなら、雨の日を上書きすればいいじゃん。何回でも、何十回でも、何百回でも、埋葬委員会をくり返そうよ」

ねえ、黒田さん。

「埋葬委員会がある日は、なぜだかいつも、雨が降る。そうでしょ?」

きっとそれは、今日この日のためにあったんだよ。

自分の知らないあいだに勝手に「自分」の人間像が決まってしまう。「そういうこと」になってしまう。そういう自分を期待しているのならと、「みんなが作った方の自分」に合わせて、形を変えていく。自分が、わからなくなっていく。

「……はい。はい」

それって、めんどくさいよね。「よくわかんない」で、いいじゃんね。

大丈夫だよ、私たち三人ずっと、よくわかんないままでいよう。

黒田さんの大きな手のひらが上を向き、そっと私たちの手を握り返す。

「ありがとう」

重ねられた三つの手に、誰のかわからない涙が、ぽとりぽとりと落ちていった。

かん、かん、かん。一段一段、階段をのぼるたび、靴のかかとがスチールにぶつかって、やけに響く。

深夜二時過ぎだというのに、頭は冴え渡っていた。ほかほかと温かいバスケットを雨ガッパの中で持って、屋上へと上がる。

ふりむいて、東の空を見た。まだ雨は降っているものの雲はいつのまに移動したのか、中途半端に欠けたお月様がよく見える。

「おっじゃましまーす」

「おー、ももちゃんいらっしゃいませ。黒田さん、ちょっとつめて」

「もうつめれませんって！　本当にここでやるんですか？」

私はテントの中に無理やり体をねじ込む。たしかに狭いけれど、私にはちょうどよく感じられた。梅干しを作るときもお世話になった、このテント。小ぢんまりとした空間は秘密基地のようでわくわくする。

「さーて、おいしく焼けたでしょうか！」

私はもったいぶって、バスケットの蓋を開ける。香ばしい生地とトマト、ジューシーな

第７話
「期待の星のピザ」

ペパロニの香りが、テントの中にふわりと広がった。

「わー、うまそ！」

「黒田さん。どう？」

黒田さんは、にわかには、目の前の光景が信じられないようだった。眼鏡をかけ直し、そっとバスケットを手に取る。まじまじとそれを見て、言う。

「……星の、ピザだ」

ピザの生地を折りたたんで作った星の角には、こんがりと焼き色がついていた。ピザ生地を発酵させる時間が短かったのでうまくいくかちょっと不安だったけれど、なんとか綺麗に焼けたみたいだ。

「ほら、黒田さん。食べてみて」

おそるおそる、手を伸ばす。黒田さんは遠慮して、五つの角の中で一番小さなピースを取ろうとする。私はお皿を回して「こっちを取れ」と目でうったえた。するとようやく決意したように、もっとも大きなとんがりをつまんで、思い切り引っ張った。とろりとチーズがとけた重みで、具が落ちそうになる。

「あっ、落ちる落ちる！」

黒田さんはあわてて、下からすくうようにピザを口に入れた。

「おお、見事な食べっぷり」店長が感心したように、瓶ビールの蓋を開ける（今度はビールかい！）。

ようやくごくんと飲み下して、黒田さんは目をまんまるにして言った。

「おいしいです。すごく。うん……」

「あ、ごめんね。たぶんお母さんのとまったく同じ味にはできなかったと思うけど……」

今回ばかりはヒントもあまりなかったので、ほとんど自己流だ。黒田さんが好きそうなものをなんとなく想像して作ってはみたけれど。

黒田さんは不器用に笑い、ゆるりと首を振った。

「なんかこれ食べたら、もう、昔の味、思い出せなくなりました」

「……そっか」

私たちはぎこちない姿勢のまま、ピザを食べた。モッツァレラとチェダー、二種類のチーズが口の中で混ざり合い、とろけていく。深夜に食べるピザは、格別だ。

ふとテントのジッパーを下げると、星空がよく見える。

「あれ、もしかして、やんでる？」

嬉しくなって、あわてて飛び出した途端、

「つめてっ」

右の眉毛の上あたりに、ぽつりと雨の雫が落ちた。

「ほら、調子に乗るからですよ」

第７話
「期待の星のピザ」

「だってさあ、なんかやんでそうだったんだもん。空気読め、空ー！」

「空に言ってどうするんですか」

とはいえ、小雨程度だ。傘をさすほどではない。私は雨ガッパのフードをかぶり、屋上の手すりによりかかってピザを食べながら夜空を見上げた。

あれ、オリオン座じゃない？　えっ、どこどこ？　と店長とはしゃいでいると、ふいに、黒田さんが言った。

「明日、母さんに電話しようと思います。申し訳ないけど忙しくてしばらく帰れないって」

星空を見上げる横顔から、白い息がこぼれた。

「たぶん今帰って父さんに『政治家になれ』って言われたら、断れない気がするので。情けないですけど」

「そんなことないよ。怖いものは怖い。当たり前だよ」私も、黒田さんと同じ方向を見上げながら言う。「帰らなくていい。親不孝な息子でいいよ」

「……はい」

寒さのためか、赤くなった鼻をこすりながら、黒田さんは小さく笑った。

そうか、ということは、年末、黒田さんは東京にいるのか。

だったら、「雨宿り」で年越し、めっちゃ楽しそうじゃない？

「そうだ、おせち作るから食べようよ！　店長も暇でしょ！　ここで年越ししてよ」

ぱっと、頭の中が一気に紅白の、楽しげな雰囲気で埋め尽くされていく。

「待ってなんで俺が暇なの前提なの？」

「暇じゃないの？」

「駅伝観たいんだよ」

「それ暇じゃん」

「こたつから出ないって予定があるんだよ」

「三が日、店長が和装で接客したら絶対売上すごいことになるよ！」

「ええ……」

店長はわりと本気で嫌そうな顔をしているが、気にしない。今日も「雨宿り」はガラ空きで売上はひどかった。毎月の家賃を払うので精一杯だということは、店長だって重々理解しているはずだ。確実に稼げるチャンスが目の前にあるのに、それを逃すわけにはいかない。

「もう……わかったよ。わかったわかった。やりますよ」

「もちろん、手伝ってくれるよね？　黒田さんも」

すると、黒田さんはふっと笑って、

「よし、クリームソーダ百杯売りましょう」

と、強気な顔で言った。

「あ、また雨強くなってきた」

「退散退散！」

あわててテントの中に入って、雨ガッパをぬぐ。ってかさ、雨男って私じゃなくて黒田さんだったんじゃないの？　言いがかりはよしてくださいよ！　はいはい狭いところで騒がないでよと、ぎゃあぎゃあ言いながら、ピザの残りを食べる。

いつか。

いつか自分が死ぬ間際になったらきっと、今日この日、こういう瞬間のことを思い出すんだろうなと、そんなことを思った。

期待の星のピザ

材料（4人分）

◆ 生地 ◆

薄力粉、強力粉 ………………… 各75g
ベーキングパウダー、塩 ……………………………… 各小さじ1/2
砂糖 ………………………………… 小さじ1
プレーンヨーグルト ………………………………… 大さじ6〜7
オリーブオイル …… 大さじ1と1/2

◆ トマトソース ◆

ホールトマト缶詰（400g入り） ………………………………………… 1缶
にんにくみじん切り ………… 1かけ
オリーブオイル ………………… 大さじ2
塩 …………………………………… 小さじ1/2
粗びき黒こしょう ……………… 適宜

モッツァレラチーズ …… 1袋（80g）
バジルの葉 …………………………… 4枚
チェダーチーズ ………………… たっぷり
ナツメグ ………………………………… 少々
ペパロニ ………………………………… 少々
ドライトマト ………………………… 3個
塩 ………………………………………… 少々

作り方

【1】 フライパンにオリーブオイル、にんにくのみじん切りを入れて弱火で炒める。香りが立ったらホールトマトを潰しながら加えて中火にし、5分ほど煮る。塩、粗びき黒こしょうをふり、味をととのえる。

【2】 ボウルに薄力粉、強力粉、ベーキングパウダーをふるい入れ、塩、砂糖を加えて混ぜる。中央をくぼませ、オリーブオイル、プレーンヨーグルトを少しずつ加えて、ゴムべらで混ぜ合わせる。

【3】 全体が混ざってきたら、さらに手で生地を混ぜ合わせる。生地がまとまって粉っぽさがなくなったら台に取り出す。

【4】 手のひらで生地を手前から奥に向かって押すようにのばし、手前に折りたたむ作業をくり返す。生地がなめらかになったら2等分にし、それぞれ丸く整えてラップで包み、冷蔵庫で15〜20分寝かせる。オーブンを220°Cに温める。

【5】 台に打ち粉をふって生地の1つをのせ、手で直径15cmくらいに丸くのばす。生地の下にオーブン用シートを敷き、めん棒で直径24〜26cmになるまでさらに薄くのばす。

【6】 生地の周りにモッツァレラチーズと半分にカットしたドライトマトをトッピングし、ハサミで5か所切れ目を入れる。具をくるむように両端から包み、つなぎ目をしっかりと閉じる。

【7】 生地の中心に【1】のトマトソース(約大さじ2)、モッツァレラチーズ(50g)、チェダーチーズ、塩少々、ペパロニ、ナツメグ、バジルの葉をのせてオリーブオイル大さじ1(分量外)をかける。

【8】 220°Cに予熱したオーブンで約10分焼く。

第８話

「爆モテ女の
本気の
おせち」

ねえ神様、記念すべき三十歳の日にわざわざ、こんな絶望的なニュースを知らせなくたってよくないですか。

ねえ？　私今まで結構、がんばってきたと思うの。必死に毎日働いて、「雨宿り」のお客さんだって増えた。本当は、もっと素敵な誕生日になるはずだった。

なのに……なのに！

恭平が結婚した、なんて。よりにもよってなんで今日、知らなきゃなんないのよ！

私が運悪くその事実と衝突してしまったのは、ついさっき参加してきた女友達との忘年会でのことだった。「もー本当最悪だったの聞いてよ！」という前口上からはじまった恭平との別れ話は今日一番の盛り上がりを見せ、「何その男！」「最低！」というみんなの合

第8話
「爆モテ女の本気のおせち」

いの手でどんどん調子が出てきた私は、「あいつ今何してるか見てやろう!」と、しばらくミュート設定していた恭平のSNSをついに解禁してしまったのである。

にわかには、目の前にあるその写真が現実だとは、信じられなかった。

シルバーのタキシード姿の恭平が、そこにいた。

まだ私と別れてから一年も経ってないはず。いつの間に？　どうして？

私が結婚の話を匂わせたときは、毎回はぐらかされたのに？

四年付き合っても結婚したいと思ってもらえなかった自分と、たった数か月付き合っただけで結婚を決意させた、この女の人。

やらない方がいいと頭ではわかっているのに、惨めな気持ちになるだけだとわかっているのに、ウエディングドレスを着たその人と、自分を比較してしまう。

恭平の隣に立っていたのは、いちご大福を連想させる、幸福の象徴みたいに丸い頬と、白くてほっそりとした二の腕が目立つ、いかにも性格の良さそうな人だった。正直、意外だった。恭平は昔から、目が大きくてはっきりした顔がタイプだと言っていたからだ。

その「タイプ」に当てはまれるように私は、自然に目を大きく見せるカラコンをして、まつげパーマもして、鼻筋が細く見えるようなシェーディングのやり方もマスターした。

でもその彼女はむしろ、凹凸がなくたぬきみたいな顔だった。薄化粧でカラコンもしていなかった（友達とみんなで拡大して検証したので間違いない）。結婚式という、一生残る写真を撮る場で「気合いを入れない」という選択ができるというその事実だけで、この人と自分との圧倒的な差を見せつけられた気がした。

「ハー、なんだかんだ、こういう子が一番モテるのよね」

友達が何気なく言ったその言葉と、ウエディングドレスからのぞく細い二の腕が、脳裏に浮かんでは消える。

かじかんだ足を、なんとか一歩、また一歩と前へ踏み出す。頭の中はぼんやりとしながらも、体は機械的に「雨宿り」へと向かっていた。ここ数日雪の日が続いていたせいで、硬くなった古い雪と水っぽく新しい雪が入り混じり、歩道は灰色のシャーベットで埋め尽くされていた。

ショックを受けている自分に、一番ショックを受けていた。

もう吹っ切れていると思っていた。「雨宿り」でいろいろな人の話を聞いて、人が失恋を乗り越える瞬間に、何度も立ち会ってきた。心の傷を抱えながらも強く生きる人たちの姿を見てきた。「あなたは大丈夫」と励ましさえしてきた。

でも。

ふわりと突然、カレーのにおいが鼻をさした。カレールーを使った、普通のカレーだ、たぶん。どこかのおうちは今日カレーなんだろうなと、住宅街の中を歩きながら思う。

第8話
「爆モテ女の本気のおせち」

「元カレが好きだったカレー、かあ」

ポケットに手を入れてつぶやくと、白い息がもくもくと闇に吸い込まれていった。

この一年、がんばってきたけど。

いつか恭平が私のことを見つけて後悔してくれるかもって、「このカレー、桃子の味だ」って気がついて、あいつ、やっぱりいい女だったなって、別れなきゃよかったなって、悔しがる顔を一目見れたら、ちょっとは私のこの気持ちも、救われるんじゃないかって。

私は後悔させることで頭がいっぱいだったのに、恭平はもう私のことなんてどうでもよくて、とっくに他の女の子と出会って、恋愛して、デートして、プロポーズまでしたんだ。

別によりを戻したかったわけじゃない。もう一度やり直したところでうまくいくとも思えなかった。

じゃあ私は、どうしてこんなに、ショックなんだろう。

角を曲がって路地に入ると、一気にしんと静かになる。イヤホンを外して、空気の音に耳を澄ませる。きいん、と耳の奥で、少しだけ風が揺れた気がした。

ほろりほろりと、小さく雪が降る。ウールのコートの上に小さな雪のかたまりが落ちて、すっと溶けて消えた。

足を止め、暗い冬の夜空を見上げる。

「やっぱり、そうだよね……」

今日こそお前の番だぞと、空から直接、指名されたような気がした。

まだ埋葬しきれていなかった「何か」が、心のずっと奥底にあるんだ、きっと。

「よし」

もう一度、埋葬委員会で話をさせてもらおう。

今度こそこの恋を、終わらせるんだ。


「わあ、こんばんはー。お邪魔してますっ」

たのもー！　と、道場破りよろしく「雨宿り」の扉を開けた私の前に立っていたのは、色素の薄い瞳をした女の子だった。

あ、あれ？　今日は予約もなかったし、年末だから飛び込みの相談者さんもいないだろうと思ってたのに。

「えー、桃子さんめっちゃかわいいっ。やっぱり素敵やぁ」

はちみつ瓶の中をとろりとかき混ぜているような声で言いながら、ずいと私に近づいてくる。関西の人だろうか。私より背が低いからか、少しだけ上目遣いになった。

「うわ、めっちゃ濡れてるやないですか、風邪ひいちゃう。店長さーん、タオル借りますね？」

そう言って彼女は、店長の返事も待たずにカウンターの中に入りタオルを取って、雪で濡れた私の頭を拭こうとする。

なに、なんなの、さっきからこの「勝手知ったる」感じ。「雨宿り」のスタッフにこんな人いたっけと錯覚してしまいそうなほど、さも当たり前のように店内を動き回っている。

「おお、ももちゃんおかえりー。今日はゆっくりできた？」

「あ、店長……」

カウンターの中から店長がひょっこりと顔を出してきて、少しだけほっとする。

「そうや、聞きましたよ。お誕生日、おめでとうございますっ。事前に聞いてたらなあ。もっといいものもってくればよかったです」

彼女は悔しそうにこめかみを掻きながら、ちらりとテーブル席のほうに目をやる。すでに黒田さんがお箸の準備をしているそこには、重箱が三つ、綺麗に並べて置かれていた。

「お、おせち……？」

黒豆、栗きんとん、数の子、伊達巻など定番のものから、ローストビーフ、豚の角煮まで入っている。にんじんの飾り切りは職人芸かと思うほどで、一枚一枚の花びらが立体的に表現されていた。

「これ……手作りですか？」

「えへへ、これなんです。あたしの元カレごはん」

少しだけ照れ臭そうに、彼女ははにかんだ。

彼女の名前は、深見《ふかみ》しおり。顎のラインで切りそろえられたボブカットがよく似合っている。フリーのカメラマンとして活動しているらしく、首からは重そうな一眼レフカメラを提げていた。ざっくりとしたニットのカーディガンに、古着屋さんかどこかで買ったのだろう、レトロな模様がプリントされたワンピース、それからドクターマーチンのブーツを履いている。笑うとにっと二本の八重歯がのぞき、一気にあどけない印象になる。私より二つ下の二十八歳だそうだが、正直、大学生くらいにしか見えなかった。

駅の反対側に住んでいるご近所さんで、埋葬委員会のことも前から知っていたらしい。

「今日ヒマやったし、一人で時間持て余してたし、それならちょうどええやんと思って」

標準語の中に交ざる関西弁。少しだけ舌ったらずな話し方。人の懐にするりと入ってくる、この絶妙な距離感。私が「雨宿り」に来た時点で、空気は出来上がっていた。今だってそうだ。まるでずっと前から店長や黒田さんと顔馴染みだったみたいに、きゃっきゃと大きな声で笑い、軽口を叩き合っている。

笑顔が引き攣っていくのが、自分でもわかった。

「ヒマつぶしで参加するような会じゃないんですけどね……」

第８話
「爆モテ女の本気のおせち」

「ん？　結城さん、何か言いました？」

ほとんど無意識につぶやいていた。はっと我に返る。いかんいかん。今日はただでさえくさくさした気分だ。注意していないと、嫌な女になりかねない。

「今年最後の埋葬委員会だし、飲んでいいよね？」

そうこうしているあいだに、キッチンから店長が飲み物と食べ物をどっさり抱えてやってくる。今日は体の芯まで凍るような寒さだ。なるべく立ち上がりたくないのだろう。キッチンへの往復が少なくてすむように、おつまみセットまで持ってきたせいで、テーブルの上はいっぱいになった。

「わあ、すてきー。あたしも結構飲めるクチなんで、どこまでもお付き合いしますよ？」

彼女は、取り皿とお箸をぱっぱと手際よく分け、私のグラスにすぐさまビールを注ぐ。

ああ、窓際に座るんじゃなかった。動きにくい。

「ごめんなさい、やってもらっちゃって」

「いいえー。お誕生日の人にやらせるわけにはいきませんから」

お箸とおしぼりを配ったり、水を注いだり、空気を盛り上げたり。本当は全部私がやるべきことなのに、今日は全部、この子がやってくれている。

なんか……なんか、めっちゃ疎外感あるんですけど！

しかも最悪なことに、この子よりにもよって、恭平の結婚相手に似ているのだ。たぬき顔で、色白で、頬が丸い。薄化粧で、たぶんすっぴんとほとんど変わらないだろう。結局こういう子には、私は一生勝てないんだよな……。

ああ、まずい。自分でもわかるくらい、はっきりと落ち込んでいる。

冷静になれ。落ち着け。切り替えろ。せっかく来てくれた、大切な相談者さんなのに。

こんなふうにすぐ嫉妬しちゃうからどうせ私は――。

「あの、桃子さん?」

何を飲もうか吟味していたしおりさんは、ふいにグラスを置いてこちらを振り向いた。

私の方へとまっすぐに体を向け、じっと間近から見つめてくる。

「もしかして今日、何かつらいことでもありました?」

やばい、顔に出てた?

「そ、そんなこと……」

頬を上げろ。口角を上げろ。脳は必死に指示を出しているのに、顔の筋肉は言うことを聞いてくれない。笑顔を作ろうとしても、歯茎のまわりがこわばっているのがわかる。

「なんか、ちょっとだけしんどそう? に見えちゃって。あっ、あたしの気のせいやったら、ごめんなさいなんですけど」

どうして、気づいてくれちゃうの。

店長でも黒田さんでもなく、どうしてあなたが最初に気づいちゃうの。そしたらもう、

第8話

「爆モテ女の本気のおせち」

あなたが「素敵」ってことの証明がさらに増えて、ますますみじめになっちゃうじゃないか。

いやあ、全然、大丈夫ですよ。

はやくしおりさんの話、聞かせてください！

頭の中ではそう言っているのに、口は勝手に、まったく違うことをしゃべり出していた。

「好きな人が、好きだった人が……結婚、しちゃって」

つんと、鼻の頭が痛くなる。

「もう一年経つのに……なんでこんなにつらいのかも、わから、なくて」

声が震える。ずっと我慢していたもやもやのかたまりが、一気に吐き出されていく。

「ごめ、なさい、せっかく来てくれ……うっ、話、あるのは、しおりさん、なのに」

「そっかそっか、それはつらかったですね。よしよし」

しおりさんは、泣き出した私をためらいなく抱きしめた。ローズとミルクが混ざったような、なめらかないい香りにふわりと包まれる。そうか。しおりさんは、泣き出した人を躊躇《ちゅうちょ》せず抱きしめられるタイプの人なんだ。

その温もりに絡まれながら、ぼんやりと、思う。

ああ、私もそっち側の世界に生まれたかったなあ。

人の懐にすっと入ってくる感じも、楽しい空気を作るのがうまいところも、何も考えてなさそうに見えて、実はまわりをちゃんと見ているところも。

　こういう人に生まれていたなら、私は……。

「ああ、ほんとごめんなさい。いきなり会長が泣くとか、びっくりしますよね……？」私は顔を離し、鼻水をおさえながら頭を下げた。しおりさんがティッシュを渡してくれる。

「誰だって、元カレの結婚はショックですよっ。あたしも昨日は大号泣してたんで、むしろ共感しちゃいました」

「え、昨日……？」

「昨日、五年好きだった人とお別れして。まあ、ずっと別れたほうがいいんだろうなーって思ってはいたんです。でもずるずる付き合ってて、結局タイミングが昨日になっちゃって」

「ええ……じゃあ、今、ものすごくしんどいんじゃ」

「このおせちも、本当はお正月に、元カレと一緒に食べる予定で準備してたんです。でも食べさせる前に別れたので、一人じゃ食べきれないしと思って、持ってきちゃいました」

　そ、そ、そういうことだったの？

　ってことは「ヒマだった」っていうのも、本当は彼との予定があったけど、別れたことで急遽《きゅうきょ》時間が空いたからって意味？

　きっとつらい思いを色々抱えていたのだろう。本当は二人で過ごすはずだったお正月。

第8話
「爆モテ女の本気のおせち」

一生懸命作ったのに、食べてもらえなかったおせち。それほどにきつい思いをしながらも、明るく振る舞い、あげく泣き出した初対面の女の面倒まで見てくれるなんて……。

「いやいやいや！　ごめん！　ほんとごめん！　先に言って！　マジでごめん！」

こんないい子に、私はなんて嫌な感情を持ってしまったんだ！

「ごめん！　許して！　ヤバい人じゃん私！」

「ずっとヤバい人ですよあなたは」

「あはは、桃子さんおもろいなあ。大丈夫ですって、今日は慰めあいましょ？」

彼女はにっこり笑って缶ビールのプルトップを開ける。

というわけで、いつもよりだいぶ遅れて私たちは乾杯をしたのだった。


しおりちゃん（と呼んでくださいと言ってもらえた。さん付けは照れるらしい）が付き合っていたお相手は、藤本《ふじもと》くんというらしい。五年ほど前に、同じカメラマン事務所にインターン生として入ったのがきっかけで知り合ったそうだ。

写真も見せてもらったけれど、なかなかのイケメンだった。長くてくしゃっとした髪の毛も、口髭もよく似合う。ちょっと影がある感じで、色っぽい雰囲気だ。

「あたしは結婚したかったんですけどね、藤本くんはそういう気がなかったみたいで。なんですかねぇ、あたし、男の人をダメにしちゃうみたいなんです」

意外だった。これだけコミュニケーション力が高いのだから、恋愛でもうまく立ち回れそうだけれど。

「しおりちゃんみたいな子でも、恋愛には不器用なんだね……。わかる、わかるよ」

私は、しおりちゃんの手をがしっと握りしめた。今度はまた、別の涙がじゅわりとにじんでくる。みんな、いろいろな苦労を抱えながらも、がんばって生きてるんだなあ。

「私のこと好きなの？　って、不安になって問い詰めちゃったりするよね。わかる」

「あー……？　うん。あるある。ありますよねっ」

「気づいたらいつも重い女扱いされて『ちょっとしんどいわ』とか言われたりするよね！」

うっ、思い出したらまた涙が出てきた。

「わ、わかる～。うん。わかります！」

「それからそれからさ、彼の部屋にこっそり――」

「ちょっと待った！」

こんこんこんこん、と甲高い音がした。何かと思えば、店長がウォッカのボトルを箸で叩いていた。黒田さんがうるさそうに耳を塞ぐ。

「ももちゃん、いったんストップ」

「へ？」

「しおりちゃんさ、遠慮しなくていいんだよ」

第8話
「爆モテ女の本気のおせち」

遠慮？　なんのこと？

「君、本当はめちゃくちゃモテるでしょ？」

すうと、しおりちゃんが息をのんだのがわかった。

店長としおりちゃんの間に、何かを探り合うような、じりじりとした緊張が走る。

「いややなあ、そんなことないですよ。全然モテないですよっ」

顔の前でぶんぶんと手をふるしおりちゃんを見て、店長は軽くため息をつく。

「ももちゃんが落ち込んでるから合わせてるのかもしれないけど、本当に話したいことは別にあるんじゃないの？」

店長はまばたきもせず、まっすぐにしおりちゃんを見つめて言った。

「そういうの全部さらけ出さないと、埋葬できないよ。取り繕うための会じゃないから。取り繕ってた今までの自分を脱ぎ捨てる会だから」

思わず、しおりちゃんを見てしまった。そのままの姿勢で固まっている。

「し、しおりちゃん？　大丈夫……」

私が肩に手をかけたその瞬間、しおりちゃんは、バッとソファの上で頭を下げた。

「桃子さん、ごめんなさい！　あたし、めっちゃモテる女なんです！」

「……えっ。えええええ!?」

じゃあ、店長が言ってたこと当たってるの？

「彼氏途切れたことないし、学生時代からずーっと、クラスで一番かっこいい人と付き合ってました。狙った男は絶対に落としますし、正直死ぬほどモテます。ごめんなさい！」

「いやどんな謝り方よ！」

「外資系コンサルの超ハイスペック男子にプロポーズされて断ったくらいモテます。不安になって問い詰めるどころか問い詰められる側です。付き合った男の子みんなあたしに沼りすぎてダメ男になっちゃうんです。ガチのモテ女なんです。ごめんなさい！」

「ちょっと待って、あんた謝る気ある⁉」

ってていうか、男をダメにしちゃうってそっちの意味だったの？

「俺と同じ匂いするなって思ったんだよね。要するに、失恋直後の駆け込み寺的に『雨宿り』に来たはいいけど、埋葬委員会の会長であるももちゃんに気に入られなかったらヤバいって必死だったんじゃないの。だから下手に出て、合わせるようなことばっか言って」

しおりちゃんはムッと頬をふくらませて店長を睨みつけた。

「なっ、なんやのこの人……。そっちこそずるいわ騙されたふりしちゃって！　言っとくけどあたしはあなたみたいに顔で勝負してへんで！　技術を磨いてここまで来たんや！」

「へえ？　そこまで言うなら、さぞかしすごいモテ理論でもお持ちなんだろうね？」

モテる男女代表、店長としおりちゃんとのあいだには、何やら同族嫌悪的なものがあるようだ。二人に挟まれた黒田さんが、助けを求めるようにこちらを見てくる。

「モテる人同士を戦わせるとこうなるんですね。危険だということがよくわかりました」

「……そうだね。でもなんか、涙が一気に引っ込んだわ。悩んでた自分がバカらしくなってきたよ」

「それは何よりです」

夜は深《ふ》け、雪もますます強くなってきた。明日は灰色の雪の上に、さらにまた新しい雪の層ができるのだろう。

ウォッカの瓶と箸を手に取る。ヒートアップするモテ男とモテ女の争いに、今度は私がストップをかける番だった。


「さあ、こうなったら全部吐いてもらうよ」

空いたグラスになみなみとビールのおかわりを注ぎ、しおりちゃんの前に置く。

「どうすればモテるのか教えなさい！　教えてくださいっ！」

あの店長が「めちゃくちゃモテる」と言うのだから、この子が真のモテ女であることは間違いないのだろう。黒田さんが人見知りしなかったのも、モテテクニックを駆使したからだと考えればうなずける。

でも、私の中にはまだ一つの疑問が残っていた。

というのも、しおりちゃんははっきり言って、いかにも「モテる女」という風貌ではないのだ。だって、服も古着系なんだよ？　靴はパンプスじゃなくてドクターマーチンだよ？　男ウケから真逆の方向に行っているようにすら思える。

「どうすればモテる、か……。まあ、いろいろあるけど」

しおりちゃんは、ごくごくとビールを飲み干す。景気のいい飲みっぷりだった。上唇にうっすらとついた泡を、子猫みたいに小さな舌でぺろりと舐める。

「うちらみたいな一般的な外見の女子が、狙った人を確実に落とす方法って、ぶっちゃけ、一個しかないんですよ」

「え……な、なに!?　教えて！」

しおりちゃんは、びしっと人差し指を顔の前に立てて言った。

「女を、出さないこと。これに尽きる！」

「は……はあ？」

「とにかく、女に嫌われる女になったらダメ。女を敵に回すと絶対モテません」

「……まじ？」

「マジですよ。大マジ。どんなに美人でも、おっぱいが大きくても、女を警戒させる女は本命にはなれない。モテてきた男ほど最終的には、自分で自分の機嫌をとるのがうまくて、

第8話
「爆モテ女の本気のおせち」

かわいげがあって、みんなが口を揃えていい子って言うような子と結婚するやろ?」

どきっとした。さっき見たばかりの、ウエディングドレスの写真が再び蘇る。たしかに、筋が通っているようにも思えるけれど、信じたくない気持ちのほうが上回り、反論できる素材を必死に探してしまう。

「で、でも、ほら、合コンとか、そういうときはどうするのよ? アピールしなくても気に入ってもらえるなんて、それこそずば抜けた美人だけじゃん」

ふと、ボウルに入ったシーザーサラダが目に飛び込んでくる。店長のおつまみセットのうちの一つだ。そうだ、これだ。

サラダのボウルを、しおりちゃんにずいと差し出す。

「しおりちゃんは、合コンでサラダを取り分ける女? 気に入られるには、どうするの?」

お手並み拝見だ。トングと取り皿も合わせて、しおりちゃんに手渡した。

モテ女代表選手はしばらく黙ってサラダを観察していたが、突然スイッチが入ったように、

「わー、きたきた、おいしそー! みんな食べるやんな? はー、お腹すいたー」

と言って、ざざっとサラダを取り分けはじめた。

その瞬間、桜の花びらをのせた春風がブワッと勢いよく駆け抜けたような気がして、私は思わず窓の方を振り返った。けれどもちろんガラスの向こうには、十二月の夜らしい白

黒の景色が広がっているだけだった。すごい。なに、なんだ、今のは。自分の心臓を鷲掴みにされ、しおりちゃんの方へぐいーっと引っ張られたみたいだ。

しおりちゃんはあっという間に私たち三人にレタスとクルトンの盛られた小皿を手渡し、いただきまーすと自分でも一口食べてから、「おいしいなあ」と軽く首を傾げ、黒田さんにほほえみかけた。

「ウッ……」と、黒田さんが胸をおさえてかがみこむ。

「ちょっと大丈夫⁉ やられた⁉ やられたのね？」

「あ……突然息が、苦しく……」

いや、わかるよ、黒田さん。だって、今の「おいしいなあ」の威力といったらない。もはや感動すら覚えるレベルだ。おっとりとした関西弁は耳に心地よく、かといってあざとすぎるわけでもなく。人間のメンタルに良いホルモンか何かを分泌させる効果があるに違いない。「おい」と「しい」と「なあ」の音程を科学的に解析してほしいくらいだもん。

そしてしおりちゃんは、ふうと一息ついて、トングをボウルに戻し、

「……どやった？ かわいい？」

と、元の調子で言った。

どうもこうもない。気がつけば私の手は、勝手に拍手をはじめていた。まるで一つの舞台を見終わったときのような、不思議な爽快感があった。

第8話
「爆モテ女の本気のおせち」

「すごかった。私、サラダ取り分けてます！　っていうアピール感が全然なくて。かといって気の利かない女って感じでもなくて。もうね、あなたに譲るわ」

私がそう絶賛すると、しおりちゃんは、ふふんと誇らしげに、また新しい缶ビールを手に取った。

「私に注がせてください、師匠！」私はその手からあわてて奪い、プルトップを開ける。

「でもさ具体的に、どうやって付き合うところまで持っていくわけ？」

真のモテ女たちはどうやって意中の相手をゲットしているのか、ここまできたら徹底的に教えてもらいたい気持ちになってきた。

「うーん、そうやなあ」

しおりちゃんは、グラスのふちについた口紅をさっと親指で拭う。そういう何気ない仕草は、しっかりと上品だった。やっぱり、完全に女を捨て切っているというわけでもなさそうだ。はあ、どうして私にはこれができないんだろうか。「女を出しすぎて警戒される」と「ガサツで女らしさゼロ」の反復横跳びしかできず、ほどよい中間地点に行く方法がわからない。「気さくで話しやすいのに、よく見ると女らしくて上品」でなんで立ち止まれないのよ私は！

「まずは、好きな人の一番の友達になる。異性なんだけど、一番話せる友達。『面倒な飲み会も、この子がいるなら行きたい』とか思われるくらいの関係になる。とにかく精神的に入り込むんですよ」と、しおりちゃんは熱弁した。

せいしんてきに、はいり、こむ。私は近くにあったポストイットに、しおり語録を必死にメモする。

「このとき大事なのが、決して女を捨てないこと。もちろん、いきなりボディタッチとか女を全面的に出すのはご法度なんやけど、かといって、ガハハって大口開けたり、指毛がふぁっさー生えてるのは絶対アウトな。女を出さず、でも女を捨てない。このバランスが難しいねん」

私は、ほとんど反射的に自分の指を隠した。やばい、最近ちゃんと処理してなかったからちょっと生えてた気がする。

「アピールするとしてもまずは、体を彼の方に向けるとか、その程度やな。あとは、仕草を上品にするとか、ふんわりした話し方にするとか」

「でもでも、女友達がいきなりおしとやかになったら、キモくない？」

「どかーんと出すか出さへんかの二択に自分を追い込むからキモくなるんですよ。ちょっと上品でエレガントにするくらいでキモってなるわけないやん」

「その中間ができないから困ってるのよー！　美人でもないし！」

しおりちゃんは、おつまみのスルメを両手で持ってぶちっと噛みちぎる。

「あと、さっきから美人がどうとか言ってるけど、男って、思ってるほど見た目を重視し

第8話
「爆モテ女の本気のおせち」

てへんと思うで」

「……う、うそ。それは嘘よ。さすがに。重視してるよ！」

何言っちゃってるの？　男の人は見た目重視だし、見た目がタイプじゃないと恋愛対象にすらならないって、そんなの常識中の常識じゃ……。

「いや、あながち、間違ってない」

今度は、黙って話を聞いていたもう一人のモテる派が割り込んでくる。

「『こういう雰囲気の子がタイプ』とかはあるよ、もちろん。『性格さえよければいい』ってわけじゃない。ただ、なんていうのかな……。女性の女性に対する視力が一・〇だとしたら、男の女性に対する視力って、〇・一くらいしかないんだと思うんだよ」

「あーっ、そう！　それや！　それそれ！」

……え？

「だからさ、見た目を気にしてるのは間違いないんだけど、女性ほどくっきりいろんなものが見えてないんだよ」

「見えて、ない？」

「かわいいに対する視力が極端に低いんだよ。全部ぼやけてるわけさ。だから髪型はもちろん、メイクを変えても気づかないし、洋服だってよくわからない。なんとなくかわいいな、とか、なんとなく美人だな、とかしか見えてないんだよ。よっぽどおしゃれな人とか、俺みたいに目が肥えてるとかじゃなければね」

う、嘘でしょ？

「黒田さん、そんなことないよね？　細かいところ見てるよね？　私、今朝髪切ったんだけど、気づいたよね？」

一縷《いちる》の望みを託して、黒田さんに縋《すが》り付く。

「……あ、ああ。そういえばうしろの方、ちょっと短くなったような……？」

「前髪だよ！　前髪！　ぱっつんにしたのに！」

「ももちゃん、俺はちゃんと気づいてたよ」

「だから、それは店長さんが目の肥えた男やからやろ？」

嘘だと言ってくれ。こんなに変わったんだから、さすがにイメチェンした感出るかなと思ってたのに、気づいてすらいなかったなんて。

「せやから、話を戻すと」

魂が抜けたように呆然としている私の頬を、しおりちゃんがぺちぺちと叩く。

「視力〇・一なんやから、髪とか肌とか面積でかいとこ綺麗にしとったら大丈夫。ぼんやりかわいい枠に入れてたらそれでＯＫで、あとは、居心地がいいかどうか勝負やねん」

「でもさ待って、一つ質問」私ははっと気を取り直して手を挙げた。「一度友達枠に入ると、もう恋愛対象から外れた感じになるじゃん？　私なんて大体『俺、気になってる子いるんだよね』って、恋愛相談までされちゃうもん」

「えっ、桃子さんそこで諦めるん？　もったいな」

共感してくれるかと思いきや、しおりちゃんは予想外の反応をする。

「そりゃ、諦めるでしょ？　相手には好きな人がいるんだから」

「ううん、むしろ恋愛相談されたら脈あり。私の統計では、八十％の確率でいける！」

しおりちゃんは、パンと勢いよく太ももをはたいた。

「……いや、それはさすがにないでしょ」

「ある」

「ない」

「あーる！　ええか、桃子さん」

しおりちゃんは私の手をギュッと握り、薄茶色の瞳でじっと見つめてくる。

「人に『付き合ってください』って申し込むって、よっぽどのことやろ？　拒否されたら怖いやんか。せやから、恋愛相談したときの反応を、男の子は見てんねん。つまり、『気になってる人いるんだよね』は、『俺、お前に告白するか迷ってるけど、お前は俺のことどう思ってんねん？』と同義なんです」

そ、そんな。そんなバカな。

巨大な鉄のとんかちで、頭をごーんと叩かれたような衝撃が走った。

「恋愛相談された瞬間に女捨てて、無駄にガサツになったり、やけになって今までとは違う行動とるから『脈なし』になんねん。勝負が決まるのは恋愛相談された瞬間やない。そのあとの言動ですべてが決まるんですよ」

息が、止まるかと思った。

恋愛相談されたとき、自分はどうしていただろう。簡単だ。考えるまでもない。「そうなんだ、うまくいくといいね！」と、全力で応援するのだ。これ以上その人を好きでいるのがつらいから、女らしく見せることを封印した。「友達枠」に入り切っているくせにまだ「女枠」に入ろうともがいている感じがすごくみっともなく、恥ずかしく思えて、スナイデルをユニクロに、カシスオレンジをビールに変えた。

だけどもしかして、諦めなくてよかった恋が、あったのだろうか。「脈なし」の札をあげたのは、片想いしていた彼ではなくて、私だった、ってこと？

「し、しおりちゃん……いや、しおり先生だったら、なんて返すの？」

最後の力を振り絞った私の問いに、しおりちゃんの目が、くるりと動く。

「気になってる人もええけど、ここにもおんで？　ってニコッて笑えば、だいたいいけますよ」と、いかにも楽しそうに自分を指さした。

「ウッ……」

今度は黒田さんではなく、私の方が先に撃ち抜かれてしまった。ああ、完敗だ。

第8話

「爆モテ女の本気のおせち」

「これだけ男心を理解してるのにさ、なんで藤本くんとの恋愛はうまくいかなかったわけ？」

レンジで温めなおした筑前煮《ちくぜんに》をテーブルに出すしおりちゃんに、私は聞いてみた。もはや謎だった。これほどの技術を以《もっ》てしてもうまくいかないって、どういう状況なの？

「なんでやろな。そもそも本当は、藤本くんのこと好きになるつもりじゃなかったんですよ。全然タイプじゃないし。あたし、基本的にハイスペ男子としか付き合わへんから、二十七で脱サラしてカメラマン目指すような人、眼中になかったもん」

藤本くんは完璧主義で、撮影のたび、機材の使い方やモデルさんとのコミュニケーション、構図やライティングにいたるまで、いちいちダメ出しをしてきたらしい。

「もう、ほんっまに嫌いやったわ。ワンパターンだの、ポージングの指示もっと出したほうがいいだの、うるっさい！　って感じ。あたしにはあたしのやり方があるんやからほっといてよ！　って、いっつも喧嘩してたなぁ」

「それでよく好きになったね……」

「テクニックは使わなかったんですか？」

「効かなかったんですよ、それが！」

しおりちゃんは、おせちを四人分の皿に取り分けながら言う。

「あんなにびくともしない人、はじめてでした。まあ、あとからわかることなんやけど、藤本くんって家族といろいろあってほぼ絶縁状態みたいな感じで、誰にも頼らずずっと一人で生きてきたような人やったんです。せやから、人との距離の取り方がよくわかってなかったみたい。あ、これ遠慮せず食べてな」

いつのまにか手元には、綺麗に盛り付けられたおせちがあった。栗きんとん、伊達巻、数の子。それから、別皿の豚の角煮。相当時間かかってるだろうなあ、これ。

とろりとした角煮は口の中に入れるとほろりと解け、ほのかに生姜の香りがする。分厚いブロック肉の中までしっかりと味が染み込んでいた。

「でも、大嫌いってとこから、どうして好きになったの？」

「インターン先の師匠が、写真展やることになったんです。その運営担当がうちら二人やったから、協力せざるを得なかった。会期中ほとんど毎日ずーっと一緒やから、だんだん仕事も阿吽《あうん》の呼吸でこなせるようになってきて」

しおりちゃんは、綺麗な箸づかいで、数の子を小さく切って食べる。

「あたしの家、事務所から遠かったこともあって、藤本くんの家に荷物置いててん。カメラ機材もたくさん持ってたから、だんだん藤本くんの家で作業するのが日常になって。自

第8話
「爆モテ女の本気のおせち」

主練とかもよく一緒にしてた。それが……半年くらい続いたかなぁ」

私は気持ちを落ち着かせるためにビールを飲んだ。だんだんドキドキしてきた。

「もしかして、そのままセフレになっちゃったとか？」

私がおそるおそるたずねると、しおりちゃんは、うんざりした顔でため息をついた。

「逆や。その逆」

「逆？」

「なーんもなかったの！　半年のあいだ。ずっと寝泊まりしてたのに、なんもなし！」

「ええ!?　二十代の男女が、二人で同じ部屋にいて？　でもまあ、ベッドと床で別々に寝てた、とかならありえるか……」

「いや、シングルベッドで一緒に寝てたで」

「ええ!?」

もう、さっきからあんぐりと口が開きっぱなしだ。ほっぺたの筋肉が痛くなってきた。

「仕事終わって、一緒にごはん食べて、写真のレタッチとかデータの整理とかして。そのままベッドに入って爆睡。また次の日は事務所に行って仕事。そのくり返し」

しおりちゃんは、飾り切りしたしいたけをもぐもぐと食べながら話す。

「この人どういうつもりなん？　って、もう、わけわからんかった。職場の同僚っていうか……戦友としてめっちゃ仲良いし、一緒にいて居心地がいいのは間違いない。たぶん藤本くんも、あたしのこと信頼してくれてるんやろなーって感じてた。でもここまでなんもないと、あたしのこと女としてまったく見てへんちゃうかって、なんや、腹立ってきてん。だって、この深見しおりが四六時中一緒におんのにやで!?」

「その自信を半分でいいから分けてほしいよ……」

私だったらきっとすぐに心折れる……いや、そもそも男友達と半同棲する、みたいな状況にすらならないか。ならないな、絶対。

「せやから、勝負しかけることにしたんです」

ごくんとしいたけを飲み込み、しおりちゃんはにやりといたずらっ子のように笑った。

「し……勝負？　何よ、何したのよ」

「全裸でベッドに飛び込みました」

「げふげふっ、ごふっ！」

ものすごい勢いでむせた黒田さんに、あわてて水を渡す。「大丈夫？」

「大丈夫です……ごふっ。すみません。もっと頭脳戦的なものかと思っていたので」

「しゃーないやろ。これ一応、苦肉の策やったんやで？　これまでのモテ人生で有効だったどんな方法も効かへんから、もう手札がなかったんですよ。最後の手段や、これでだめなら諦める！　って感じで、すっぽんぽんで体当たり」

また黒田さんが咳き込んだ。

第８話
「爆モテ女の本気のおせち」

「それで、結局その体当たり作戦は成功したわけ？」

店長は、空になったビールの缶をゆらゆらと揺らす。

「まあ……一応？」と、しおりちゃんは曖昧に首をひねった。

「一応って何よ」

「エッチしたの？」

ダイレクトに訊《き》く店長に、しおりちゃんはちょっとだけ気まずそうにうなずく。

「でも、そっから何も変わらなかったんです。好きとか、付き合おうとかも特になし。今までどおり一緒に仕事するし、お互いの撮影のフォローもする。ごはんも三日に一回は一緒に食べる。変わらない日常。セックスするかしないか、それだけの違い」

「それ、は……」

恋人？　体だけの関係？　いや、ずっと一緒にいて親友みたいな関係なわけだし、体だけの関係ってことはないか。

ふと、テーブルの上に広げられた豪華なおせちが目に入った。

「でも、お正月は毎年一緒に過ごしてたんだよね？」

「せやなぁ。ここ二、三年は毎年同じ。初日の出撮りに行こうって、徹夜で山登って、写真撮って、家帰って爆睡して。お昼くらいに起きて、こたつでぬくぬくおせち食べて……イベントごとのときはいっつも、そんな感じやったで。春は新宿御苑の桜、夏は夕焼けの海、秋は京都まで行ってもみじ撮ったりもしたなぁ。機材背負ってさ、もう、三脚とかストロボとか傘とか、ほんま重いねんあれ。せやから正直全然、デートって感じじゃなかったけど……」

しおりちゃんは少しだけ寂しそうに、しんしんと降り積もる外の雪を眺めていた。

「楽しかった。毎日、めっちゃ楽しかった。藤本くんといると」

結局、ちゃんと「付き合おう」とはひとことも言わないまでも、当たり前のように一緒にいる関係が、昨日に至るまでずっと続いていたらしい。けれど、どうしても越えられない、うっすらとした膜みたいなものが、藤本くんとのあいだにはあったそうだ。

そろそろ酔っ払わないと話せなくなりそうだからと、しおりちゃんはついに店長にテキーラを要求した。とっぷりと注がれた茶色い液体に、くらっとする。鼻を近づけると、ぷんときついアルコールの匂いがした。しおりちゃんに付き合って、店長と私も一緒にテキーラを飲むことになった。

「いくで？　せーのっ」

ぐいっと一気にショットグラスをあおり、みんなで同時にレモンをかじる。ああ、なんだかめまいがする。しおりちゃんはくーっと顔をしかめ、熱くなった喉をぱたぱたと扇いだ。

第8話
「爆モテ女の本気のおせち」

「あたしな、プロポーズしたんですよ。藤本くんに」

あまりに当たり前みたいなテンションでしおりちゃんが言うものだから一瞬聞き逃してしまったけれど、え、今、なんて。

「プロポーズ⁉」

しおりちゃんはチェイサー代わりに、氷が溶けて薄まったハイボールを飲んだ。少し、まぶたのまわりが赤くなっている。

「何年目かのあたしの誕生日に、でっかいホールケーキ買ったんですよ。それと一緒に、藤本くんが写真撮ってくれたんです。部屋も散らかってて生活感すごいし、どすっぴんだし、けろけろけろっぴのヘアクリップとかつけてたんやけど、めっちゃいい写真で。なんやこれ、顔うっす！　とか言いながら爆笑してるときに、こう……」

記憶を辿るように、しおりちゃんは笑う。

「……好き！　ってなって。気づいたら『結婚して！』って口から出てたんです」

あはは、なんやろなー、あたし恋してましたよねぇと、照れ臭そうに頭をかく。

「そしたら、彼はなんて？」

店長が身を乗り出して訊くと、しおりちゃんは少しうつむいた。

「……怖い、って。怖いって、言ったんです。あたしといるのが」

視線は、ぼんやりとテーブルの上にあった。

「お前といると、ダメになる気がするって。意味わからんかった。こんなに楽しいのに怖いってなんやねんって。結局そっから大喧嘩になって、しばらく会いませんでした」

あー、思い出したらムカついてきた！　と、しおりちゃんはまたテキーラをくっとあおり、レモンをかじる。喉から、はあ、と大きなため息がこぼれた。

「ムカつきすぎて、他の男の子とデートしてやろうかと思った。でも、藤本くんおんのになんでわざわざ別の男と会わなあかんねん、めんどくさって思っちゃって。めちゃくちゃ腹立ってたのに、もう、藤本くんに会いたくなってて。なんかそのとき……」

しおりちゃんは、そこで一度言葉を切った。

「こんなに好きになれる人、もうおらんかもって思った。藤本くんが好き。めんどくさいとか細かいとか繊細すぎるとか、そんなもんどうでもいい。ハイスペじゃないとか、人からどう見られるかとか、そんなんももう知らん。あたしはただ藤本くんが好きだし、そういう、ただシンプルに『藤本くんが好き』っていうだけのあたしで、いけるとこまでいってみようって思ったんです」

「……すごい」

そんなふうに思えた恋、今までに一度だってあっただろうか。

「せやから仲直りしようって決めて、作ったのがおせちやったんです。藤本くん、お正月も家には誰もいなくて、おせちあんまり食べたことないって言ってたから、ほんならあた

第8話
「爆モテ女の本気のおせち」

しが食べさせたろ！　と思って」

「ほんと、しおりちゃんすごいよ。おせちなんて作るのめっちゃ大変じゃん」

「だって今まで、肉じゃがでもからあげでもビーフシチューでも、胃袋つかめてる感じなかったんやもん。おせちやったらさすがに、結婚したあとの姿、想像するやろと思って。もう、何がなんでもこの男と家族になる！　『こいつとなら、家族をやってみてもいいかもしれない』って思わせたるって、必死やったわ」

しおりちゃんは、重箱の角を爪の先でかちかちとつついた。最初はきれいに詰め込まれていたおせちも今は、四人に取り分けられて残り物がばらばらと散らばっていた。

「おせちはいつもあたしにとって、仲直りのおまじないみたいなもんやったんです。十一月のあたしの誕生日になると、あたしが我慢できんくなって『結婚するつもりあるん？』って問い詰める。藤本くんがはぐらかす。また怖いとかわけわからんこと言い出す。あたしがキレる。家を出る。一人になるとやっぱり会いたなって、おせちを作って年末に持っていく。一緒に食べて仲直り。それが毎年のルーティンになってました」

しおりちゃんは、ごく当たり前のように自分でテキーラを注ぎ、ぐいと一息に飲み干した。さすがに、目がかなりうつろになってきている。

「……っはあ。昨日も、それで切り替えようとしてた。おせち作って、藤本くんの家行って、一緒におせち食べたらそれで終わり。また新しい一年のはじまりだって……」

「ちょっと、飲みすぎじゃない？」

店長が、テキーラの瓶をしおりちゃんから取り上げる。えー、やめてやと、しおりちゃんはへらりと笑って言った。まばたきもゆっくりになっていた。

「でもな、昨日、伊達巻詰めてるときに、急に思ってん。あたし、去年とまったく同じことやってるなって。去年だけやない。一昨年も、その前の年も、まったく同じことやってんねん。ずーっと。ほら、タイムループものの映画みたいに、起こることが同じなんよ。せやのにあいつ、『冬服ここに入れたから、来年出すときに覚えといてくれよ、俺忘れるから』みたいに、一緒の未来を匂わせることは言ってくんねん。そんなふうに、一年後も一緒にいることが前提で話進められたら、きっといつかは変わってくれるはずって、期待するやんか」

そう言うなりしおりちゃんは、店長が自分のグラスに注ぎかけていたビールを猫みたいにさっと奪う。ぷはぁ、と飲み干してから、テーブルの上に突っ伏した。

「あっちゃ、取られた。油断してたよ」

髪の毛が汚れないように、私たちは、テーブルの上の小皿やグラスをよける。

「藤本くん今……何してるかなぁ……」

突っ伏したまま、呂律《ろれつ》の回らない口調でしおりちゃんは言った。

「藤本くんな、泣いてたんですよ。別れるって昨日、伝えたとき」

第８話

「爆モテ女の本気のおせち」

「……え？　別れたくなかったってこと？」

「もー、わからん。なんやねん、あいつ。ごめんって言ってた。お前といるとダメになる。お前と一緒にいるのが怖い。どんどん知らない自分が引き摺《ず》り出されてくみたいで、どんどん、自分が裸になってくみたいで怖いって。髭はやしたでっかい男が、わんわん泣いてた。好きだけど、怖い。これ以上好きになりたくないって」

しおりちゃんは、机に突っ伏したまま、ちらりと私の方へ顔を向けた。

「なあ、桃子さん」

とろんとした目で私をじっと見る。アルコールのせいで首まで赤くなっていた。

「あたし、どうしたらよかったんやろ。これ以上はもう無理って思った。あたし、精一杯、藤本くんに好きって伝えてきたよ。五年間、テクニックもなんも使わずに、まっさらなあたしで、ちゃんとぶつかって、たくさん傷ついて、それでも藤本くんのこと、ほんまに好きやったんやで。もう、あたしの好き、すっからかんになっちゃったよ」

真っ赤な下まぶたに、透明な涙がじわりとにじみ、しおりちゃんの顔を横切って落ちていく。

「好きになりきっちゃった。もう、あたしの好きゲージは全部渡したよ。がんばったよ。もう無理や。『これ以上好きになりたくない』なんて、言わんといてよ。あたしはこれ以上ないってくらい、好きになったのに」

ふっ、うう、と、少しずつ嗚咽が漏れる。カーディガンの袖口で、しおりちゃんはぐしゃぐしゃと顔を拭く。

「もっと何かできたんかなぁ。もっと、もっとあたしが……あたしが、藤本くんのこと、大切にしてあげられてたら、優しくできてたら、藤本くんは、あたしと家族になってくれたんかなぁ。でももう、疲れんねん。裸の自分で体当たりして、それで受け入れてもらえないって、しんどいねん。モテテク使って、違う自分を演出してふられんねやったら耐えられるけど、あたし、なんも武器使ってなかったもん。それで、そんなん言われたら、さすがに傷つくよ。あたしが好きやから大丈夫って言い聞かせて、なんでもないふりしてたけど、やっぱり無理や。あたしのことなんやと思ってんねん。あたし、あたしの……なんで、あたしが」

たまらなくなって、しおりちゃんを抱きしめた。

ぎゅっと力をこめる。柔らかいローズの香りに、お酒のにおいがちょっと混じる。

「うん。よくやったよ。がんばったよ」

しおりちゃんは、思っていた以上に華奢だった。小さくて心細そうな背中を、とんとんと叩く。堰《せき》を切ったように、しおりちゃんのしゃくり上げる声は、さらに大きくなった。

「――お願い、藤本くん。幸せに、なって」

震える声で、しおりちゃんは言った。

第8話

「爆モテ女の本気のおせち」

「幸せになって、お願い、誰よりも幸せになって。あぁ、でもいやや、なんであたしやないの、なんで、藤本くんを幸せにできるの、あたしがよかった、なんで、あたしやないねん。でも、幸せに、なって。お願い。お願い」

しおりちゃんは、私の左肩に顔を寄せる。

「藤本くん、大好き。ほんまに大好き。うう、大丈夫やで、藤本くんは幸せになれる、絶対絶対幸せになれる。ちょっと繊細でめんどくさいだけや、あたし……あたしは、もうこれ以上は、がんばれない、けど。がんばれなく、なっちゃったけど」

小さな手が、私の背中にぎゅっとしがみつく。

ああ、この子は、本当に――。

「でも……でも、やっぱりいやや！　あたしがよかった。あたしが、よかった、のに。藤本くんを幸せにできるのは、あたしが、よかったのに」

本当に、素敵な人だ。

誰かを好きになるって、こういうことなんだ。

しおりちゃんは、ひっく、ひっくとしゃくり上げながら、そっと顔を離す。顔は涙と鼻水でぐちゃぐちゃで、前髪はおでこに張り付いていた。

「桃子さん、あたし、間違ってないよね？　ひっく、みっともない、けど」

「間違ってないよ、しおりちゃんは。絶対絶対、間違ってない」

私は、「ありのまま」を愛してほしいと、ずっとずっと、思っていた。

自然体の自分。気取らない自分。かっこつけない自分。誰のふりもしていない、自分。

そういう私を愛してくれる誰かを求めていた。

だけどきっと、体当たりできていなかったのは、私だ。

怖かったのは、私だ。

懐の深い女のふり。

めんどくさくないふり。

物分かりのいいふり。

みんなと同じふり。

誰かのふりをせずにいられなかったのは、私だったんだ。

だって、そうやって武装していないと、言い訳ができない。自分じゃない誰かのふりをしていれば、心の中で言い訳ができる。「あれはしょうがなかった。私も彼に素を出せてなかったから」と言える。否定されたのは私じゃなく、外側の仮面なのだと、そう自分を納得させることで、傷つくことから巧妙に逃げてきたんだ、私は。

全力でぶつかって、大失恋して。もう大丈夫と強がって見せたかと思えば、やっぱり好きだと、大泣きして。しおりちゃんは側《はた》から見れば、みっともない人間かもしれない。よくわからないクズ男に、二十代の貴重な五年間を費やすなんてバカだと、モテるうちに

第８話
「爆モテ女の本気のおせち」

さっさとハイスペ男子と結婚しておけばよかったのにと思う人もいるかもしれない。

でも、そんなの、くそくらえだ。

「しおりちゃんは、いい恋愛をした。すごいよ。そこまでみっともなくなれるのが、きっと、本当の恋なんだと思う。誰がなんと言おうと」

はっと、目が見開かれる。

「藤本くんはきっともう、大丈夫。だってしおりちゃんがすっからかんになるほど、愛をもらったんだもん」

「そ、そうやんな？　あんなにやりきったもん、幸せになってくれる、はずだよね？」

「大丈夫。藤本くんも、しおりちゃんも、幸せになれるよ」

うん、うん、と、鼻水をずびずび啜りながら、しおりちゃんは笑った。

元カレには、絶対に後悔してほしいとしか考えていなかった。いつかどこかですれ違って、綺麗になったなって思ってほしい。逃がした魚は大きかったって、舌打ちしてほしい。

でもきっと、相手の幸せを願うことで、報われる気持ちもあるのだ。

私は、自分のことばっかりだった。

悔しくて、つらくて。

恭平のことなんて、何も考えてなかった。

恭平を悪者にすることで、ずっと心を守りつづけてきたんだ。

これから、私は――。

私、は……。


溶けたバターの上に、すりおろしたにんにくとしょうがを落とすと、店内が一瞬で、いい香りに包まれた。十分にあたたまったところで、スライスした玉ねぎとスパイスを入れて炒める。すうと深呼吸して、香りを肺の奥にまで行き渡らせた。

あれだけ酔っ払っていたしおりちゃんは、今朝ソファから起き上がると「あー、体バッキバキや」と何事もなかったかのように言った。

ただ、顔だけは信じられないほどむくんでいて、トイレから出てくるなり、

「ちょっ、桃子さん見てこれ。やばいんやけど」と自分の顔を指さして大爆笑していた。

「目、ないじゃん！　大丈夫？　見えてる？」

「ほぼ見えてない。視界が十分の一くらいになってる。ってか桃子さんもやばいで」

それからひとしきり、お互いの顔がパンパンすぎてやばいというネタだけで笑い転げ、写真を撮りまくり、この顔は男子には見せられないよね〜と、突っ伏して寝ている店長と

第8話

「爆モテ女の本気のおせち」

黒田さんには声をかけず、しおりちゃんを送っていくことにしたのだった。

「あたし、一個嘘ついたことあるんやけど、いい？」

家までの道すがら、しおりちゃんは唐突に言い出した。

「え、なに」

すべらないよう、ドクターマーチンを一歩一歩慎重に踏み出しながら、しおりちゃんはにやりと笑う。眩《まぶ》しい朝の光が雪に反射して、むくんだ目を無遠慮に攻撃してきた。

「あたしな、ほんまは一回、来たことあんねん。『雨宿り』」

「えっ、そうなの？」

「うん。めっちゃ混んでるときやったから、桃子さん、たぶん覚えてないと思うけど」

「ごめん、全然気づかなかった……」

きっと、テレビに取り上げられて行列ができていた頃だろう。

「カレー食べたんよ、そのとき。元カレが好きだったカレーなんて、けったいなことする人がおるもんやなぁと思って。ほんであたし帰り際、レジにいた桃子さんに、おいしかったですって伝えたんよ。そしたら桃子さん、なんて言ったと思う？」

まったく覚えていなかった。お客さんにはほめてもらえることも多いけれど、そういうとき、なんて返しているだろう？　ほとんど無意識だから、予想もつかない。

必死に思い出そうとしている私を見て、しおりちゃんはくすりと笑った。

「わかります！　って言ったんよ。めっちゃおいしいですよね、このカレー！　って」

思わず、咽せた。かーっと顔が熱くなるのがわかる。何よそれ、はっず！　普通は「ありがとうございます」とか「お口に合ってよかったです」とか言うだろうに。私のことだからきっとまた、忙しすぎて満席ハイになっていたのだろう。

「でもあたしには、それがまぶしかったんよ。なんか……背中を押してもらった気がした」

「そ、それが？　なんで？」

「だって、自分が作ったくせに、まるで人が作ったものみたいに言うからさ。この人にとっては、『自分が作ったこと』と、『このカレーがおいしいこと』は、まったく別なんやろうなって思ったから」

しおりちゃんは、マフラーに赤くなった鼻をうずめる。

「『好き』の気持ちっていつのまにか、いろんなものに覆われて、見えにくくなること多いやんか。ただの『好き』だけではじまったはずなのに、あたしという人間を高めてくれるかとか、『あたしの好きな人、この人』って宣言したとき、まわりに変な目で見られないかとか。どうせ好きになるなら、安心して好きって言える人を好きになりたい。何かを好きって言う前に、みんなの声が優先されてしまう。それが普通やと思う」

赤信号になり、横断歩道の前で立ち止まる。凍えた指をポケットから出して、歩行者用の押しボタンを押した。

「『雨宿り』に行った頃のあたしも、藤本くんへの気持ちがわかりにくくなっててん。そのときに桃子さんの……あの、純度百パーセントの好きを見せてもらって、ほんで、『好きがすっからかんになるまで好きでいつづけてみよう』って決めたんよ。埋葬委員会も、だから行きたかってん。桃子さんにもう一度会えたら、なんか変わる気がするって」

「しおりちゃん……」

まさか、私をそんなふうに見てくれていた人がいたなんて。

驚きすぎて何も言えずにいる私の背中を、しおりちゃんは、バシッと思いっきり叩く。

「せやから桃子さんも、大丈夫やって。自分の好きを、自分で守れる人やもん」

信号が、青になりました。

軽快な電子音とともに、アナウンスが響く。

「すぐそこやから、ここまででええで。ありがとうな！」

しおりちゃんは、小さい歩幅でとことこと横断歩道を渡り、向こう側についてから、ぶんぶんと大きく手を振った。

「よし」

鍋の蓋をしてから、うんと伸びをした。空気がこもっている気がして、ドアを開ける。すがすがしい冬の空気が「雨宿り」の中を満たしていく。

バターチキンカレーを煮込んでいるあいだなんとなく、カウンターの椅子に座って店内を眺めてみる。

「いろいろ、あったなあ……」

ふと、棚にあるスノードームが目に入った。店長、黒田さん、私、それぞれの分。恭平との思い出をいろいろ詰め込んだせいで、私のスノードームだけ、妙に変色していた。

「おお、ももちゃん。戻ってたんだ」

あいかわらずの情けないベルの音がして、店長と黒田さんが、一緒に姿を現す。シャワーでも浴びていたのだろう。まだアルコールが抜けていないのか、店長はキッチンに入るなりけだるげに水を飲んだ。

「あー、頭いって。しおりちゃん、大丈夫だった?」

「……なんか、いい匂いしますね」

「たしかに。腹減ったな」

「……バレたか」

一人で食べようと思っていたのに、結局、いつもの三人でカレーを食べることになってしまった。

第８話
「爆モテ女の本気のおせち」

カウンターに、お皿とスプーンを並べる。

よく考えたら、大晦日《おおみそか》の朝からカレーを食べるなんておかしい気もするのだけれど、まあ、そもそも昨日の十二月三十日におせちを食べてしまっているのだから、今さら順番なんて気にしてもしかたないだろう。

「いただきまーす」

昨日の大騒ぎでだいぶエネルギーを消費したのか店長と黒田さんは相当お腹が空いていたらしく、がつがつとカレーをかきこむ。

「はー、二日酔いの体にカレーが沁みる」

「まあ、ウコン入ってますからね」

「なんでそういうこと言うかな……」

店長と黒田さんの声が、どこか遠くに聞こえた。

スプーンを持つ手が震える。何百回と作り、食べたはずなのに、胸がドキドキする。

まだ付き合っていた頃、私はこのカレーを、「恭平カレー」と呼んでいた。恭平のために考えたレシピ。恭平が喜んでいた味。あの頃の思い出がまとわりついて、このカレーを食べるたび、恭平のことを思い出してしまう。だからこそ店のメニューにして、無理にでもネタにすれば、少しは気持ちが救われると思っていた。

でも、いいんだ。もう。

だってこれは、私が好きで作ったカレーだ。いつまでも恭平に預けておくわけにはいかない。私のところに取り戻さなくちゃ。

一度、水を一杯飲む。

それから思い切って、カレーとごはんをちょうど半分ずつくらいすくい、ぱくりと一口で食べた。

「結城さん？」

高級な食材も使っていないし、四十八時間煮込んだわけでもないし、帝国《ていこく》ホテルのカレーと比べたら、そりゃ、物足りないかもしれないけれど。

でも。

「うまっ」

店長にも黒田さんにも負けないくらいの勢いで、お皿を持ってカレーをかきこむ。ごはんもカレーも全部一緒に口に入れる。ヨーグルトとスパイスに漬けた鶏肉の繊維が、柔らかく口の中でほどけていく。

一気に食べ終わると、はーっとため息が出た。ナプキンで口元を拭く。

「これ……これさ」

おいしいよね？　という言葉が咄嗟に口から出そうになって、はっと思い直す。

第８話
「爆モテ女の本気のおせち」

ずっと誰かの、好きな人の顔色をうかがうのがくせになっていた。好きな人が望む自分でいたかった。「恭平は好きだと言っているか」の足切り試験を突破しないと、自分の気持ちを主張してはいけないような気がしていた。

「結城さん？　どうかしたんですか？」

不思議そうに見つめてくる店長と黒田さんに向かって、ううん、と首をふる。

埋葬しよう。

私のこと好き？　私の作るごはんっておいしい？　あなたの好きな私でいられてる？とつい聞きたくなってしまう自分に、さよならを言おう。大丈夫。精一杯、がんばってきた。苦しんでもがいて、「生きる」をちゃんとやりきった。だから今なら、きっと言える。

「これさ、おいしいね！　すっごく。うん。ほんっと、おいしい！」

私が少しだけ震える声で言うと、二人は一瞬顔を見合わせてから、くすっと笑う。

「おいしいね」

「おいしいですね」

私たちは世界一おいしいカレーをおかわりしに、キッチンへ向かった。朝の光が真っ白な雪景色に反射して、とても眩しかった。

爆モテ女の本気の筑前煮

材料

鶏もも肉	250g
たけのこ	200g
にんじん	1本
れんこん	1ふし
ごぼう	2本
干ししいたけ（戻す）	6枚
絹さや	5本
出汁	3.5カップ（干ししいたけの戻し汁を含めて）
しょうゆ	大さじ2.5
砂糖	大さじ3

作り方

【1】 絹さやはさっと茹でた後、冷水につけておく。

【2】 れんこん、にんじん、しいたけを飾り切りにする。

【3】 ごぼう、たけのこは乱切りにする。鶏もも肉はひと口大に切る。

【4】 鍋に少量の油をひき、鶏もも肉を炒める。色が変わったら、絹さや以外の野菜を加えて炒める。

【5】 出汁、しいたけの戻し汁を入れて煮た後、しょうゆ、砂糖を入れて少し煮て、味付けしたら絹さやを散らして完成。

著者プロフィール

川代紗生（かわしろ・さき）

東京都生まれ。早稲田大学国際教養学部卒。新卒でCCC株式会社に入社、代官山蔦屋書店を皮切りに書店員として経験を積み、その後、天狼院書店「福岡天狼院」店長を経て、執筆活動をはじめる。ブックカフェ店長時代にレシピを考案したカフェメニュー「元彼が好きだったバターチキンカレー」のメニュー告知用に書いた記事がバズり、テレビ朝日系『激レアさんを連れてきた。』に出演し話題となる。著書に『私の居場所が見つからない。』（ダイヤモンド社）がある。

元《もと》カレごはん埋《まい》葬《そう》委《い》員《いん》会《かい》

2023年12月06日　初版印刷
2023年12月10日　初版発行

著　者　川代紗生
発行人　黒川精一
発行所　株式会社サンマーク出版
〒169-0074 東京都新宿区北新宿2-21-1 新宿フロントタワー29階
代表　03-5348-7805
印　刷　株式会社暁印刷
製　本　株式会社若林製本工場

ISBN978-4-7631-4096-8 C0093
ホームページ　https://www.sunmark.co.jp